Harry Doi

目次

主な登場人物

土居垣　平（どいがき　たいら）———元海軍航空隊教員
牧田　慎二（まきた　しんじ）———土居垣平の親友でもあり戦友
土居垣英志（ひでし）———土居垣平の父
土居垣明子（あきこ）———土居垣平の妹
櫛田　和代（くしだ　かずよ）———源太郎蕎麦屋の娘、予科練時代から土居垣平が思いを寄せていた人
櫛田源太郎（げんたろう）———蕎麦屋の店主、和代の父
櫛田　房子（ふさこ）———和代の母
櫛田　達也（たつや）———和代の弟
北川　二郎（きたがわ　じろう）———北阪洋品店の店主
北川　正子（きたがわ　まさこ）———北川二郎の母
坂本　鮎子（さかもと　あゆこ）———旧姓（野上鮎子）坂本隆介先生の妻、尋常小学校の恩師
白井　寿美（しらい　かすみ）———呉三葉館の遊女だった『ゆうなぎ』
白井　佳美（よしみ）———大谷地下軍需工場で亡くなった双子の寿美の姉
白井　幸吉（こうきち）———寿美・佳美の父
白井　彩乃（あやの）———寿美・佳美の母
白井幸太郎（こうたろう）———ラバウルで戦死した。寿美・佳美の兄
白井　雄二（ゆうじ）———白井幸吉の叔父
水野　芳文（みずの　よしふみ）———彩乃の義理の弟
水野　小雪（こゆき）———彩乃の妹
浜井　　稔（はまい　みのる）———海軍将校　近藤良蔵の上官
近藤　良蔵（こんどう　りょうぞう）———平、牧田の上官。元やくざ、運命を左右した人物
近藤　良臣（よしおみ）———近藤良蔵の叔父
森久　良政（もりひさ　よしまさ）———平と知り合った元軍人
尾田玄衛門（おだげんえもん）———中野坂上、関東尾浜組長
尾田　栄二（えいじ）———尾田玄衛門の息子、佳美の連合い。退役陸軍人
佐竹新之助（さたけしんのすけ）———関東尾浜組の若頭
俣野　利信（またの　としのぶ）———謎の人物
木谷　泰蔵（きたに　たいぞう）———元予科練教員大尉、現在は復員庁連絡部長
本多宗太郎（ほんだそうたろう）———大谷地下軍需工場の元工場長

一つボタン

第1節　絵画のように

一九四五（昭和二十）年八月二十日。

その日の松山城は真夏の太陽が照りつけ、ムシムシと茹だるような空気に包まれていた。ミーンミーンとけたたましく鳴く蝉の音が、夏の暑さを一層際立たせていた。街の喧騒から逃れ廃墟と化した市街地を後にしていた土居垣平と牧田慎二は、秋山好古・真之兄弟が腰を降ろしていたとされている石垣の上で、茫然と焼け出された人々が行き来する風景を時が止まったようにぼんやりと眺めていた。ふと空を見上げ瞼を閉じると、幼い時に過ごした川登で見た薄らと白く輝く、白夜月の傍らを一筋の飛行機雲が現れた。

――幻灯機の明かりが灯った〈回想〉――

紙芝居のように、今まで過ごしてきた場面が目の前に映りだされた。一枚一枚の写真がパラパ

ラと風に煽られるように捲られ、その早くなった動きは、活動写真の如く、音も加わり現実のように感じるのであった。その幻灯機に映し出された場面は、江田島の桟橋で一人、櫛田和代からの心の詩を読んでいる平がいた。

　平海軍さんへ

この手紙の詩をご覧になるのは、きっと江田島の官舎のお部屋でハンモックに揺られながら
でしょうか。それとも江田島の桟橋の岸壁でしょうか。
遠くで一人暮らすことは、通り過ぎた日々が空に浮ぶ雲のように不思議に流れ、
淋しく消えてゆく。何処か儚い遠い景色を眺めているように。
霞ヶ浦の夕日のように鮮やかな色はなく、
長い冬の窓を閉じて、観たことのない色あせた世界に、小さな心は冬の景色模様に変わる。
あの、ひと時の申し子が、銀色の紙飛行機が、大空をひらひらと、
どこまでも、どこまでも、飛び続けたら、
強い雨も、風も、太平洋の嵐も、きっと笑い飛ばせたら、
あなたは大空を飛ぶ。好い事だと想うでしょう。
この、ひと時の人生が、もう一度あるなら、
この、ひと時と違う人生があるなら、

一期一会(いちごいちえ)の人生だから、いつか暗い闇夜が、少しずつ、少しずつ、白々と明けたら、
海から昇る太陽がそっと訪れたら、そんな夢を見る事ができたら、
無彩色(モノトーン)の冬の景色模様が、おなじ音(モノラル)の夢が覚める。
想い出を作り。人生があるなら。
雲の隙間を流れ、青い空に浮ぶ、あなたの好きな白夜月が、きっと観えるのでしょう。
海原の風は気まぐれ、私の心を惑わす。
儚い夢の続きが、魅られたら……、そんな予感を感じたい……。

櫛田和代

想いは思い出を作れない。過去を忘れ去らねばいけない……。そんな時代であった。

筑波山近くの源太郎蕎麦屋の娘、和代の「二人よれば、『平和』になるでしょ」という言葉に、十八歳の少年は葛藤の末に海軍式敬礼をして踵(きびす)を返した。

そして開戦を迎える。呉鎮〈呉鎮守府(くれちんじゅふ)〉の湾口が綺麗に見える士官歓談室で山本五十六長官と将棋を指した。講和条約を締結させる以外に道はないとの考えを知る。

早期終結を願い臨んだミッドウェー海戦であったが、撃墜され駆逐艦に助けられた。また、ラバウル島上空での空中戦では運よく、流れ弾が胸に入れていた印鑑に当たり死を逸れた。自分は

生かされている。まさに何度も奇跡的に命拾いをした。

負傷して軍病院のフカフカの白いシーツに包まれたベッドの上にいた時に、山本五十六長官の直掩(ちょくえん)機の任に就く板垣飛行曹長がひょっこりと現れ、ロウ紙に包まれた封筒を預かった。それはニューブリテン島の沖合で戦死した戦友の白井幸太郎の手紙だった。呉の三葉(さんよう)館にいる寿美(かすみ)と行方知れずの佳美(よしみ)への依頼だった。『妹達を泥沼から引っ張り出して、まともな生活をさせてやりたいのです』と綴られていた。

激戦地から日本本土に向かう帰還途中の一式陸上攻撃機の風を切る音だけが共鳴していた格納庫で、亡くなった者への餞(はなむけ)として引き受けることを心に決めた。

呉で予科練教員の任についた。暫くして、同僚でもあり友でもある教員の牧田と和代とで、遊女になっていた『ゆうなぎ』こと寿美を朝日遊郭(あさひゆうかく)の三葉館から身請けする。その寿美は生まれ故郷の広島へ、父幸吉(こうきち)と母彩乃(あやの)と共に和代も一緒に帰って行く……。列車最後尾の客車の真っ赤なテールランプは儚く、漆黒のトンネルの彼方へ消えて行くようであった。動きだした列車が目に焼き付いていた。

大日本帝国は終焉を迎えようとしていた。八月十日、近視眼的な名誉欲と縄張り意識があいまったような、のべつ幕なしの狂気の作戦の特攻命令が平に下された。隊員の名が黒板に書かれていた。牧田の名前も白墨で丁寧に書かれていた。いよいよ出撃の日を迎える。しかし、給油のために着陸した松山基地で整備員が駆け寄り零戦のプロペラが取り外された。有無を言わさぬ上官の命令であった。

――――幻灯機の明かりが消えた〈回想終わる〉――――

一九四五(昭和二十)年四月十三日。アメリカでは四月十二日ルーズベルト大統領急逝、後継に副大統領ハリー・S・トルーマンが大統領に就任していた。また、四月三〇日ドイツ総統ヒトラーが自殺し、ベルリン防衛軍司令官も降伏しベルリンも陥落した。

そして、一九四五年八月十五日。

『臨時ニュースをお知らせします!』

朕深ク世界ノ大勢ト帝国ノ現状トニ鑑ミ…………堪へ難キヲ堪へ忍ヒ難キヲ忍ヒ以テ万世ノ為ニ太平ヲ開カムト欲ス

戦争が終わった。

二週間後に再び松山城を訪れていた。二人は何をして良いかも分からない状態で生きる術を見失い、市内を彷徨(さまよ)って腰を降ろした。気象台が望める城の石垣で、今はお互い故郷へ帰るしか道がないと感じて、さまざまな想いを巡らせながら眺める街であった。

一九四五年七月二十六日の空襲で、松山の約一万四千三百戸が焼け落ちていた。終戦後の今も住民は焼け跡の片付けをしながら、買出しに精を出して飢えをしのいでいる。平の目の前の風景が現実なのか、それとも悠久の河の流れの果てに辿り着いた場所なのか？　この惨状が遅々として続く松山だとは思いたくなかった。表情を失った人々ではあったが、未来永劫続くとは思えないエネルギーを何処かに感じていた。この眼も、この耳も、この心臓の鼓動も……、予科練を目指していた当時の色あせていない自分がいた。まだ現実を受け入れられない。ただ眼下の群集を茫然と――、ただ眺めていた。

人々は、生きる望みを見出すかのように黙々と働きまわっている。かつて賑わっていた松山観光港近くの梅津寺海岸海水浴場は、『塩たき』をしている人々が集い、以前のような活気を呈しているように見える。しかし、その情景は海水浴を家族で楽しむ水着姿の人々ではなく、薄汚れた継ぎはぎの国民服を着て、疲れ切った男達とモンペ姿の無表情な女達が、手拭を片手に額の汗を拭いながら、黙々とトタン板で器用に大きな釜を作っていた。その釜に海水をなみなみと入れて、瀬戸内海で漂着座礁した古い廃船や、夏の台風の影響で睦月島や興居島あたりから流れ着いた流木や、松食い虫で枯れてしまった松の木や、海岸沿いに生えている手が届く限りの雪柳の潅木や百日紅等の木々までも伐採し、それを集めて燃やし、瀬戸内の静かな海から豊富にある海水を汲み上げ、煮詰める作業に精を出していた。売るあてもない粗悪な薄茶色い塩を黙々と作っている。

終戦直後日本の各地で見られる人々の営みではあるが、ここ松山の地に於いても誰もが困惑していることを紛らわせるように、ただ動き回る事で今の窮状を忘れ去ろうとしていた。生きている実感を得ようとしていた。群集は何かに縋り希望を見出そうとする一方で、街行く人々の顔は抑圧された戦時中と異なり晴れやかであったことは、紛れもないように平には窺われた。その塩たきの風景は、フランス画家ジャン・フランソワ・ミレーが農村の貧しい人々の姿を描いた油彩作品〈落穂拾い〉のようであり、一見一枚の絵画のように写し出された美しい風景であった。ただ、その姿は将来に希望を見出せない烏合の群集だった。人間のエゴが重なり合って、あちらこちらで小競り合いが繰りひろげられ、誰もが、自分を見失い何処かを彷徨っている。今は、辛い悲惨な戦時中と違って言論の自由と戦争の死の恐怖から開放された。喜びと引き換えに、着る物も、食べる物も、住む所も、不自由な生活ではあったが、そこはかとなく、何か目に見えない希望を抱いているように映った。

そんな風景の松山城を後にして、平と牧田は人々が憩いを求めて集まる道後温泉に足を踏み入れた。だが、旧日本海軍の襟章を外した海軍の薄汚れた白い第二種軍装を纏っている二人に対して見る眼は冷ややかであった。ましてや、飛行機乗りは職業軍人であると思い込んでいる人が多く、特に厳しい眼が向けられた。戦時中、兵隊に憧れた同じ人々とは思えない程に、手のひらを返したように平達をA級戦犯のように扱う。通りすがりの大人は罵声を浴びせ、かつて兵隊ゴッコに明け暮れていた小さな子供までもが石を投げてきた。今更ながら戦争の非道や醜さを感じていた。今、平達が置かれている状況を思うと、死んで行った者達は何の為に死んで行ったのか？　尊い若い命を落としたのか？　と感じていた。戦友の一人一人の顔が蘇る。

感傷に浸っている平の耳に、遠くからラジオの声が聞こえてきた。幼い頃は、意気揚々と軍隊を称えていたが、今はイデオロギー的で政治的な民主主義が芽生え、旧政府に対する批判や軍部に対する批判放送もあったが、概ね、尋ね人、連絡不能になった人の特徴を記した手紙の内容をアナウンサーが、朝から晩まで延々と抑揚のない声で朗読している。アナウンサーの美声は、日本の行く末を悲しんでいるようでもあるが、感情を押し殺してマイクの前で語っている。過去を忘れ去ったような無味乾燥の声は、かつて、つい最近まで、日本に戦争があったこと自体を忘却の彼方に閉じ込める。一言、一言はっきりと低い落ち着いた声は忠実に伝える事で、聴いている人々の耳に届くのであった。また、多くの人々も、抑揚のない声に耳を傾け、聞き慣れた名字や名前を食い入るように追い求めている。時折アナウンサーの朗読の合間にノイズのするスピーカーから流れる音楽は、戦時中の勇ましい行進曲とは異なり明るく、〈リンゴの唄〉『赤いリンゴに♪　くちびるよせて♪　だまって見ている♬　青い空』と弾むような陽気な音色が何処からともなく聞こえた。死の恐怖から打ち放たれた人々の気持ちを晴れやかにする。

そんな松山で、平は田舎で素朴なあの優しい人々が暮らしている土佐の川登（かわのぼり）に一緒に行く事を牧田に提案した。牧田も松山から北海道の故郷、十勝まで辿り着く術を思案していたのだが、終戦間近でもあり、混乱に生じて治安も悪化している大都会を通り抜ける為の確たる情報も掴んでいないので、悩んだ末に平の提案に応じたのだった。

牧田を連れて土埃の舞う道をトラックの荷台に乗り込み、疲れた身体を丸めて語る言葉も少なく、松山から愛媛県宇和島を経て御荘に向かった。そこからは徒歩で高知土佐、中村の四万十川（旧名、渡川）沿いの川登に向かうことにした。

第2節　南宇和の空

関東では台風一過で珍しく風が吹いていない波が、穏やかなまるで敗戦国日本を象徴しているような日に、日本中の人々が固唾を呑んで見守った長い一日が始まろうとしていた。日本の将来が、その日に委ねられていたと誰もが感じていた。
一九四五年九月二日　東京湾内横須賀沖海上の戦艦ミズーリの艦上には、異なった二つのアメリカ国旗が掲げられていた。歴史の浅いアメリカは威厳を保とうとしているようである。一つは一八五三年、嘉永六年に江戸湾に入ったペリー艦隊が掲げていた国旗であった。独立当時の十三州を表す十三本の赤・白に横線を描き、左肩の丸の中に白い三十一星が散りばめられた星条旗と、もう一つは現在のアメリカの国旗で左肩の長方形の青地に州の数だけ白い四十八星（アラスカとハワイを除く）の星条旗が飾られていた。

レイバンサングラス（Ray-Ban Aviator）をかけトレードマークであるコーンパイプを咥えた連合軍最高司令官ダグラス・マッカーサー元帥とリチャード・ケレンス・サザーランド中将が見守る中、日本側の代表として重光葵（しげみつまもる）外相、参謀総長梅津美治郎（うめづよしじろう）大将との降伏調印式が行なわれていた。日本軍の代表として調印式に臨んでいた梅津美治郎は、終戦時の御前会議では本土決戦を主張し、降伏調印式への出席も最後まで拒んでいた人物でもある。

ダグラス・マッカーサー元帥は、「この厳粛なる機会に、過去の出血と殺戮（さつりく）の中から、信仰と理解に基礎づけられた世界、人間の威厳とその抱懐する希望のために捧げられたより良き世界が、自由と寛容と正義のために生まれることは、私の熱望するところであり、また全人類の願いである」と演説で終戦を宣言した。

そして演説が終わると雲の切れ間から大爆音が響いた。その圧倒的な大空のページェントは、四百機のＢ29爆撃機とアメリカの誇る太平洋第三艦隊の艦上機千五百機によるフライオーバー・セレモニー（Flyover Ceremony）だった。

旧海軍の関係者は今更ながら、アメリカの物量に圧倒され度肝を抜かれていた。

アメリカのフライオーバー・セレモニーが繰り広げられていることも知らずに、平達は進路を西に進めて御荘に辿り着いていた。西予地方にある南宇和の御荘は戦争の影響もない長閑（のどか）な街で、黄色に色づいたポンカンや河内晩柑（かわちばんかん）や弓削瓢柑（ゆみゆげひょうかん）等のオレンジ色のミカン達が山々に花を咲かせているかのごとく実り、穏やかな南風が香りまで運んでいた。瀬戸内海の海は楚々とした凪ぎで静かに佇み、その空は何処までも、何処までも、青く澄んでいた。気持ちの良い爽やかな気候で時を忘れさせてくれる風景だ。

瀬戸内海の晴れ渡った風景に臨んで二人は「フーッ」と息をついた。肌にあたる風は優しい香りと微かに聞こえる風音が心に響き一層と清々しい気持ちになる。しかし、清々しさと別に、自分達の行く末を案じている鈍よりとした気持ちのもう一人の自分がいた。

平は、いっぱいに風を受けて「よし」と言い終わると同時に西の空を望んだ。

二人は御荘の節崎にある母、千代の妹で叔母にあたる徳子の家に泊めてもらおうと、南予十景にあたる『天嶬の鼻沖』が望まれる九十九折りの道が太平洋に続く中腹にある民家を訪ねた。叔母の家であった。徳子は突然の訪問者にも関わらず喜び、平達を歓待した。

「平かぁ！　よう無事で！　生きて来てくれてかーぁ、……どひたち疲れたじゃろう！　腹は空いとらんか？」

涙ぐみ幼い頃と同じように接してくれた。

「おぅ、平、よう来た。なんぼでもええけん、好きなだけ泊まっていけ」

徳子の横に居合わせた叔父の恵介も優しく迎えてくれる。

母、千代とは年の離れた姉妹でケラケラと良く笑う明るい徳子だ。千代の一番の理解者で、我が子のように、幼いときから接してくれた。

その晩は貴重な日本酒と、庭で放し飼いにしている鶏と、取れたての卵を釜土の上の台に置いて料理の準備をした。そして手作りの名物のコリコリとした『じゃこてん』を大きな声でしゃべりながら、精を出し沢山作り、平と牧田に馳走してくれた。

その夜、叔父の恵介が唐突に言った。

「平なぁ、日本は戦争に負けたが、これからの日本は明るいけん」

「明るい」と言う言葉に反応して、「どいてやか（何故ですか）」

平が聞くと、恵介は語った。

「確かに今の日本の現況では、人々は食べる事ができん。敗戦国じゃけん。仕方ないけんなぁ！　食料事情が悪うて、配給に頼っとったら餓死する程じゃ。混乱期の終戦を迎えた大きな街の東京や大阪、松山、高知等の都会では、ますます悪うなっとると聞く、毎日の食べ物に困とる人が、この南宇（なんう）の御荘にも食料の買い出しに大勢来る。その姿は日本の各地で見られる風景のようじゃけんど、みんなが助け合うて、希望に変えて行こうとしちょる雰囲気があるけん。日本人は敗戦でもへこたれず、逞（たくま）しいと思うがのう。わしは、新しい豊かな時代が来ると思うちょる。これからは、政治家にも、経済人にも豪傑が生まれるがぁないかと感じとる。ほいで、アメリカナイゼーション？　とか、なんとかと言う？　政治や経済や社会や文化のいろんな各方面が、アメリカのようになるのじゃないか？　日本人は逞しいけん！」

平と牧田は二人して「アメリカのようになる？」と聞き返していたが感心していた。何処で、そのような話を片田舎の情報もないこの地で、恵介叔父が語るのか不思議であったが、「遠く南宇和まで買出しに来る人の中に新聞記者や松山帝大の先生達がおり聞いたのだ」と語った。男たちは逞しく、食料だけではなく衣服のほか日用品の何から何まで不足して本当に苦しいようではあったが、明るく闊達（かったつ）に生きているとも語った。買出しの合間のひと時の繋がりであったが、叔父、恵介の人柄もあり、今の世情を教えてくれるのであると鼻を鳴らし誇らしげに自慢した。

行きかう人々は、とにかく今は戦争が終わっている喜びを噛み締めて未来に明るい希望を抱き、一生懸命に働いて行こうとしている時代でもある。恵介の言葉を聞いて、平と牧田は、これからの人生に自分達も活路を見出そうと元気づけられていた。

牧田は、今一度、ウィリアム・スミス・クラーク先生の言葉、『少年よ、大志を抱け。金銭や私欲を求める大志であってはならない。名声などと呼ばれる泡沫のものを求める大志ではあってはならない。人としてなすべき全ての本分に対してのものであれ』を思い起こしたと語った。

また、晩飯の席での会話で、久々に飲む日本酒の程よい酔いもあり、暗い過去の時代を語りたくないと誰もが思っていたが、話の経緯（いきさつ）で戦時中の話に及んだ。恵介の話題は、茹（う）だるような夏のある日の午後に遠くの空で、けたたましい爆音がするので何気なく上空を見上げると、晴れ渡った大空では、遠くで複数の飛行機が右に左に交差して乱れ飛んでいたと言うのだ。恵介や村の人々が、その晴天の大空を眺めていたが、風変わりな日本の戦闘機が二機、久良湾（ひさよし）に不時着したと云う話を語りだした。

その飛行戦闘機の話を聞いて、牧田が言った。

「それは松山三四三航空隊の紫電改で『紫電二十一型』ではないかな、その機体は、零戦と違い機首部の絞り込みや機体後部が大幅に変更されており、発動機を空冷式航空機用のレシプロエンジンに改良し大出力で、最高速度六五三・八キロメートルもあり、上昇力は六千メートルまで五分三六秒で零戦の七分より一分三十秒ほど早く、零戦の五三三キロメートルを大きく凌駕し、翼下面に四基の二十ミリ機銃をおさめた機体は遠方から見るとグラマンF6F ヘルキャットとよく似て味方から誤射されることもあった程で、また、余り知られていないが、その重装備の紫電改がB29を撃墜したこともあった。

しかし、開発も遅れ生産体制が整わないため五百機程度で海軍の戦闘機搭乗員でも滅多に見る事も、乗る機会もなかった。きっと、その紫電改は終戦間近の粗悪な燃料事情もあり、何か機体の問題で不時着したのでは？　もしくは、本土でありながら制空権の無い豊後水道辺りで米国の戦闘機と空中戦になり、撃墜され不時着したのではないか」

等と話していたら、恵介が、その不時着した飛行機の搭乗員を村の皆と総出で久良湾まで駆け出し助けに行ったと言う。そして二機のうちの一人は生きており宿毛で暮らしていると言った。少し気になった平と牧田が、「どんな風体の男か」と声を揃えて訊いた。

「そうじゃのぉ、年の頃は二十五、六歳で五尺三・四寸（一六三センチ）位、広島訛があり、大きな声で良うしゃべる男で、確か今は宿毛の小筑紫町呼崎辺りに居ると聞いとるが」

恵介は教えてくれた。

「広島訛り？　二十五、六歳位？　大けな声？　う～ん。そん男は目がギョロとして、雄弁で、顎に米粒ばあのホクロがなかったか？」

「飛行服の帽子の影でホクロは気がつかなんだが、目はギョロとして、人を睨みつけるような眼差しがあった。ほいで、たまらん、えらそうな高圧的な男じゃった」

恵介の答えに、平は牧田と顔を見合わせた。

「日本軍の搭乗員で紫電改を操れる者は終戦間近では、そがに多うはおらん。う～ん。もしかして、風体からして、戦艦大和に移乗しちょった。近藤大尉？　ではなかろうか」

「戦艦大和は沖縄戦で世界最大の四十六センチ三連装砲塔主砲を敵戦艦に火を噴くことはなく、昭和二十年四月七日に撃沈されたのだが、生き延びたのか？　人違いでは？　無いのかぁ？」

牧田が不思議そうな面持ちで天井を見上げて言った。半信半疑のようであった。

「そん男が言うには、宿毛の小筑紫町に親戚がおって、確か、親戚の近藤良臣やら云う町長の家に行ったようで、その紫電改？　が、二機次々に不時着した時、御荘の町の者は騒然となり、この節崎の小高い山を越えた久良湾まで大勢でゾロゾロと見に行ったがよ、先に不時着した一機は暫く浮いとったが、操縦席の風防は開かずに久良湾にズブズブと沈んだがぁ。そん不時着したもう一機の飛行機から、男が主翼にヒョイと飛び降り、手ぇ振っとったけんねぇ。皆が大騒ぎしよったら、隣の根津家の将士が船持っとったけん、そん船で、わしも一緒に搭乗員を助けにいったがぁよ。そん手ぇ振る男は、『自分は海軍航空隊の近藤大尉である。ご苦労じゃ』言うて、助けてもろうとる身で、随分、偉そうな男じゃと皆の噂になっとった。ほいで『自分は宿毛町長の甥にあたる者である。宿毛の小筑紫町呼崎の町長宅まで、案内頼む！』とまた命令口調で言うけん。仕方のう隣の将士（まさし）が案内したと聞いとる。まだ、終戦前で非国民呼ばわりされるけん、軍人には逆らえんけん。なーっ」

　恵介が詳しく語った。

「近藤良臣町長!!」「やはり近藤大尉か?」驚いた平と牧田は、また顔を見合わせた。

　初めに不時着した一機の紫電改は、豊後水道で壮絶な空中戦を繰り広げて、米国のグラマンF6Fヘルキャットの銃撃を受け半ば墜落しそうな状況で城辺（じょうへん）沖の久良湾に着水したのだが、もう一機の不時着した紫電改は豊後水道の空中戦が始まると、その空域から早々に離脱し単機、高高度で空戦状況を俯瞰していた。日本軍が数的劣勢になると半ば撃墜されそうな黒い煙を吐いている友軍機の陰に隠れて、その紫電改の後を追尾し同じ久良湾に不時着して難を逃れていた。

　平は気にはなったが、今更、その男が近藤大尉だったとしても、会って話すことも、今は何もない。会いたくもないと云う気持ちであった。しかし、佳美と寿美の人生を狂わせた！　白井家を崩壊させた！　忌々しい絵を描いた本人であるなら、会って真実を追求したい気持ちと、あの忌々しい過去を忘れ去りたいと云う気持ちが相まっていた。ただ、あの呉でのひと時が不明確な状態のまま、白井家が終焉を迎えていたとしたら、ましてや白井家の寿美と幸吉と彩乃の所在も今は分からず、広島の地に帰っていたとしたら、原爆の傘の下で壮絶な人生が終わっていたとしたら、と考えると、確認しない事には何故か釈然としない気持ちで一杯であった。その話を聞いて平は、牧田に提案した。

「貴様、俺の川登の実家は御荘から東に十三里もある。その行程の途中の宿毛は丁度、中間点で親戚の西田の家もある。ちっくと、寄って確かめんか？」

「おう。十三里は一日では厳しい距離だ。行けないこともないがな。俺も貴様と同じ考えだ。その男が近藤大尉だったとして、今更、会って話をする事は、俺たちには何も意味が無いが、寿美や彩乃さんや白井幸吉さんや大谷地下軍需工場で亡くなった佳美の無念を思うと、伝えなくてはならない人の道があるような気がする。それで改心する男とは思わないが、これからの人の道を鑑みると、あの近藤大尉だとしたら、まっとうな道を歩んで社会的な不正義を正す。悪を正すことと、正しいことをすることを望めるなら……。あの男には、まったく無駄かも知れんが、第二の寿美や佳美のような犠牲者が生まれない為にも良いのではないか⁉　近藤大尉で無ければ取り越し苦労で終わるのだがなぁ〜、俺たちは今、力は無いが時間がある。ここは一つ勝負に出よう！」

牧田は力強く言った。

そして次の日、身繕いをしてから、川登の途中にある宿毛に向かうと徳子に伝える。

「もう帰るんけ？　もうち〜と、ゆっくりしていけばええけん。平はいつも突然に言うけんな。じゃこてん、持っていくかぁ？」

徳子は名残惜しそうに、優しい言葉を掛けてくれた。

「徳子おばちゃん。川登の家でみ～んなの顔を早よう見たいけん。みんなの驚く顔が見たいけんねぇ」

徳子も良く知っている川登の親戚をだしにした。恵介おんちゃんに「お元気で」と言っていたと伝えてとお願いをして、お世話になった気持ちを添えて宿毛へ向かった。

実のところ、平の本心は不時着した一機の紫電改の搭乗員が、白井家の人生を狂わせたあのやくざの近藤だとしたとしたら？　との疑念が頭をよぎり、一刻も早く宿毛に行きたくなっていたのだった。一方で徳子叔母の屈託のない笑顔と優しさが、戦争で傷ついた心を癒してくれることにも期待していたのだが――。

第3節　憂鬱

宿毛への街道は車も疎らで殆ど人通りも少なく、山中にある一本松村辺りで馬車が数頭通り過ぎるだけで、文明から取り残された江戸時代に遡ったような錯覚すら感じ取られた。一本松村からの砂利道は、木漏れ日の竹林を渡るそよ風が夏の名残の暑さを忘れさせ、爽やかな森の香りと冷気を運んでいた。竹林のざわめいた音が、二人の足取りを後押ししてくれた。

程なくして宿毛湾が峠の前方から右側に微かに見えてきた。二人は一層足取りが軽くなり、だんだんと小走りになる。思ったより早く、西田の従兄弟の家の前まで辿り着いた。高知県宿毛の中心部にある沖須加（おきすか）の西田家は古くから豆腐店を営んでいた。平達が街道を左に折れて沖須加の店に指しかかると、丁度店番をしている瑛子（えいこ）が平達を見つけて、不思議そうに首をかしげながら歩み寄る。そして、じっと目を凝らして窺っていたが……、驚いた顔をして眼を見開き、一瞬時が止まったように動かないでいた。平が大きく手を振ると、驚いた顔は直ぐに喜ぶ顔になり、両手を上げて左右に手を振りながら駆け寄って来たのだが、また、首を傾げた。

二人は御荘で海軍の軍装から恵介に貰った国民服に着替え、ズタ袋を背負っていた。傍目には買いだしの一般市民の出で立ちであった。凛とした海軍時代とかけ離れた疲れた表情の国民服姿の平の出で立ちを見て、頭の上に翳した手を降ろし少し戸惑っていた。再びゆっくりと恐る恐る近づいて来た瑛子が平の前に立ち、もう一度覗き込むように顔を見て、「えっ」と声を発してやがて嬉しそうな安堵の表情に変わる。瑛子は見る見るうちに目に涙を浮かべて言った。

「長い間、お疲れさまでした。良くぞ、良くぞ、平兄さん。ご無事で――」

労いの言葉を優しく掛け、平の手を強く握った。瑛子の優しい温かい心が、平の手に伝わってきた。家に招き入れられると正午を過ぎていた。瑛子は二人のために貴重な牛肉とブリを使った手料理に、店の商品の出来たての揚げ出し豆腐を振舞ってくれた。

昼御飯をご馳走になりながら、平が徐に、小筑紫町呼崎にある宿毛町長の家の場所をそれとなく訊く。瑛子は何故、町長の住所を聞いてくるのか不思議がっていたが、快く教えてくれた。近藤町長の家は足摺岬方面へ行く途中にあると言った。松田川を渡り宿毛湾を右手に見て長崎鼻の山手にあり、沖須加からは一里〈四キロ〉強程であるので若い者の足であれば、小一時間もあれば充分であると教えてくれた。

居間での話し声の騒がしさを聞きつけて、咲世（さくよ）叔母が顔を出してきた。叔母は嬉しがり昔話に花が咲き、暫くは懐かしんで聞いていたが、叔母が話好きだということに気がつき、時間が気になり挨拶も程ほどに「町長の屋敷へ行く」と断りを入れて、黄昏（たそがれ）時にはたどり着けると算段して足早に二人で小筑紫町呼崎に向かった。

近藤町長の屋敷は、宿毛湾を見渡せる小高い山の中腹にあり、一際は大きな佇まいで小作人を一望できる場所にあった。大きな門の前で平と牧田が屋敷の中を窺っていると、年老いた男が、平達に気付き怪訝そうな顔を向け、ツカツカと大股で歩み寄り二人の前に立ちはだかる。

「ここには、食べ物は無い！　とっと帰れ、われ達に渡す食べ物は何もない！」

見下したようにいきなり大きな声を張り上げた。ガマガエルの様な年老いた男の声の大きさに驚いたのか、屋敷の中から見覚えのある男が大きなさつま芋を頬張りながら、ノソノソと歩きながら開いている裏木戸から顔を出した。

「ゴホッ、ゴホッ、なに！　土居垣に牧田かぁ？　おどりゃーたち生きていったのか？　ゴホッ、ゴホッ、なして、なして、ここにいるんじゃ！」

男は、右目に平達を捕らえ仰天して、胸を叩き、さつま芋を喉に詰まらせながら涙目で叫んだ。

そして、また胸を手で叩きながら、かつての部下の生存を喜ぶでもなく、戦時中の上官の口調でもなく、広島弁丸出しでしゃべる。明らかに戸惑っている。

その嗚咽を吐いている近藤を見据え牧田が言葉を発した。

「近藤大尉もご無事でしたか、戦艦大和勤務とお聞きしていましたが」

真正面に見据えて落ち着き払った声で堂々と尋ねた。その落ち着いたしゃべり口調に少し怯んだ近藤は、嫌なことを聞かれたのか、怪訝そうな顔を向けてまた咽た。

「俺はなぁ、ゴホッ、戦艦大和に乗っとったが、人事異動があり新鋭機の紫電改開発部隊の士官として、川西航空機と共同の迎撃戦闘機試験を任されて内地勤務となっとった。しかし、まもなく終戦になり、丁度、四国の地にいたので叔父の家であるここにおる。それが悪いか！　で、お前達は何故ここに来た。特攻隊の生き残りか？　俺に何か用があるんじゃ」

面倒くさそうに上目遣いで、以前の軍隊時代さながらの近藤大尉のしぐさを彷彿とさせた。猜疑心丸出しの言い方であった。

第4節　士官食堂

戦時中の近藤大尉は、一九四五（昭和二十）年三月十二日、戦艦大和の視察に訪れていた海軍省人事局の浜井稔（はまいみのる）大佐と会談していた。冷暖房が完備された戦艦大和の士官食堂で、スープをすすりながら分厚いステーキ肉に口を付けようといていた。不誠実な企みの算段であった。それは浜井大佐の言葉から始まった。

「近藤、実はな……、海軍省軍令部参謀本部から、この大和に『出撃準備命令』が三月二十四日に出される予定だ。今回の作戦は水上特攻で、名目は悠久の大義に殉じ沖縄の敵泊地に突入し、米国敵輸送船団を撃滅させ、運よく行けば戦艦大和を沖縄にのしあげて、砲台となり上陸した米国海兵隊に砲撃を加えるという天一号作戦だ。

近藤、言っている意味は分かるな。馬鹿げた近視眼的な一か八かの狂気無謀な作戦だ。九分九厘全員玉砕だ。みんな死ぬぞ、天一号作戦を計画した参謀も分かっておる。

日本はもう駄目だ。勝てぬ。誰もが成功するとは思っていない。今なら俺の力で定時の人事異動として、大和偵察機隊の貴様を紫電二十一型の開発部隊に送る事ができるが。どうだ！　海軍の三大お荷物の大和から退艦できるが」

辺りをうかがいながら、告げていたのだった。

この頃、日本軍の一部の上層部の間で、戦艦大和は「万里の長城にピラミッド、そして戦艦大和」と言われてあざけられていた。世界の三大遺物と嘆いていた。

話を聞いていた近藤は答えた。

「浜井大佐、自分はもともと航空隊士官であります。紫電二十一型の噂は聞き及んでおります。

是非、話を進めてください。負け戦で無駄死にするのは、本意ではありません。今まで通りに浜井大佐のお力になりますので、これからの事もありますので、懇意にしていただいている関口少将に浜井大佐の事を海軍省軍令部の三戸次官に良しなにお話しいたしますので……、フフッ」

不敵な笑みを浮かべながら返答して、益々小声でひそひそ話しをするのである。

誰もが日本を守るために、大勢の若人が自らの命を捧げていた時代であったが、終戦間近の敗戦色が漂う有事のときでも悲しいかな、自己保身を優先する考えを持っている海軍士官もいた。死ぬか、生きるかは、上官の匙加減で決まっていた。

戦艦大和は、一九四五年三月二十九日に沖縄に向け一路進路を進めた。そして四月一日に米国が沖縄本島に上陸を開始する。四月六日には三田尻沖（現・山口県防府市）を航行していた。四月七日は朝から曇が覆い被さり、日本の行く末を暗示しているような天気であった。米軍にとっては、その適度な明るさが未来に繋がる予感を思わせ、飛行機が雲に隠れるには丁度良い天気でもあった。

日本海軍にとって晴天の霹靂であったが、天一号作戦が発せられた時点で、戦艦大和の艦隊員は、皇居に向かい敬礼し、国歌を斉唱して、さらに全員で「海行かば」を静かに歌った。その隊員の歌声は海の奥底へ吸い込まれるように寂しく響き渡る。

『海行かば〜　水漬く屍　山行かば　草生す屍　大君の　辺にこそ死なめ　かへりみはせじ』

と悲しく、切なく、空しい歌声を轟かせながら、遠い故郷に思いを馳せて別れを告げていた。

決戦前に艦隊員に少し早い昼食が配られた。握り飯三個と缶詰の甘じょっぱい牛肉ひとつまみである。この世で最後の食事になるかも知れない。三千三百人は思い思いの感慨に浸っていた。そして、有賀艦長から「乗員各員は捨て身必殺の攻撃精神を発揮し、日本海軍最後の艦隊として全国民の要望に答えるように」と言葉が結ばれた。

午後零時半ごろ、グラマン・ヘルキャットとヘルダイバー急降下爆撃機、百十七機の米軍機によって真上から突っ込むように風を切り裂き攻撃が開始された。計画通り戦艦大和の左舷に魚雷を波状攻撃で打ち込んだ。戦艦大和は九門の十八インチ砲が轟音とともに火を噴いた。高射砲と機銃も射撃を開始するが黒い弾帯が広がるだけであった。

しかし、米軍機の攻撃を受ける。

戦艦大和の甲板は死傷者であふれかえり、辺りは血の海となっていた。甲板上では常軌を逸した若い水兵が、言葉にならない大きな声で喚(わめ)き、叫び、大粒の汗と涙を撒き散らす。その涙は頬を伝って血が滲む血筋となり、米国機の落とす爆弾で無残にも吹き飛んだ戦艦大和の苦楽を共にした仲間である戦友の腕や足の肉の固まりを全身血まみれになりながら……、今にも傾き沈没しそうな甲板上から次々と荒海に放り投げている。その壮絶な光景を本来業務である幼さの残る衛生兵がガタガタと身体を震わせながら、呆然(ぼうぜん)と無言で立ち尽くしている。惨絶で言葉に表せない場景だ。とうとう戦艦大和は最後の時を向かえていた。撃破されて行く――。

戦艦大和の有賀艦長から総員退艦命令が下されると、艦隊員は傾いた最上甲板に上がり、次々と五体満足で生きている者は冷たい海へと飛び込んで行く。また、艦橋にしがみ付く者もいたが、力が果て次々と荒波に落ちて行った。眼下には油が混じった黒い海が広がり、やがてブラックホールに吸い込まれるように艦隊員を飲み込んで行った。

必死に泳いでいる者もいたが、しかし、その殆どの若者達は戦艦大和がつくる大きな渦に飲み込まれた。また、その難を逃れた者も戦艦大和の鋼鉄の破片に当たって死に神が現れ連れて去って行く。波間に溢れ漂い運よく生き延びた者も、太平洋の荒海の冷たい海に体力を奪われ、やがて疲れ果て生きている感覚がなくなり、深い睡魔に襲われ、呼吸することを忘れたかのように深い深い海底に次々に吸い込まれた。儚く暗い海の底から波打つ海面を見上げながら……生きている最後の証とばかりにブクブクと綺麗な泡を吹き、悶絶躄地（もんぜつびゃくじ）のあと、動かなくなり無言で海底の死へと旅立って行く。

誰もが、沈み行く戦艦大和を見上げて「もう、日本は、もう、駄目だ」と悲しく、寂しく故郷の空と山を思った瞬間でもあった。

日本の誇る憧れ、希望の戦艦大和が呆気なく沈没する。

さながら、それは日本列島が沈没しているようであった。

第5節　数奇な人生

そんな運命を迎えた戦艦大和を後にしていた紫電二十一型の開発部隊の近藤大尉は、一人生へ執着して、またもや仲間を見捨てていた。

米軍が本格的な日本攻撃を開始し始めた豊後水道の空中戦で――、大空をそ知らぬ顔をして悠々と高高度を飛んでいた。そんな近藤大尉の終戦間近の一挙手一投足を知っているかのように、牧田は訥々（とつとつ）と語り始めた。

「近藤大尉、いや、もう近藤さんでよろしいですな！　広島の浜焼きの店の白井幸吉さんをご存知と思います。また、呉、三葉館の『ゆうなぎ』寿美（かすみ）さんを良く、ご存知と思います。そして関東尾浜組に佳美（よしみ）さんを連れて行かれたのも、近藤さんとお聞きしています。佳美さんは、茨城の大谷地下軍需工場の敷地での空爆で亡くなられました。あなたが良く知っている白井幸吉さんの双子の娘さん達です」

「幸吉の娘か、佳美？　佳美は死んだのか？」

「そう、ラバウルで、日本の為に、戦死した白井幸太郎さんの妹さん達でもあります。白井幸太郎さんは、ここにいる土居垣平の上官でおられた板垣飛行兵長の部下でもあります。そして、あなたが良く知っている寿美さんは――、あなたが連れて行った呉の三葉館の『ゆうなぎ』こと寿美さんは、関東尾浜組の組長と栄二さんとここに居る平と茨城の蕎麦屋の娘の和代さんなどの人の力もあり、やっとの思いで足抜けすることが出来ました」

「三葉館を年季明けした？『ゆうなぎ』なら知っとる。楼主と幇間が良く許したな？」

「今は、母親の彩乃さんと父親の幸吉さんと家族三人で広島に戻ったと聞いています。あの広島に。そう、あなたも知っている。あの広島です。消息は不明です。

多分、広島にいたなら、あの原爆の……、きのこ雲の下で数奇な人生の終焉を迎えたのだろうと……、想像が付きます。儚い短い壮絶な人生だったのでしょう。

自分達は予科練を経て戦地に赴きました。毎日が激戦に次ぐ激戦でした。明日の事は考えられない日々でした。次は、次は自分の番だと思っていました。今まで、多くの戦友を亡くしました。朝飯を一緒に食った戦友は晩飯の時には、もうその席にはいません。次の日は自分の番だ。次こそ自分の番だと、毎日毎日、何れ訪れると思っていました。

悲惨な戦いだったことは、近藤さんもよく、よく、ご存知のことと思います。

ここにいる平も同じ道を歩んで来ました。真珠湾、ミッドウェー海戦と、帰還した予科練の戦友はそんなに多くいません」

「戦争は悲惨じゃ。みんな知っとる。それがどうした。今更なんじゃ。負けたんじゃ。日本は」

牧田は近藤の言葉を無視して話を続けた。

「近藤さんも第一航空艦隊『赤城』の戦闘隊の飛行中隊で、指揮を執っていらっしゃいました。

二十一機の中隊は、たった六機しか帰還しなかったとお聞きしています。心が痛む。心が引き裂ける。そんな想いだったことでしょう。さぞ、無念だったでしょう。人それぞれに人生観は違うのでしょうが、人間ひとりひとりが、自分自身の人生や人間全般の人生について抱く諸観念は違うのは当然です。人はそれぞれ自分なりに、人生の見方。人生について理解していると自分は感じています。

土居垣は、良く俺に言います『人はそれぞれに割り当てられた人生の役割があると』近藤さん。あなたの人生の役割や人生観について、とやかく言うつもりはありません。あなたの人生です。あなたの思うように生きれば良い！　しかし、敢えて言わせていただきます。過ちを改めるには、自分が間違いを犯したと自覚すれば良いと、それは、認める事でもあります。

あまたの人々が、この戦後を！　この世の中を！　一生懸命に一歩を踏み出そうと頑張っています。どうか、妨げにならないでいただきたい！　人の人生に干渉しないでいただきたい!!　それが、これからの近藤さんの人生の役割だと自分は思います。そして全うしていただきたい。それが、日本男子の道だと……、自分は思います。

この戦争で、呉の空域で飛練生や平が、桜三里で見た桜の数より多い人が戦地で亡くなっています。その人々の想いは日本中の桜の花びらの数より多く、そして重い。また、空襲により九十万もの人が亡くなりました。この戦争によって、日本の都市部の五割以上の家が破壊されました。もう、人の心をこれ以上、弄ばないで！　人の心を破壊しないでいただきたい」

堰を切るように早口で喋り言葉を結んだ。自分の信念を表に出して激高した。

牧田の鬼気迫る言葉を聞いて、平も同じ気持ちで近藤を睨んでいた。

「呉の三葉館のカスミ〈寿美〉は？　知らんなぁ～。言いたい事は、それだけか！　その為にわざわざ、片田舎まで、俺に会いに来たのか！　めでたいやつらじゃのぉ、とっとと、帰れ、われ達に言われる筋合いはない。弱い人間が馬鹿なだけじゃ。騙される奴が馬鹿なだけじゃ！」

無表情を装い、じっと聞いていた近藤が手をプルプルと震るわせて叫んだ。

「自分も牧田と同感です。近藤さん、そうなのですかね。神も仏も無いのやろうか？　騙される者は馬鹿なのやか？　そう……ですかねぇ？　真摯に向き合えば人生は答えてくれると……、私は信じちゅー。今も、そしてこれからも、その先も、生きて行こうと思ちょります！」

平は言い放った。

側にいた宿毛町長の近藤良臣が、その話のやり取りを聞いて口を開いた。

「戦争に負けた飛行機乗り風情が、日本を守れなんだ人間が、人の人生について語りなさんな！　おんし達は、自分の食べる事でも心配しろ！　われは高知の人間のようだが、俺を怒らせりなさんな！　とっとと帰れ！　帰れ！」

威厳を保とうとして、いっそう大きな声で叫んだ。

平と牧田は町長の怒鳴り声を聞き流した。誰もが自分のことしか考えられない混沌とした時代である。それは予想通りの返答であった。宿毛町長の良臣の横で、微かに動揺している近藤の姿があった。明らかに泳いでいる眼差しを感じて、平と牧田は少し近藤の心が揺らいだ事を感じ取っていた。そして、少しでもこの男の心に響けばと願うのでもあった。町長に怒鳴られたが、二人は気にする事はなく踵を返す。これで良いと思っていた。

そんな近藤と町長とのやり取りがあった後、平と牧田は、小筑紫町呼崎に背を向けて重い足取りで岐路につく。訪れた時の足取りよりもゆっくりとした歩みで、時間を掛けて宿毛の松田川堤防を上流へ向かい、沖須加の西田の家に戻った。家に上がると瑛子が豪華な晩飯を用意していた。その晩は、何時になく言葉も少なく早く床についた。二人は二階寝室天井の節目をぼんやりと眺めていた。平は今でも、ある疑念を抱いていた。その疑念とは山本五十六司令長官との将棋対局時の言動に関してだった。

長官は、『い号作戦』における前線航空基地の将兵の労をねぎらうため、危険を冒して給油のためにラバウルに降り立っていた。明日にはブーゲンビル島のブイン基地を経て、ショートランド島の近くにあるバラレ島基地に赴く予定になっていた。

戦局は思わしくない。ガダルカナルが落ちソロモン諸島が敵の手に渡れば、これから先、本土決戦の最前線がラバウルとなる。時間を割いて、到着後直ぐにその足で、慰問と称して軍病院の平のところを訪れたのであった。

見舞いに来ていた板垣飛行曹長と飯田一等飛行兵が病室を去ったあと、長官は、突然病室に入るなり、開口一番「やぁー　土居垣君、少し、敵に揉まれたようだな」と言った。平はベッドから転げ落ちんばかりに慌て、松葉杖の音をガチャガチャと鳴らしてやっとの思いで立ち上がり、挙手敬礼するのがやっとだ。その姿を見て、「ほう。だいぶ良くなっているようだな」とニコニコして言い、右手の人指し指と中指を合わせて将棋を指す格好をしてから、「どうだ、一局」と唐突に病人の平を誘引（ゆういん）した。早速、手合わせするのだが、ラバウルでの様子が少し妙だった。心がゆれているのか、なぜか将棋の指し手が、過去の対局と少し違っていた。これで長官と将棋を指すのは三回目だった。

一回目は〈水まんじゅう〉の記憶が鮮明で将棋の結果は殆ど覚えていない。ビンに入った『砂糖』と『スプーンと氷水』に目を奪われ目を丸くして眺めていた。長官は椀皿にその饅頭を一つ移し、何杯も何杯もスプーンで砂糖を盛っていく。そして饅頭をスプーンのヘラで潰しながら口へ運び、「う〜ん。美味い！」と唸り、一口食べ終えると、スプーンを持った手で「君も食べなさい！」と促した。これが一回目の対局だった。

二回目は港を見下ろす丘の中腹にある赤レンガの呉鎮（くれちん）であった。沖合には戦艦大和が優美な姿で停泊していた。霞ヶ浦航空隊時代の将棋は主に【振り飛車】であったが、ミッドウェー海戦前の呉鎮ではより強い攻撃的な【中飛車】だった。

三回目は軍看護婦が軍病院の談話室の将棋盤を持ち出してきて、病室で将棋を指した。ブーゲンビル島のブイン基地に赴く前では【右玉】に【片矢倉】であった。どちらかといえば、守り重視の将棋である。

気になることがあった。それは対局後、長官はしきりに手ずれしている手帳を検分しているかのように眺めていた。

「山本長官、何か、お気になられることがおありなのですか？」

平は不思議に思い挙手と同時に問うた。

「我が国は、果たして此本腰の覚悟と自信ありや。――海軍の上層部は真剣さは、あるや否や？　と思ってね」

純白の二種軍装を着用した長官が悩んでいるように珍しく語った。平は何を意味しているのか理解できないでいた。知らない世界で誰かが蠢いているように思えた。五体満足なら長官を直掩機で守りたい！　そう思った。『あの手ずれしている手帳に何が書かれていたのだろうか？』心の中で呟いた。そして、海軍の上層部は真剣さが――。と言った言葉が気になっていた。長官の真摯な姿勢に畏敬の念を覚えていた。

天井の節目がぼやけて見える。平の横で牧田の寝息が聞こえてきた。

第6節　清流は永遠に

宿毛を旅立つ日が来た。その日は眠りの浅いまま、早朝に四万十の川登を目指した。途中、平田地区の田んぼを抜け川登へ向かう分かれ道の有岡(ありおか)で、従姉妹の東野米子(ひがしのよねこ)と聡子(さとこ)と美夏子(みかこ)の三姉妹が芋掘り起畑仕事に勤しんでいた。そこへ街道をのん気に陽気な歌を歌って歩いている男達が通りかかる。平と牧田である。近藤のことを忘れるために意味もなく「楽しい歌を歌おう！」と、牧田に提案していた。

そんな二人を見つけて、女達が不思議そうな顔を向けた。

「あの～っ、どちらに行かれるんかの～？　これから先の道は狭うて、危険な山道で、四万十川の川向こうの川登に行かれるのなら、道をよう知っとたら、かまんのじゃが、中村周りで行かれる方がええ……、この時間から道を間違えると大変ですから」

畑仕事をしていた姉さん被りをした米子が声を掛けて来た。

「あれぇ、もしかして、平、兄さん？　やっぱり、平、兄さんじゃろう」

米子の横に居た聡子が大きな声を張り上げて駆け寄ってきた。

「えー。平、兄(にい)ちゃんかぁ。おおき芋じゃろう。ばあちゃんが昔から育てとる芋で、兵隊さんも沢山食べて貰うたんよ、でも、兵隊さんがいんようになって、私達(うちたち)だけでは食べきれん。平兄ちゃん。持っていくかぁ」

聡子の驚く声に末っ子の美夏子が反応して嬉しそうな真っ黒い顔を向け、採れたてのさつま芋をかざし手渡そうとしてくれる。

「美夏ちゃんかぁ、大きゅうなって、美夏子だとは気づかざった。お姉さんのお手伝いか？　えらいね。頑張っちゅーね」

声を掛けてくれるまで、平は畑仕事に勤しんでいたのが、顔見知りの従姉妹の三姉妹と気が付かなかった。そんな懐かしい人と出くわし、有岡の山を経て四万十の緑豊かな山深い川登へ向かう。

平達が川登に近づくにつれて山の緑は深みを帯び、四万十川の清流は満々と水を湛え、以前と変わらない景色が辺りを包んでいる。懐かしんでボンヤリと眺めていると、一九三九（昭和十四）年三月の日々が蘇り、野上鮎子（のがみあゆこ）先生と坂本隆介（さかもとりゅうすけ）先生と三人で道すがら歌った霧島昇の「誰か故郷を思はざる」や、内田栄一の「月月火水木金金」を大きな声で歌って中村のバス発着所まで辿った懐かしい風景が、目の前に蘇り飛び込んできた。だが、今は牧田と二人で、陽気な「東京の花売り娘」や、和代が一番だけ覚えて、同じフレーズを、何回も右手を振りながら「でかい希望の雲がある♬～」と、大きな声で口ずさんだ古関裕而（こせきゆうじ）の「若鷲の歌」を唄いながらの帰省だ。中村から川登まで三里（十二キロ）。四万十川支流の後川（うしろ）沿いの峠まで約半里程続く、一際（ひときわ）美しい桜並木が緑の葉を夏空に輝かせ、せせらぎを覆い尽くしていた。予科練を目指し川登を離れた十四歳の時に川面を覆い尽くしていた花筏が懐かしく思えた。

川登の九十九折峠の杉木立を抜けると山に囲まれた川登の集落が道を曲がるたびに段々と大きくなる。戦火を免れた懐かしい家々が窺える。右側に見える四万十川は、ゆっくりとその清流を誇示し、高瀬沈下橋まで平の帰りを待ちわびているようであった。沈下橋から川を覗き込むと川魚が悠々と黒い塊となって泳いでいた。川底の石は太陽の光を浴びてキラキラと輝いて見えた。

途中、中村有岡の平田で村長の親戚で顔見知りの男と出くわす。男は、平と気づくなり予科練入隊する際に峠まで日の丸を振りながら祝ってくれた時とは違って、平に向かって、

「ようも、おめおめと、帰って来たものだ。この役立たずが！　生き恥をさらしに帰って来たのか！　おんしは！」

罵声を浴びせてきた。平は、「はい」と一言、言葉を発しただけだった。牧田も黙って俯いていた。松山から川登まで帰省する途中で何回も聞かされてきた罵声であったが、故郷の四万十で知り合いから掛けられた言葉は身に染みた。

重い足取りで二人は大川筋近くにある郵便局の隣にある坂本と書かれた表札の前で立ち止まる。平は徐に遠巻きに家の中を窺いながら覗いて、玄関に近寄り扉をトントンと打ち鳴らした。家の中から聞き覚えのある懐かしい済んだ綺麗な声が「はーい。ただいま」と聞こえた。声の持ち主である楚々とした美しい女は、小さな乳飲み子を背負って現れ、大きな眼で平を見詰めたあと、暫く立ち尽くす。が、次の瞬間に驚きの声で「えーっ、えーっ、あら……、まぁ、う、うそでしょ

う!!」と意味不明な声を発し、狐につままれたような顔をしている。「あなた、平さん……？　えっ、えっ、平さんなの、平さん。よう、生きて、ご無事で……」女は大喜びし、手に持っていた手ぬぐいを天井に届く程に放り投げて駆け寄り、平に思いっきり飛びついた。突然の行動に驚いた背中の乳飲み子は、女の後ろ髪を掴んで大きな声で泣き出す。大泣きしている我が子には委細かまわず、平の手を両手でギュッと握った。

「あなた。平さん、平さん、本当に、平さんなの……、もう飛行機の乗りの〝いごっそう〟の平さんには逢えないと思っていました。土居垣先生から特攻で戦死したとお聞きしていましたから——」

涙目になり、夢か幻であるかのように言った。

女は尋常小学校の恩師の坂本鮎子（さかもとあゆこ）であった。旧姓野上（のがみ）鮎子先生が昔と変わらず接してくれたことが嬉しかった。罵声を浴びせられた心が救われたような気がした。

「鮎子先生、お久し振りや。ただ今、戻りましたけん」

言葉を発して再会した平は考えていた。その思考の先で時空を越えて昔の記憶が鮮明に蘇る。四万十川の桜並木と中村の『あや食堂』の深い奥にあった記憶が浮かび上がる。暫く無言の時が過ぎた。時が止まったように感傷に浸っていたが我に返る。一部始終を側で見ていた牧田に気付き気を取り直して鮎子先生を紹介した。そして、「鮎子先生、隆介（りゅうすけ）先生は？」と尋ねると、その問い掛けにうな垂れ、先程の弾けるような歓んだ顔が、見る見るうちに悲しい目になり顔を背けた。次に発した言葉は……。

「坂本は昭和十九年の三月上旬に赤紙が届き徴兵されました。そして三月末に出兵しました。数日後に広島から手紙が届きました。『場所は伝えられないが、南の方に行くことが決まった』と、戦地に行くとの知らせを聞いて直ぐに広島まで行きました。やけんど、逢えんやった――。私が到着したときは既に出発した後でした。励ましの言葉を伝えることも叶わんやった。ひと目だけでも会いたいと思いました。悲しい気持ちでいっぱいやった。しかたのう川登に戻りました。半月後に広報の方が来られました。シンガポールで戦死したとの連絡でした。出兵して、たった一ヶ月やよ！　坂本の遺骨はありません。白い布の木箱には、たった一枚の紙きれが入っちょった。……薄っぺらい紙切れ一枚でした。その時、私は身ごもっていました。そして、この子が生まれました。きっと、この子は坂本の生まれ変わりです。きっと――」

悲しみに眼を伏せて寂しそうに呟くようにボソボソと語り、涙を流し、また、うな垂れた。

平は静かに話を聞いていた。無償に腹が立っていた。拳を強く握り、鮎子先生の無念を思うと悔しさがこみ上げてきた。隆介先生が『自分の信念を表に出し、旺盛に行動し、龍馬の如く、どんな時でも、冷静に艱難辛苦(かんなんしんく)を乗り越える事！　期待している！　身体だけは気をつけろ！』と激励して真剣な顔で語った。先生の笑顔が――、そして、また、職員室の窓を飛び越え、校庭を一直線に横切り、春一番よりも速く疾風の如く校庭を走る隆介先生の姿が蘇った。自分が大切にした人が亡くなってゆく時代の非情を感じられずにはいられなかった。

側に居た牧田は目を腫らし悲しんでいる平にそっと寄り添った。日頃、何度も聞いていた土佐の〝いごっそう先生〟と会うことを心から楽しみにしていただけに辛い話のようであった。二人は、鮎子先生の話に耳を傾けるだけだった。

「前を向いて歩く」と言い。そして、「忘れ形見の誓太が居るから、この子と一緒に歩くから、大丈夫」と言った鮎子先生が一番辛いのに、落ち込んでいた平の心を気遣ってくれた。誓太の事を話したことで少し落ちついたと見えて、乳飲み子と一緒に高等小学校の隣にある土居垣医院まで足を運んでくれると微笑んで言ってきた。

「いごっそう。平が、帰ってきたのにじっとしていられない」と強がりを言って帰還した事を心から喜んでいた。

土居垣医院に向かう途中、道すがら亀山校長・早見教頭の家に立ち寄り知らせて廻るので、皆が鮎子先生に続きゾロゾロと歩き出す。早見教頭は平を見つけると赤ら顔がもっと真っ赤になり歩み寄り「にゃぁ～(なぁ～)。平かぁ」と言って、満面の笑顔で近づいてくる。そして機関銃のように捲し立て、皆を巻き込んで大声で喋る。平の〝いごっそう〟振りを大げさに牧田に語るので盛り上がり、昔話に花が咲き賑やかなこと極まりない。平はおどけて騒いでいる一行の姿を眺めながら、川登の人々の心の優しさに救われたような気がしていた。

高知の山間にある片田舎の川登は米国の空襲も無く、戦前と殆ど変わらない里山の風景が広がり、戦争の事を忘れさせ気持ちを落ち着かせてくれた。村は戦時中と異なり、殆どの家々は玄関や窓を大きく開け放って家の中まで見渡せた。表道の騒然とした物音に気付いた川登の村の家中の人は、ゾロゾロと歩く一行の中に背の高い〝いごっそう〟平を見つけると、主だった家の者たちまで飛び出てきて手を振りながら合流した。一回り大きくなった集団はまるで行軍さながらの道行きであった。その連中が土居垣医院に差しかかる。家の前で掃き掃除をしていた妹の明子が遠くから、大声で笑いながら大勢が向かってくるので手を休め額の汗を拭いた。

「何事なの？」とひとり言を呟いて、しばし眺めていた。——が、その中に一際背の高い体躯の良い平を見つけたので、その場で茫然と立ち尽くす。

「えーええー、えーそがなことぉ～　うそ～っ」と大きな声を発したかと思うと、次の瞬間、掃き掃除している箒(ほうき)と塵取(ちりとり)を青空に放り投げ、サンダルを脱ぎ捨て蹴とばし、裸足のまま家の中へ走り去る。家の中からは〝ドタバタ〟と走っている明子の足音が響き渡った。診察室の扉がバタンと開く音が外まで聞こえたかと思うと、今度は「オーッ！　なに～っ！」と叫ぶ声が聞こえた。父、英志(ひでし)の声である。「平かぁ？」大きな声が家の中から表通りまで聞こえてきた。その叫び声を聞きつけた弟の一幸(かずゆき)までも、二階の部屋からドンドンと階段を駆け下り、診察室の中で飛び跳ねている様子が窺えた。

「な、なに、何事や！」また、父の大きな声が響く。、

「平兄(たいらあん)ちゃんが、帰って来たーっ！」明子は、自分の頬を思いっきり抓(つま)んで叫んだ。

「どひたち……、間違いじゃないのか？　平が、帰って来たか⁉」明子の肩を揺らした。

父が叫ぶのも頷ける理由があった。それは、終戦間近の八月十四日に海軍から手紙を受け取っていたからだ。

拝啓

父上様　自分は未明に特別攻撃隊として出撃します。

今まで育てていただいた事、感謝の念で一杯です。

あの四万十で白夜月に掛かる一筋の雲に焦がれて、自分は悠々たる大空を飛べた幸せを噛み締めています。日の丸を背負った零戦から見た四万十は綺麗で優しさに溢れていました。川登川瀬の沈下橋や黒尊の青々としたせせらぎが瞼に浮びます。

この世に生を受けた人は誰でも終焉は訪れます。お国のために為に死す覚悟は出来ています。

歓喜に耐えません。喜んでください。

一幸、明子も息災に過ごすようお伝えください。

どうか、どうか、父上様もお身体ご自愛いただき、お元気でお過ごしください。

平は、靖国に居り、何時までも永遠に微笑んで征(ゆ)きます。

敬具

横須賀第二〇三航空隊

海軍少尉　土居垣　平

短い手紙の内容であった。伝えたい事は沢山あったが当時は検閲があり、本心は書けない。差障りのない手紙ではあった。ただ少しでも気持ちを伝えたい工夫があった。受け取っていた文章の中に書かれていない言葉を読み取って、白紙の行間を埋めていた。心の機微を察していた。

英志は明子の肩を揺すってから、履いていた診察室のスリッパを蹴飛ばして、まっしぐらに表玄関へと走り出す。そして大きく玄関の扉を開け放つ。平を見つけると、両手を空に翳して「ウオーッ」と叫ぶ。玄関の扉の前で、家中の騒動を聞いて立ち尽くしている一行の前に躍り出た。集団の真ん中にいる平に目がけて、大股で駆け寄り、正面に見据え立ち止まる。もう一歩、力強く歩み寄り正対して立ち尽くした。無言の時間が過ぎ言葉にならない。大きく眼を見開きその姿を、我が子を、眼の中に納めてから、もう一度、頷き「ウオーッ、平か！」と叫び、天に翳した両手を一段と大きく広げて抱きしめた。少し遅れて、明子も一緒になって抱きつく、平は二人の心内とも云える力強い圧力に少しよろけてはいたが、しっかりと受け止めた。英志と明子と平の姿を鮎子先生や牧田や亀山校長は、まじろぎもせずにじっと様子を見つめていた。その場に居合わせる全員が嬉しさに溢れ、心優しい気持ちになり涙ぐむ。その姿を見ている村の人の中には肉親を亡くしていた者もいたが、今は誰もが平の帰還を我が事のように喜んでいた。

その晩は診療所で、平の帰還を祝って川登の主だった家々の人が、食糧難の時代に食材を持ち寄り土佐名物の皿鉢(さわち)料理が振舞われ祝宴が設けられた。宴は夜遅くまで続き、明るい声が響いた。診療所のストレッチャーには皿鉢が並べられた。皿鉢は大ぶりの皿に盛り合わせた宴席料理である。刺身やカツオのタタキや車海老、川海老、鮎、メジロ（ブリ）の姿寿司、こんぶ巻寿司、卵巻寿司、太巻寿司、ちらし寿司、揚げ物、煮物、てんぷら、酢の物、ナルトや甘いタルト、羊羹までもが綺麗に色取り取りに盛られている。料理の芸術とも称されていた。平と牧田にとって、終戦時の松山では想像も出来ない豪華な食事であった。

平と牧田はそんな優しい川登の人々が接してくれる生活を満喫していたが、この片田舎の四万十の川登にも物資難、食糧難は徐々に押し寄せて来た。少しでも村人の役に立ちたい気持ちもあり、四万十川の川向こうに延びている中村有岡までの道を広げる道路工事に従事していた。予科練入隊当時の『どかれん』の如く大きな岩を砕き、一輪車に土を山盛り詰め込んで道を広げる土木作業に精をだしていた。

それから数年の月日が経ち、牧田が新聞で一九五〇（昭和二十五）年に始まる陸上自衛隊の前身である「警察予備隊」の募集記事を見つける。翌年には民間飛行機会社、一九五一（昭和二十六）年八月に（旧）日本航空株式会社が資本金一億円をもって創立される予定でパイロットの募集も始まる。

牧田は、田舎で戦後の混乱した時代でも食べる事に困らない川登の土居垣医院の世話にいつまでも甘える訳にはいかない、『警察予備隊』に行くと言い出した。

「平、お前も俺も二十三歳になる。いつまでも貴様の〝おんちゃん〟の世話になる訳にもいくまい。都会では、闇市が今でも盛況なようだがいつまでも続くとは思えない。世の中は変わる。そろそろ自分の人生を見詰める時でもある。それに北海道の両親もそんなに若くない。弟が家を継いでいるが、そろそろ俺も身を固めないと……、なっ」

行く末を真剣に考えろと言わんばかりであった。

「そうだな、何時までもこのままではな」

生半可な受け答えをした。平は白夜月が薄ら(うっす)と浮び春光がまぶしく、一筋の雲が四万十川の空に掛かる大空にまだ憧れていた。

第7節　虹の箸

暫くして牧田は大阪で警察予備隊の試験に臨んだ。一方、平はまだ、決めあぐねていた。数週間たった日に牧田から手紙が届き、警察予備隊に入隊する事が決まったと連絡が入った。「警察予備隊には翼は無いが、俺には天職ではないかと思う人を守る仕事だ。戦争をする仕事ではない。今までの経験も活かせる」自分に言い聞かせるように手紙には書かれていた。

平は思うところがあった。大空への未練ではないが、翌年募集の民間飛行機会社を目指そうと考えていた。当時、民間飛行機のパイロットになる人は、殆ど旧陸海軍の飛行機搭乗員が多く採用されており、七千円の試験研修費用を支払えれば簡単にパイロットになれた。その事を父に話すと、「飛行機は幾ら性能が良うなったとは言え、落ちるのじゃないか？　わしは反対じゃ！」と言い放ち、悲しそうな顔を向けた。また、平がパイロットになる話を事によって、鮎子先生に父が話すので、鮎子先生は晢太の手を取り土居垣医院まで押しかけて来た。珍しく目を吊り上げて興奮冷めやらぬ赤ら顔で捲し立てた。

「平さん！　英志先生からお聞きしましたよ‼　また、飛行機に乗られるのやか？　私は反対や！　亡くなった坂本も、地に足を付けてできる仕事を平さんにはして欲しいと生前から話しちょった。もう戦争は終わったのや！　もう飛行機に乗らんでも、もうええから！　やっと、戦争が終わって生きて戻って来たんやから！　危ない仕事はせんで欲しい。やっと、やっと逢えたのに、なしてぇ！　そげんな事を言う⁉　平さんには、医者になって欲しかった。今からでも遅うない。英志先生もそう思うてる」

半分怒りながら父の心を知っての話しぶりであった。そこには諭すように話す鮎子先生ではなく、感情を表に出している怖い鬼先生のようであった。平の心に響いた。

「じゃが――、早う定職を見つかんといかんのぜよ――と。先生、よう分かりましたけん」

剣幕に押されて、渋々ここは一先ず父と鮎子先生に従う事にした。その鬼の形相の真顔の中にも優しさが垣間見えた。人を思う心がヒシヒシと伝わって来た。尋常小学校の頃に電信柱に登り電線を自転車に繋ぎ悪戯した、あの〝電気泥棒自転車事件〟で優しく諭した日と同じだと……。鮎子先生には敵わないと改めて思うのであった。

それから暫くして牧田が警察予備隊に行き川登を去る。平も牧田と同じ警察予備隊に入隊する事も考えたが、もう少し思案する時間が欲しくなり未来を見詰めることにした。そして、東京の駒子叔母の所に厄介になることを決め東京で仕事を探すことにした。だが、もう一つ理由があった。未だに消息のつかめない和代が気になっての決断でもあった。

平は、和代に終戦間近の特攻出撃前に手紙を書いていた。宛先は茨城の源太郎蕎麦屋の住所に検閲をすり抜けて届けられていた。

拝啓

櫛田 和代 殿

自分はあこがれの七つ釦に身を委ねて、随分と時が過ぎました。

誠に寂寥(ものさびしいさま。ひっそりしているさま)は否めない感はあります。

然し名誉ある帝國海軍航空隊員です。

広島の呉では、心温かい詩手紙をいただきましたが応えられず。

色々と御無礼致し、誠に恐縮致して居ります。

この書面にて自分の心内を汲み取ってください。

明日の八月十一日、九州の航空隊から出撃し見事散る覚悟です。

あなたが何時か言った大きな虹の箸で、笊蕎麦を頂けませんでしたが、天晴れ桜の花と散りし、今を喜んでください。

太平洋の海原を悠々と自分の白い零戦は五千尺雲の上より御多幸と御健康を祈って居ります。

——余りにもあなたが——、美しい文句も何も望んでいない事は重々心得ています。

この愚かな自分を筑波山の良き友として、永久に、然るに良き家庭を築いてあなたの人生の役割を果たしてください。

あなたの人生を全うしてください。

真摯に向き合えば人生は応えてくれると自分は信じています。

敬具

横須賀第二〇三航空隊
海軍少尉　土居垣　平

平は、出撃の前に戦闘帽で眼元を隠しながら、涙を堪えてしたためていた。

しかし、当時その手紙が、和代に届いていたか、否か、知る由もなかった。

そして、終戦を迎えた。暫くして川登に落ち着いた頃に、やっと自分が生きている事を告げる為に手紙を出していた。未だに和代の消息は解らない。今更という気持ちもあったが、茨城の源太郎蕎麦屋の住所に、櫛田和代に、迷った末に自分の思いを伝えるべく決断であった。ただ、元気で暮らしていることを伝えたくて……、源太郎蕎麦屋の裏庭の床机の席で決戦に旅立つ前であった故に、伝えられなかった当時の本心を打ち明けようと心に決めていた。

やはり、和代が言った。平の『平(へい)』と和代の『和(わ)』の名前が導いた運命と感じて、二人の名前が重なり『平和』となり一つになることを望んでいた。だが、時は無常で、夢は叶わぬ、夢見る事すら叶わぬ。時代でもあった。

終戦後に出した手紙は願いも空しく、宛先不明で差し戻されていた。その後も何度となく手紙を出した。日本の郵便事情も徐々にではあるが、回復の兆しが望めたのだが――、結果は同じであった。一縷(いちる)の望みを抱いていた。

そして、平は川登の四万十を後にした。

二つボタン

第1節　蒲田駅の雑踏

東京は誰もが暗い悲惨な戦争を忘れようとしていた。

苦しみを忘れさることだけを求めて戦後の混乱から希望に満ちて、未来を願うように街には流行歌の『銀座カンカン娘』の陽気な音楽が流れ、映画では『青い山脈』が上映開始。新聞では、一九四七（昭和二十二）年から発刊されていた夕刊フクニチで一世を風靡（ふうび）した長谷川町子が、『サザエさん』で世相を追い、わかりやすく風刺も織り交ぜて庶民生活の移り変わりを描いた漫画を連載していた。民衆は戦後の混乱も少しずつ解消され、楽しみを見出し、何かを感じていたのであろう。生きる心の縁（よすが）を何処かに求めていた。

平は仕事を探しながら、日雇い労働に従事し時折時間を作り、茨城の筑波山の麓に続く街道の源太郎蕎麦屋を訪れていた。

しかし、その源太郎蕎麦屋は原形こそ留めていたが廃墟と化していた。かつて暖簾（のれん）の架かっていた引き戸は大きな穴が開き、街道沿いからも朽ち果て掛けようとしている店の中が窺われた。天井にあった大きな柱も斜交に組まれた柱の囲炉裏上部の天棚も壊れ、天井の欄間窓の美しい装飾の桜木の組子柄は形を留めていなかった。机の下では斗屋もどきの茶碗が悲しそうに憂いを帯びた源太郎蕎麦屋のように、地面に叩きつけられ割れていた。

平が予科練に憧れ土浦航空隊の門をくぐったのは九年近くも前の事であるが、今また、こうして源太郎蕎麦屋の前に佇んでいると、その頃の和代の屈託のない笑顔や、源太郎の愛想の無い仏頂面の顔や、優しい房子までもが、今でも調理場から顔をだして来るような不思議な感覚を覚えるのであった。

廃墟と化した店を見るたびにこれが現実とは分かっていたものの、今まで何度か源太郎蕎麦屋の和代の消息を掴むために、筑波山の街道にある店や近隣の昔暮らしていた人々に会いに度々訪れた。しかし、むなしく時が過ぎ、足取りすら掴めなかった。

梅雨が明けた頃に土浦の街道沿いの茶店の主人が噂を聞いたと教えてくれた。しかし、その噂は和代の消息ではなく源太郎が空襲で亡くなったというむなしいものであった。主人が言うには、「その空襲で源太郎は頭から先が吹っ飛び、近くには何人かのバラバラの遺体があった」との事であった。男女の区別もつかない程で身元は不明であるが、残された衣類からして源太郎の家の房子と和代ではないかと思われるとのことであった。仮に生きていてとして、和代と房子は筑波にはもういないのではとの情報である。不確かな情報であったが、似たような話があり、半ば諦めかけようとしていた。消息が掴めない空しい日々を送っていた。

　それから一ヶ月程過ぎた。何度か訪れた筑波街道で、太陽が西に沈みかけた夕焼けの西日の陽射しが眩しい日に、懐かしい男と出くわす。今日も何か新しい発見があるかも知れないと一縷(いちる)の望みを抱いて、源太郎蕎麦屋を訪れた帰りに良く立ち寄る宇都宮駅の前通りにある『宇都宮焼きそば屋』であった。平が半熟の目玉焼きを頬張っている時に、ふと、横の席で美味しそうに太い麺を豪快にすすっている男の音が気になり、何気なく眼を移した。その男も平の視線を感じて顔を左に向ける。次の瞬間二人は目が合い食べる手を止めて、お互いに「あっ！」・「あっ！」と叫んだ。太い麺をすすっている男は、偶然にもあの和代が女子挺身隊で働いていた大谷地下軍需工場の元工場長であった。本多宗太郎(ほんだそうたろう)元工場長は源太郎蕎麦屋で、和代と栄二の廻戸(はさまど)の住所を尋ねた時に挨拶しただけで一度しか会っていない平を良く覚えており、隣の席で麺を口に運んだまま口から半分焼きそばの麺を覗(のぞ)かせてびっくりした顔でお辞儀をする。二人は暫し、再会した喜びと昔の取りとめもない話をしていた。話題も一段落して、本多元工場長は唐突に『宇都宮やきそば』の美味しさの由縁を語りだす。

「ご当地の『宇都宮焼きそば』の麺は太麺で、具はキャベツをベースにイカが入って、店によっては貴重な豚肉が入っている所もあるが、ソースは東京の半月兎ソースで生の野菜がふんだんに使いわれでいでぇ、戦前がら味は変わっていねえのです」

　自慢話をしていたが、お互い辛かった戦争の話は避けていた。話も一段落して話題が尽き、戦争の心の傷が癒えぬ二人ではあったが、同じ境遇である故に何気ない言葉のやり取りから暗い過去の話に及んだ。

元工場長は中島飛行機大谷地下軍需工場の米国の爆撃に触れた。

「大谷地下軍需工場のあの爆撃は偶然でした。日本の秘密工場を爆撃した事をアメリカも気付いでいながったのでは……、恐らぐ霞ヶ浦航空隊基地の爆撃位置を間違えだのだっぺ。しかし、あの日だった一発の爆弾が不幸にも運悪く、白井佳美(よしみ)さんに当だった。運が悪がった。その後は大谷地下軍需工場に空襲は一回もありませんでぇ。偶然が重なり、佳美さんは本当に、お気の毒な事で……、工場で亡ぐなったのは佳美さんだげです。

女子挺身隊の方々はお国の為に、手に豆を作って、朝早ぐがら暗え大ぎな大谷石の洞窟の中で、ハンマー片手に時には防毒マスクをして、一生懸命、一生懸命に働いでいました。海軍さんのお知り合いの櫛田和代さんは一番の働ぎ者でしたよ。

あっ、そうだ。確か、今は和代さんと房子さんは土浦で身を寄せでいる。家族共々暮らされでいるど、元軍需工場の班長だった常陸若森(ひたちわかもり)の敦子(あつこ)さんからお聞ぎしています」

「今、なんと言われましたか?」

突然、辛い会話の流れからその一言を聞いて、それ以上言葉が出ない。

「敦子さんが言うには、終戦間近は、食べることにも事欠いでいだ時代で、源太郎蕎麦屋の和代さんも土浦の闇市で、房子さんのお知り合いの方ど国民服や軍服の切れ端で北川さんと洋裁をして服を売っていだど。その闇市の服が評判で土浦の駅前で店をだしているど。その土浦の店で働いていいだと聞いだ。たまだま、俺の知り合いだがぁ、北川正子さんでぇ」

工場長は、驚き聞き直した平の心の動揺を察して、詳しく教えてくれた。

宇都宮焼きそばを半分残したまま食事を終えて、本多宗太郎元工場長に交友のある土浦の北川正子と云う洋装屋の場所を聞いた。

お礼もそこそこに宇都宮から、あの懐かしい土浦の駅近くの有明にある北阪洋品店を営んでいる北川正子を早速に尋ねることにした。

その店は、戦争中の衣料切符が発行されている配給時代ではあったが、細々と営んでいた。空襲で家と店を焼かれいたが、闇市で活路を見出し、洋服を売り、土浦の元あった家の土地を再建して営業を再開していた。

平は、店に入るなり逸(はや)る気持ちで、洋服の整理をしている店員らしき年嵩(としかさ)の女に女子挺身隊の和代がこの店にいると聞いて来たと伝えるが、猜疑心(さいぎしん)を持った目を向けられた。

「大谷地下軍需工場の元工場長の本多宗太郎さんから聞いて立ち寄りました」

と、もう一度、頭を下げて話すと、女は安心して確かに房子の娘の和代も一緒に働いていたと、やっと重い口で答えた。女は北川正子と名乗った。

「今はメリヤスの服を売っていますが、終戦当時は、国民服・もんぺ・標準服・軍服を作り直(リメイク)して販売しておりました。しばらぐ和代さんは、房子さんと一緒に店を手伝っていいだだいでいました。それは、それは良く働いておられだよ。木綿製のワンピースのアッパッパ（up a parts）の簡易服・既製品を作り、それが若え女性に評判が良ぐ、少し終戦の混乱がら開放されづあった時代も相まって毎日、沢山、売れでいました」

正子は商売の話をしていたが、一歩踏み込んだ話をした。

「和代さん心がら思っている人が居られだが、その方が終戦の間近に亡ぐなられだどおっしゃっていました。飛行機に乗られでいだど――、特攻だそうです。それは、それは悲しまれでいだようで、傍から見るのも可哀そうな感じでした」

和代の終戦間近の苦しい心内を知って教えてくれた。

平は「そ、そうですか」と言葉を詰まらせ返答するだけであった。

正子は話を続けた。

「房子さんから聞いだ話ですが、和代さん、当時は随分と塞ぎ込みお痩せになられで、しかし、沢山の方が亡ぐなられる時代でしたがら、周りの人も余り気に留めでいませんでした。暫く経つと忙しさも相まっていろんな洋服を作る仕事が入り、やっと心の整理ができで、前向ぎに生きるように洋服の考案（デザイン）に没頭されアッパッパを作られでいました。

そんな和代さんの一生懸命な姿を見で、昨年病気で亡ぐなった家の主人が東京の蒲田で店を出すようにど房子さんと相談され、丁度そのごろ、少しでも暗え過去を忘れで生ぎる気力を取り戻して欲しいど房子さんも考えでいらっしゃったようでした。東京の混乱も少し落ぢ着いできだ時代でしたので、やっと、皆さんがおしゃれに興味を惹がれるようになりました。房子さんの実家は東京の蒲田駅の近ぐでしたので場所も良いど言って主人が独立を進めで、房子さんも和代さんも納得され、今は其方でお店をされでいます。が……。あっ、そう縁があって私の家の息子ど一緒になり子供も授がり暮らしています」

突然、自慢げに語った。

「そうですかぁ、息災で暮らしていらっしゃるのですかぁ。ご結婚されて、それは、それは、良かった……。良かったです」

正子が発した和代が結婚して子供がいるとの言葉に平静を装って言っていたが、気持ちを落ち着かせることが出来ないでいた。

「あの～っ、和代さんの昔がらのお知り合いですか？」

正子は首を傾げて覗き込みように訊く。

暫くは、声が聞こえなかった。もう一度「あの～っ」と言われて、やっと目を合わせた平だった。

「いやぁ、な～んちゃ、知り合いやけんど、予科練時代に源太郎蕎麦屋さんに良う行って蕎麦を馳走になっちょっりました。お店の源太郎さん、房子さん、達也さんにも良うして頂いたき、懐かしさもあり尋ねて来ました」

「そうですか、源太郎蕎麦屋に行がれでましたが、予科練の方で、お店には予科練の方が沢山お見えになられたらようですね。源太郎さんは、本当にお気の毒なことで、B29の焼夷弾に当たって、惨たらしい――最期でした。房子さんも手に軽い火傷をおわれで、しかし、和代さんは気丈にも近所の方や皆さんの手当てをされでました。もう、それは近所でも評判でしだ。そうそう、今は東京の蒲田駅前で、ここと同じ屋号（北阪洋品店）でお店を出していますよ」

昔馴染みの予科練生と聞いて源太郎蕎麦屋の状況を詳しく教えてくれた。

戦後の荒廃した時代であるために和代が、結婚しているかも知れないと予想はしていた。何より生きていることが分かり心から喜んでいた。終戦から時が経ち消息が掴めない日々が続き、半ば諦めの境地も重なり、もう駄目かと思いかけていた矢先であったから、尚更に生きていることが何よりの喜びであった。戦後の混乱期、どんな状態であっても驚かないと覚悟していた。しかし、心の動揺があった。汗がじわっと額から喉元を伝う。胸の奥底に届く勢いであった。

平は、気持ちを整理する時間も程々に、正子に深々と頭を下げて一礼をして教えて貰った事に感謝し踵を返し土浦の駅に向う。太陽がギラギラと照りつけてきた。午後からは一層風の無い気候と霞ヶ浦の湿気が重なり、涙のような汗が滝のように額から背中から溢れ出す。茹だるような暑さで朦朧としているのか、霞ヶ浦に蜃気楼が浮んで見えた。キラキラと輝いている。ゆらゆらと揺れている湖面を眺めて錯覚を見たように回想する。

蜃気楼に映し出されたのは戦地であった。自分は三度生かされた。『これが最後』と思った十死零生の特攻命令で死を覚悟し、自分の死を受け止め、この世の未練を全て断ち切り、全ての感情を捨て去り、全ての想いを忘却の彼方に置き去ってきたと、当時は、そう思っていた。しかし、こうして戦後を生き延びている。生きた以上は少しでも、何があっても前を向いて行こうと心に決めていた。悟りに似た心境であった。

今、心から和代が無事で戦後の混乱を生き延び、そして逞しく生きている事を知り、心の底から安堵していた。

和代もきっと、平の手紙を受け取った時から過去を忘れ去り、前を向いて一生懸命に生きて行こうとしていたに違いない。そう感じでいた。和代ならそう考えるであろうと。

終戦から今まで、ずーっと、ひと時も忘れずに和代の事を考え続けていた。和代の人生を……、そして、考え抜いていた。今も……。その思考の先にある結論を出していた。自分が生きている事を伝えるべきではないと、今は、そっと見守って行く事が自分の役割だと思っていた。諦めること、見極めること、お互いこれからの人生をどのように生きていくのか、生きようとするのか、己の道を歩むことが出来るのか？　戦後の混乱期で生きていく事は想像を絶する事が待ち受けているのだと覚悟していた。

しかし、ひと目、ひと目だけでも和代の元気な姿が見たいと願った。会って何かが変わるわけではない。勿論、時が戻るわけでもない。

あのミッドウェー海戦で海面に白い飛沫をあげて着水した。南太平洋で見上げた夜空で、和代が囁(ささや)いた幻想が夏空に再び霞ケ浦と重なり、蜃気楼となって浮かび上がった。暫く感傷に耽っていた。気が付くと土浦の駅舎のベンチに腰を降ろしていた。

再び東の空に目を向けると白夜月が薄ら（うっすら）と浮んでいた。春光がまぶしく一筋の雲が四万十川の空を通り過ぎた日を『あの空をゆく鳥のように大空に羽ばたきたくて』ぼんやりと白夜月の傍らで一筋の雲を眺めながら夢見ていた幼い自分を、あれから十年の月日が経ったが、今もまた心の葛藤がある。

蜃気楼を振り払うように、ベンチからスックと立ち上がり列車に飛び乗り一路、東京へと向う。列車は鉄道の軌道連結を通る度にゴトン、ゴトンと揺れる。その揺れに身を任せていると、和代と一緒に東京中野の関東尾浜組へ行った日の事を思い起こした。当時幼い和代は、一番のお気に入りである久留米ちぢれ織りのモンペを嬉しそうに履き、目一杯のおしゃれをして、楽しみにしていた車窓からの眺めが見られず不機嫌であった。土浦を出発する前は『浅草の雷門は見えるか？　千鳥ヶ淵の水の色は、霞ヶ浦より青いのか？』と言って、心を弾ませいた屈託のない笑顔の和代が、だんだん寡黙になってゆく姿が、客車の人混みの中に見えるような錯覚さえ覚えた。

ゴトーン、ゴトーン、ゴトゴト、暫くすると列車は両国を過ぎて隅田川の鉄橋に差し掛かる。右手の車窓を眺めると川べりにある浅草の浅草寺がまったく窺えない。浅草寺は本堂も五重塔も一九四五（昭和二十）年の東京大空襲で焼け落ちていた。辺りには小さなバラック小屋と空き地が所々に立ち並んでいた。和代と一緒に見た朱色に塗られた鳥居も窺えない。ちょうどその風景は、何もかも焼き尽くされ、忘れ去れと言われているようであった。何気なく左手の窓を眺めると、焼失を免れた東京本願寺の本堂の大きな屋根が見え凛として聳え立っていた。その佇まいは、希望が天に向かって突き出ているようで、日本の行く末を暗示しているかのようであった。

　山手線に乗り換えて、蒲田の駅前に降り立った。駅舎は、取り敢えず応急処理で建設したのであろうと思えるほどに見窄らしい一階建てのバラックの建屋で、そのバラックの駅舎屋根の中央に【蒲田驛】の看板があった。行きかう人々は手拭を手に持ち顔の前でバタバタと扇ぎながら、時には頭の上に翳し、照りつける真夏の太陽の日差しを避けている。駅前の大きな砂利道の脇道横には露天が店を連ね、客の呼び込みに躍起になっている。道端では濃い化粧をした女達が、チューインガムをクチャクチャと噛みながら落下傘のようなひらひらしたスカートを履いて、ウエストを絞った服を着ている。女達は、平や他の日本人には眼もくれずに片言の英語で、アメリカ軍の男達に声を掛けていた。

　ここ蒲田はＧＨＱ(General Head Quarters・連合国軍最高司令官総司令部)駐留軍基地が近くにある土地柄で、進駐軍の車も多く行き交っていた。子供達は「ギブミー・チョコレート！」と叫びながらジープの後を追い縋る。その姿は、戦後日本の大きな街では何処でも見掛ける風景でもあった。戦時中は誰もが日本の兵隊さんに憧れていたが、今は誰もがアメリカに憧れていた。我が物顔で大声で笑いながら、奇声を発しジープに乗っている。腕に刺青を施した大きな身体のヤンキーが、【HERSHEY'S】のチョコレートを縋る子供達に放り投げながら、平の前を通り過ぎて行った。砂利道からモクモクと土埃が舞い上がる。目の前が徐々に霧が晴れるように明るくなって来た。大きな通りの先に薄らと、北阪洋品店の看板が、砂塵の中から現れた。土煙が消えるのを待ってから、ゆっくりと一歩踏み出そうとする。

しかし、心とは裏腹に足は動かなかった。心臓の鼓動が早まる。ドクドクと吐き出される真っ赤な血液が指先に流れるのがわかる。心臓の音が耳元で聞こえる。全身を流れた血液が役目を終えて心臓に戻ってくる。硬直している身体とは裏腹に頭は冷静であった。

明らかに戸惑い躊躇っていた。ざわめく心の葛藤があった。真の心内は、走りだせと！　騒いでいる。何年も待ち望んでいた情景だった。だが、その看板の店を尋ねて会う事はできなかった。蒲田まで来たものの……、死んだ事になっている自分が今更逢う事は出来ないと、もう一人の自分が言い聞かせ思い留まっていた。ただ幸せを願っていた。和代の幸せを――。無事でいる姿をひと目確かめたいがため、ここまでやって来た。空虚の時が過ぎていた。言い聞かせるようにフーと息を吐き『もう充分！』と未練を振り払うように心の中で呟いた。

駅前の郵便局前の大きな消火栓の脇にある大きな赤いポストの前で店を窺っていると、店の中から若い女がおんぶ紐に幼い子供を背負って出てきた。その子供をあやす仕種は、かつて源太郎蕎麦屋の店先を房子が、竹箒を手に取り掃除をしている姿と重なって見えた。紛れもなくあの懐かしい天真爛漫な和代であった。やっと逢えた。少しやつれてはいたが元気そうに見えた。今一度走り出しそうになる。しかし、またも心が身体を支配し押し殺す。また、心臓の鼓動が高まる。意を決し唇を噛んだ。血液の雫が神経に伝わらない。自分に言い聞かせるように心の中で言った。

幸せとは見極めること、諦めること……、海軍式敬礼をして頭を深々とゆっくり下げ一礼し踵（きびす）を返した。何もかも振り払うように……、そして大股でツカツカと蒲田駅に戻った。

一方、和代は店先を掃いていた竹箒の手を休めて、何気なく遠ざかる大きな男の後姿をボンヤリと眺めていた。その男は戦後、何処でも見かける白い開襟シャツにスフ人造絹のカーキ色のズボンを履いていたが、何故か眼に留まっていた。遠のく男に目を凝らし、しばし追っていた。人混みに見え隠れする大きな背中の男。何故か懐かしい人のように思えた。数秒ほど蒲田駅方面の雑踏の中に見え隠れしている男の後姿をぼんやりと見ていたが、次の瞬間、何かに引き寄せられるように、真夏の青空に眼を移し、大空を悠々と飛んでいるトンビに眼を奪われる。大きな弧を描いてまるで零戦のように飛ぶトンビ、眺めていると懐かしさを覚えた。トンビが飛ぶ青空を眺めていると筑波山の稜線が目に浮ぶ。それは大空にスクリーンが現実かのように眼前に現れた。源太郎蕎麦屋の裏庭の真っ赤な床机（しょうぎ）に、平と和代が並んで座っていた。無言の場面であった。暫く、そのスクリーンに向かって物思いに耽っていたが、我に返り、ゆっくりと地上に眼を降ろした。そして、慌てて蒲田駅の男を捜す。しかし、既に雑踏の人波の中に飲み込まれていた。もう、見えなくなっていた。大きな背中の男。

「平海軍さん――?」

ポツリと一言、和代は心の中で呟いていた。その呟きは鎌田の男には届かなかった。

第2節　横浜のドン

繭の中にいるようだ。草で覆われた東京調布飛行場の滑走路で、零戦に似た飛行機に乗っている。アメリカの映画会社の撮影現場である。目の前に据えられている大きな扇風機から強風が起こっていた。その風に吹かれながら、防風セルロイドに包まれ操縦桿を握って真剣な顔で前を向いて白いマフラーを棚引かせている男がいた。平である。張りぼての飛行機を走らせ数メーター ジャンプして離陸する真似をしていた。映画作品の制作はアメリカ進駐軍によるものであり、記録映画としてアメリカ本土と日本で上映される予定であった。

太平洋戦争の記録映画で「日本かく戦えり」と云う内容と聞かされていた。その記録映画は、アメリカの軍事記者ロバート・シャーロッドの実話に基づいて製作されていた。

The archives of the National Museum of the Pacific War hold thousands of manuscripts, official documents, photographs and recorded interviews with Pacific War veterans.

（アメリカ国立太平洋戦争博物館のアーカイブには、何千もの写本、公式文書、写真、太平洋戦争の退役軍人のインタビューの収録がある）

三年有余の戦争の全貌である「記録写真太平洋戦争史」で、記録映画の内容は、真珠湾のシーンから始まり、日本軍の南方進撃（比島、マレー、蘭印方面）。ドゥーリットルの東京空襲。珊珊瑚海海戦。ミッドウェー海戦。ガダルカナル島争奪戦。ラバウル包囲戦。レイテ大海戦。神風特攻隊の大攻撃（菊水作戦）。戦艦大和の出撃、最後は原子爆弾投下で締めくくられていた。

終戦の傷も収まっていない日本ではあったが、アメリカはその教訓を記録映画として生々しく残し、戦争の悲惨さを後世へ伝え、不幸な歴史を繰り返さないための取り組みであると聞いていた。複雑な気持ちではあったが引き受けた。

GHQが立会いの、その映画撮影クルーの中に一人の日本人の男が撮影助手として働いていた。森久良政と云う三十歳位の男である。中肉中背の体躯の持ち主で、旧日本海軍省の人事局を担当していた人物であった。そう、あの浜井大佐の部下の男である。

森久に浜井大佐の事を知っているかと聞くと、「勿論！」と言って、「元海軍大佐の浜井は終戦の混乱で上手く人脈を使い要職から離れ、終戦を迎えて軍隊を退役していた。その結果、アメリカ進駐軍の戦犯リストを免れ横浜で暮らしている」と近況まで教えてくれた。

また、気になっていた堀内中佐については、終戦前に浜井大佐の直属の部下であったために後釜に就任し終戦を迎えて、不幸にも戦犯となっていた。極東国際軍事裁判所条例で、連合国軍最高司令官から終戦連絡中央事務局を通じて日本政府に通達され、アメリカ軍の第八憲兵司令部への出頭命令を受けたとの事であった。

軍法会議でC級戦犯となり、何とか死刑は免れ戦時国際法における交戦法規違反行為（Namely, violations of the laws or customs of war）に問われ、形だけの裁判で軽い刑で済んだ。家族も胸をなでおろして喜ばれていたようだと言った。被告人約五千七百人中の死刑された約千人には入らなかったとも語った。そして堀内中佐の事に触れた。

「日本の為に戦った生真面目な堀内中佐にとっては戦犯になったこと自体が、心労であったのだろう。将来を悲観して病を患いアッという間に巣鴨プリズンで亡くなられた。アメリカ軍の取調べは過酷で厳しく、A級戦犯は当然のことながら、B級、C級も辛い思いをしたと聞いている。最も重く処刑されたのはA級戦犯で、軍人が主で、対米英開戦の最高責任者の東条英機閣下を筆頭に陸軍大将の板垣征四郎・木村兵太郎・土肥原賢二、陸軍中将の武藤章等の軍人がいたが、中には文民の広田弘毅外交官のような政治家も含まれていたようだ。海軍上層部は敗戦後の責任追及に備えて証拠の隠滅と口裏合わせが功を奏して、処刑された者はいない。海軍では嶋田繁太郎大将が終身刑を受けただけだ」

　海軍の変わり身の早さに森久良政は驚いていた。

　また、陸軍の終戦間際の動向も語った。

「『終結を阻止できぬなら切腹せよ』と云う強硬派の阿南惟幾陸相の義弟・竹下正彦中佐は、クーデター計画の説得に阿南宅を訪れ、その場で阿南の自決に立ち合ったそうだ。自決死を選んだ阿南陸相は、陸軍将校たちの無念を背負おうとしたのかも知れない」

　詳細な陸軍の裏話を語り、戦勝国アメリカに最後まで戦う姿勢を示した日本の強硬派の存在もあったことを教えてくれた。

「生まれた時代が悪かったのか、人の人生は、その時々の時代の流れに翻弄されている。しかし、その時代を強かに生きる奴もいる。浜井の子飼いである近藤と云う男が横浜に来ており、横浜で闇市を仕切って莫大な金を儲けて、今ではすっかり横浜の顔で多くの人夫を雇い、手広く港湾事業から中華街まで幅を利かせている。凄い男だ。これも、浜井の家の力もあっての事だがなぁ」

同時に哀れむ気持ちも語った。偶然にも近藤の近況を知ることが出来た。今更に森久良政という男の情報力と内情の詳しさに驚いた平だった。

近藤が幅を利かせている横浜の街は、横浜大空襲で猛火につつまれ市街地は壊滅状態になり、死者三千六百五十人、罹災者三十万人を超す被害があった。終戦直後の一九四五（昭和二十）年頃からは、接収された影響により都市機能は麻痺していたが、この頃になると旧日本の施設も少しずつ進駐軍から返還されつつあった。

そして、皮肉にも丁度勃発した朝鮮戦争は、日本国内の軍事施設の需要を高め、接収解除を遅らせる結果となる。また、戦争と云う愚かな出来事が日本の復興を後押しして、戦後の経済を成長させる原動力となり躍動する。横浜の人々は力強く「横浜国際港都建設法」に基づく都市計画を契機に接収解除運動を展開する機運が高まっていた。

その影で、巧みに立ち回る男がいた『中華街』と『港湾施設』をしたたかに牛耳っていたのが、近藤良蔵である。終戦直後、宿毛の叔父の手助けをして街の有力者から、復興公共事業の便宜を図り、町長の代理として幅を利かせ、近藤良臣町長の名を使い賄賂を受け取り、私腹を肥やし伸し上がっていた。

「叔父の良臣が須崎の組合に行く言うけぇ駄賃が要ると言っとる。何を意味しとるか分かるな！　裏山の雑木林は町の所有地じゃが、誰に断ってポンカンを作っとる！　これからも作りたけりゃあ、叔父の良臣町長に俺(わし)から、良しなに言うとくが……、どうだ」

宿毛での手口は小作人に対し右手の親指と人差し指で輪を作り、その手を相手の顔の前にズンと差し出し金を要求していた。一時が万事こんな感じである。

そして、高知の闇市では貧乏人から金を騙し取り、大儲けして、その金で大阪、名古屋、横浜と販路を拡大していった。戦時中に部下に接したように、脅(おど)し賺(すか)し、人を籠絡(ろうらく)させては、いつもの常套(じょうとう)手段で『軒を貸して母屋を取られる』と言う諺(ことわざ)があるように、その関わった人々を破綻(はたん)させていた。上手く人の好意を利用するのである。そんな所行を生業(なりわい)にして、横浜のドンとしての地位を確立して近藤は暮らしていた。

その頃、横浜の近藤は浜井と海の見える丘で、沖を通る船を眺めながら接収解除予定地が検討されている海軍軍需工場の跡地の利用について算段していた。

この海の見える丘は、『港が見える丘』として平野愛子が一九四七（昭和二十二）年日本ビクターからデビューし歌い当時ヒットしていた。終戦後、主人や恋人を戦争で亡くしたその方々を慕う心情が唄われているようである。

一．あなたと二人で来た丘は　港が見える丘　色あせた桜唯一つ　淋しく咲いていた
船の汽笛咽び泣けば　チラリホラリと花片（はなびら）　あなたと私に降りかかる
春の午後でした

二．あなたと別れたあの夜は　港が暗い夜　青白い灯り唯一つ　桜を照らしてた
船の汽笛消えて行けば　チラリホラリと花片　涙の雫にきらめいた
霧の夜でした

三．あなたを想うて来る丘は　港がみえる丘　葉桜をソヨロ訪れる　しお風　浜の風
船の汽笛遠く聞いて　うつらとろりと見る夢　あなたの口許　あの笑顔
淡い夢でした

丁度、港の見える丘公園から本牧（ほんもく）辺りが窺え、今はＧＨＱ米海軍横須賀基地横浜分遣隊の管理下に置かれていた。約七十万平方メートルが軍人や軍属、その家族の居住地として接収されていた。かつて、日本人が多く住んでいた細い路地や日本家屋は取り壊し整備され、今はモダンな二階建ての建屋が整然と立ち並び、大きな舗装された道があり、中央の小高い平坦（へいたん）な山の上に燃料タンク等の水道施設らしき円筒の建屋があった。学校・銀行・映画館・物品販売所・ボウリング場・野球場・テニスコート・教会が立ち並び日本とは比べものにならない。文明が謳歌している風景である。貧しい日本が到底太刀打ちできる国力でもないと言わんばかりの佇まいであった。

アメリカ領地は周りをフェンスで囲い込み、フェンス越しに見渡せる景色の全てが、日本人には憧れでしかなかった。しかし、子供達にとっては遊び場であるようでアメリカの子供と日本の子供が柔らかい、泥岩のような物を投げあっている。近藤は、その風景を眺めながら浜井に語っていた。

「第二海軍航空廠瀬谷工場跡地は旧軍毒ガス弾等を保有していたと言われているようですが、イペリット爆弾や中口径砲弾用型薬缶(クシャミ又は・催涙ガス)があり、土地は汚染されとるようで、戦時中は細菌兵器が作られていたかも知れません。今は米軍上瀬谷通信施設になっとるようです。何とか、浜井さんの力で解除できんものか？ と思うとる次第です。本当は、本牧辺りの土地が一番ええんですが」

「近藤、貴様、何を企んでおる」

「いえ、いえ、何も企んでおりませんが、浜井大佐もご存知の国会議員を戦前からしとる紀尾井町の白井雄二先生が、横浜で広い土地を探されとるようで……、これから、この辺の土地が値上がりするようです。横浜も設備投資が増えて景気もどんどん良うなると。今のうちに土地を買い取るのがええと。フフッ、二束三文で買えりゃあ……、浜井大佐にも、ええ思いをしていただけると思いますがのぉ」

近藤は鼻を摩りながら語り、浜井の目の奥に隠れている本心を探っている。

それは土地の地上げであり、徐々に土地神話が始まった時代でもあった。当時、全国の都市では戦後のバラック小屋が立ち並び、そのまま居座る輩(やから)が沢山いた。空襲で土地台帳が消失していたため所有権が不明で、そこに住んでいた人も一家全滅の場合も多数あり、無断で土地に居座る事が容易にできた。横浜の土地もご他聞に漏れず。我が物顔で暮らし、占有権、優先権を主張する輩がいたのも事実であった。戦後数年も経ったことで、行政も所有権が判明しない土地があるのも後押ししていた。そんな土地に住んでいる人々までも、近藤は言いがかりを付けて圧力を掛けて立ち退きを迫る。自分の土地にして裏で手を引く紀尾井町の主に貢いでいた。私服を肥やすのである。今では、すっかり横浜の闇のドンとして存在感を増していた。

そんなやり取りが、横浜の地でも繰り広げられていた。

三つボタン

第1節　寿美の回想

遡ること、一九四五（昭和二十）年元旦に朝日遊郭三葉館から、遊女『ゆうなぎ』こと白井寿美は自由の身となり、生まれ故郷の広島で父の幸吉と母の彩乃と浜焼きの店を営んでいた。

寿美は儚い夢を観ているように回想していた。広島の地で……。

終戦前の一九四五年八月六日午前八時、寿美は、一人で何時もより遅い朝食を作っていた。店の休みを利用して、幸吉と彩乃は早朝に三原の猟師の家に仕入れと日頃のお礼を兼ねて出掛けていた。そろそろ二人が帰って来る時間である。お腹を空かしているだろうと腕に縒りを掛けて台所に立って準備をしていた。

鼻歌交じりに大きな釜土の火を調整しながら、今日はお櫃でサツマイモを蒸すのではなく、珍しく貴重な白いご飯を炊き、広島の細かく透き通るような、これも貴重な白い府中味噌に、わずかな豆腐と玉ねぎとジャガイモを入れて、九時頃には帰宅するであろう幸吉と彩乃を待ちわびて

いた。

　今日は母、彩乃の誕生日なので、奮発して府中味噌にした寿美である。

　広島の白井家は十年程前までは五人家族であったが、今は両親と三人になっていた。兄の幸太郎と双子の姉の佳美は、戦争で欠けたが幸せを感じていた。この些細な何気ない幸せがあるのは、あの海軍さんの平と牧田のお陰だと感謝していた。何気なく、ふと、呉で牧田に『灰ヶ峰』の一枚の絵を見せた時のことを思い浮かべ、不思議がっていた顔を思い起こしていた。寿美は牧田から聞いた「高速で移動する物体は空気の浮力と揚力で、翼の上下で空気の速度が異なると上向きの力が発生して飛ぶ」と云う航空学原理を思いだして、杓文字で弧を描き飛行機が大空を飛ぶマネをしている。

　白い向日葵柄のワンピースの裾を翻しながら踊り、ステップを踏み一人でおどけては、笑みを湛えていた。寿美は、密かに牧田を慕っていた。

「牧田さん、こがいな感じで飛行機は大空をプカプカと飛ぶのかのぉ？　気持ちが良いのじゃろうなぁ。寿美もお空の上から広島の街を眺めたかったなぁ～、きっと綺麗じゃろうなぁ～、あの広島電鉄の一〇〇形電車やハノーバー電車は豆粒のように見えるのじゃろうか？　きっと、楽しかぁ～ねぇ！　太田川の辺にあるモダンな建物の廣島縣産業奨励館や広島城はどんな形に見えるんじゃろぉ、瀬戸内海の島々はどんな風景で見えるじゃろうか？　四国高知の土佐湾まで見えるんじゃろうか？」

独り想像し、鼻歌交じりに独り言を言いながら窓の外に眼を移すのであった。

そこには真っ青な空にキラキラと光る銀色の大きな飛行機が、悠々と白い飛行機雲を棚引かせながら飛んでいた。

「銀色の綺麗な飛行機じゃぁ〜」

寿美が呟いた。その瞬間、銀色の大きな飛行機から硬く醜い塊が落ちてきた。醜い塊は鉄の一滴の雨粒になり、牧田から聞いた航空学の原理とは違い地球の重力を受け空気を切り裂き段々と加速している。その塊は音もなくスローモーションのようだ……。

寿美が「あっ」と言葉を発すより早く、次の瞬間、大きな稲妻が落ちたようにピカッと黄色い光が眼の中にいっぱいに広がる。地響きと共にグラグラと家が揺れ、屋根瓦が台所の釜土の上に落ちてきた。鍋の中の白い細かく透き通っていた府中味噌は灰色に染まる。彩乃の誕生日を祝う為に着ていた寿美の一張羅の向日葵柄の真っ白なワンピースも灰色になり――、ワンピースの色鮮やかな向日葵は枯れた。

塵埃で真っ暗になり何も見えなくなる……。

寿美は、大きな釜土の石の影に蹲るように倒れていた。この刹那の時が……、飲み込めないでいた……。何があったのだろうか？　心も身体も戸惑っている。ただ熱さに耐えている。寿美の小さな頭の中が真っ白になる。そこあるのは、真っ暗な闇の世界だ。音もなく、光さえ見えない。微かに焼け焦げた匂いが鼻をつき、何か言葉を発しようとするが、口をパクパクと開けるだけで、喉が焼けるように熱い。唾は干上がり、声も出せない。暫くすると、ぼんやりと遠くに滲んだ青空が垣間見えてきた。だが、先程まで見ていた澄んだ空は黒褐色に変わり、蛸が墨を吐いたように真夏の青空を侵食していく。

何処か遠くで、人々が叫び唸る声が微かに聞こえる。

数十分が過ぎた。熱さに耐えながら、ゆっくりと這いながら中庭の釣瓶井戸に必死に向い縄の桶を持ち上げようと見上げた。しかし、そこに見えたのはカラカラと空しく回る滑車があるだけだった。釣瓶竿も縄も燃えて無くなっていた。

寿美は震える身体の力の限りに手足を弄り必死でやっと立ち上がり、釣瓶井戸を覗き込むと、数メートル先に古びた木桶を見つけることができた。何故か、そこだけに縁が残っていた。木桶は緑木に引っかかっていた。井戸脇の石祠の陰にある焦げた木を両手で大事に拾い上げ、ゆっくりと持ち上げる。そして、自分の大切にしている向日葵柄のワンピースをビリビリと切り裂き、黒く焼け爛れた小刻みに震える痛い手で桶に結び付けた。井戸水をやっと汲み上げ、僅かな桶の中の水を飲む事が出来たのだった。

縮れ髪の真っ黒い寿美がいた。

飲み終えて「フーっ」と息を吐き、また、倒れこみ空を見上げる。青空は一面、灰色に覆われていた。暫くすると徐々に夏のギラギラとした太陽の日差しが黒い雲の間から差し込んできた。真夏の太陽の伸びる日差しを受けて、寿美は、やっと事の次第が飲み込めた。きっと、爆弾が当たったのだと⁉　放心状態でボーッと空を眺めていると。左の目から一筋の涙が零れた。

『「佳美」も、寿美と同じこの殺伐とした風景を観たのだろうか？』

『「佳美」は黒い雲を見たのだろうか？』

心で呟いた。滲む夏空を眺め、むなしく時が過ぎた。

『おかぁさん。兄やん、牧田さん』

『兄やんも、牧田さんも、空から、この広島の街を観たのだろうか？』

一人一人の顔を思い浮かべていた。寿美の心の言葉は現実と空想が入り乱れていた。寂しく一人で……瞑想していた。

ワンピースのポケットにあった小さな人形を手に取り、そっと抱きしめた。その結んだ手から徐々に力が抜けていく感覚を感じる。再び、うす暗い世界が偲びより広がった。

数十分か、数時間か、分からないが時が過ぎた。自分が生きているのか、死んでいるのか、存在すら分からない。やっと意識が戻ると先ほどまで聞こえていた人々の叫びや、唸り声、呻き声も聞こえなくなっていた。瞼が重く伸し掛かる。息をする感覚も無くなって来た。暫くすると、遠くから幸吉と彩乃の声が、幻のように微かに聞こえた……。

第2節　捨て駒、儚い夢

彩乃は、寿美の変わり果てた姿を目の当りにした。震える手をそっと差し延べ寿美を抱きかかえた。自分の着ている服を引きちぎり持っていた水筒の水を浸す。唇にそっと沿えるようにして与えた。先染めの糸の絣布から伝わる水を飲んだ寿美は、「はーっ、はーっ」と言って息を吹き返した。微かに眼を開き、御幸橋の川べりでフナ魚やザリガニを捕まえては、幸太郎と寿美と佳美と一緒に三輪車に乗って遊んでいた時のように、愛くるしい笑顔を彩乃に見せた。

そして、彩乃と幸吉に人生を左右する程の重大な話をするのだった。息も絶え絶えに打ち明けた。人生の終焉を迎えようとしている寿美、それは連れ去られた時の事であった。

寿美と佳美が広島の祖母の家で暮らしていた時に、幸吉は衣笠組からの請負で十文字紋オーク箱を関東尾浜組に届ける仕事で留守にしていた。そこへ広島のやくざが訪ねてきた。近藤良蔵であった。近藤は言いがかりをつけて借金の方に佳美と寿美を連れ去る。

寿美の片隅にあった忌々しい記憶である。近藤良蔵の祖母への言葉から始まった。

「われら家族を『型に嵌めた！』なぁ、衣笠組でも海星会でもない。初めから父親、幸吉を賭場に誘い騙し、浜焼きの土地と実家の土地を奪い取るのが目的だと思うか？　そうでは、なかぁ～！　一家を離れ離れにさせて、型に嵌める為じゃ、悪う思うな、この世から消え去る運命を誰に奪われるのでもなく自ら進んで、選んで貰うためになぁ。東京におられる幸吉の叔父、亡くなった祖父の兄弟に頼まれたけぇだ。紀尾井町の莫大な遺産と権力を独り占めするためになぁ。関東尾浜組組長の千木宗助も一役を担うての事じゃ、ついでに金儲けにもなる。この戦争を始めることで一儲けする為の供出事業(きょうしゅつじぎょう)を掠め取る算段の手始めだ。幸吉の叔父は、武器を作る会社を立ち上げ大きゅうさせて国会議員になった。お偉いさんの大本営にも顔が利く、出来の悪い。幸吉たぁ違う。世の中上手(うも)う立ち回った奴が、勝つんじゃ。悪く思うな、タダの捨て駒じゃ。勝てば官軍じゃ。お前は用なしだ」という内容を祖母に話していた。寿美と佳美は襖の陰で聞いていたと言った。

　そして、薬（砒素）を混ぜた水を側にいた男が飲ませ、祖母をこの世から消し去ったのだと――、話していたが、近藤は物音に気づき、押し入れに隠れていた寿美と佳美を見つけて、「今の話を聞いたか?!」と言って二人の姿を舐めまわすように見た。

　そして、こんな言葉を発したと語った。

「われ達は幸せ者じゃ。器量よしで関東尾浜組の千木(せんぎ)組長はべっぴんさんを好いちょる。丁度良い。婆ばぁのように死なんで済む。お前は（佳美）は千木宗助(そうすけ)組長のレコになれ、お前（寿美）は俺(わし)と一緒に来るんじゃ。そおすりゃ、われらの両親を生かしちゃる。

　イヤと言ったら、婆さんと同じ目に遭うが……、どうだ？　もし、拒んで誰かにしゃべりゃあ、俺(わし)の衣笠組の者たちがフッ、フッ……、われの親は……、婆ばぁと同じ運命を辿るんじゃ！　おどりゃぁ達の婆さんのように成りたくなかったら、分かっとるのぉ。しゃべった所で、悲しむなぁ、われの親だけじゃ。黙っておりゃ、なんも変わらん」

フッ、フフッフと不気味な笑いをした後に年端もいかない幼い姉妹を脅していた。佳美と寿美は首を縦に振って両親の顔を思い浮かべて、近藤の指示に従った。

そんな汚れた汚い遺産と権力のために祖母は命を落とし、一家は離散したのか？　と寿美を抱きかかえながら、咽び泣き、嘆いていた彩乃であった。

「うちは、怖かったん。佳美も私（うち）も、お父さんとお母さんがいなくなるのが、その時は、でも、三人だけになったけど、お父さんとお母さんと一緒に暮らせて、こん幸せが何時までも続けばええのになぁと、ねぇ、ねぇ、こがいな戦争……、誰が始めたん。お母さん、何で泣くん。何で――」

寿美は声も絶え絶え、愛くるしい笑顔を見せていた。ささやかに生きていた少女を一瞬に消し去ろうとしていた。

「もう、ええんよ、もう、何も心配しなくて、ええんよ」

彩乃は、自分の手の中で、この世で一番、一番、愛おしいわが子の顔を撫でていた。

「お母さん、お父さん…、あのピカと光った。ドンとした音は、何やったん。

寿美、お母さんとお父さんの顔、よう、見えんようになった。声も聞こえんようになった。なんか、しゃべって！　怖い……」

寿美の長い沈黙が続いた。

「今まで……、ありがとの。呉の三葉館まで迎えに来てくれて、ありがとの。ありがとのぉ。あの海軍さんに、ちゃんとお礼――、何も――言えなんだ。寿美は、佳美と二人で、水あめを買いに行けるんじゃねぇ。兄やんも、一緒やんねぇ。お母さん。ねぇ、お母さん。広島で……、三人で暮らせて貰うて、ありがとの。ありがとのぉ……」

にっこり笑って、言い終わると涙が頬を伝った。寿美は彩乃の腕の中で短い人生の終焉を迎えた。

『この世の一人一人に、過ちは繰り返さないでください』

寿美の愛くるしい顔は、そう言っているようであった。彩乃の忌々しい記憶であった。ただ、寿美も佳美も幸せになろうと努力して生きた。刹那の時を精一杯生きた。寿美の短い人生を振り返ると、諦めの境地であったのかも知れない。寿美は、自分の人生を見極めていたかも知れないと彩乃は感じていた。

しかし、その寿美を見詰めていた幸吉も彩乃も醜い放射能を大量に浴びていた。

そんな広島の地での出来事があった事を当時の平と牧田は、まだ気がつかないでいた。

第3節　勝鬨橋(かちどきばし)のたもと

『人は突然偶然に壊れる。突然、邪気になる』思わぬ出来事に遭遇した時や、思わぬ物を見た時や、思わぬ恐怖を体験した時、また、些細な、たった一言で人は変わることがある。それは、幸吉と彩乃が、これから味わう予兆だったのかも知れない。

男と女が悪意と憎しみを持ち、ある男を訪ねて復興した日本の経済と人の動きの大動脈である東海道線の東京行き夜行列車の硬い椅子に無言で座っていた。『急行はと』では、漸進な薄緑色のスマートな洒落た制服とパンアメリカン航空からヒントを得たといわれるＧＩ帽を浅めにかぶって、『はとガール』が忙しそうに乗客の相手をしていたが、もう今は静まりかえっていた。二人の乗客は、東京行きの列車に乗っている。

そして今、人生で一番長くて辛い広島の出来事を再び思い起こしていた。彩乃の記憶の一(ひと)コマは、茹だるような夏の暑さの中で放射能に包まれた広島の釜土の影で、息を引き取る寸前の寿美の手を取っていた。列車の揺れに任せながら、眼を閉じて瞼の中でじっと見詰めていた。その情景を――、身体を震わせ、儚(はかな)い夢の続きを見ていた。夜が明けて幸吉と彩乃の二人は東京駅の八重洲口に一番遠いホームに到着する。

かつての東京駅は大正ロマン漂う駅舎で、丸の内駅舎は赤レンガで純黒の天然スレートのドーム屋根が美しく、天井の干支は、丑（北東）、寅（北東）、辰（南東）、巳（南東）、未（南西）、申（南西）、戌（北西）、亥（北西）であったが、東京大空襲で焼け落ちて屋根組の鉄骨は焼けただれて垂れ下がり、床板コンクリートも穴だらけになっているような状態から復興していた。

今は、赤煉瓦部分をできるだけ残し被害の大きな三階を取り壊していた。二階建てのドームの丸屋根はピラミッド型の複雑な塔を廃して、葺材（ふきざい）にはトタン板に亜鉛メッキが施されていた。ペンキが塗られ綺麗に仕上げされていた。

東京の街では、日本を統治していたＧＨＱの本部として使われていたのが、東京・日比谷にある旧第一生命館である。

銀座の街の銀座通り（現在の中央通り）、『ゼット・アベニュー』は、『晴海通り』に占領軍がつけた英語名で、銀座四丁目の交差点は、ニューヨークの有名な交差点を模して『タイムズ・スクエア』と呼ばれていた。

八重洲口を抜けて、賑やかな『タイムズ・スクエア』の交差点を海の方に歩いている男と女がいた。二人はバラック小屋が少なくなりつつある路地を進んでいた。疎（まば）らに建ち並ぶ下町を尻目に、寄り添うように疲れきった表情で黙々と向かっていた。

途中の勝鬨（かちどき）橋のたもとでは、傷痍軍人達が白い病装を着て物乞いをしている姿が目を引く。片足の無い男が無言で頭を下げて、大きな鉄鍋を前に下手な楽器を弾いている。寂しくもけたたましい音を響かせ、その前を人々が足早に行き交い、人の波でごった返していた。そんな傷痍軍人には目も向けずに男と女は俯いて黙々と歩いている。海が見えてきた。その勝鬨橋の南側の異臭の漂う一角のバラック小屋に、一人の男がひっそりと暮らしていた。男は、かつて赤紙の召集令状を受け取り、出兵していった中野坂上、関東尾浜組最後の子分の若カシラであった。中野坂上の大きな屋敷で千木宗助と尾田玄衛門に仕えていた男である。マレー沖海戦で生き残り本土へ復員帰還していた。この男も、また生きる術を見出せないでいた。バラック小屋の前で、今にも壊れそうな引き戸を開けて、男と女が声を掛けた。

「佐竹さん。お久しぶりじゃ。ご無事に復員されたのじゃのぉ。中野坂上ではお世話になった。隣に居るはなぁ、女房の彩乃じゃ。佳美の母じゃ」

白井幸吉は、男に向かって切り出した。

「なんだぁ。幸吉か？　どうして俺がここにいると分かった」

男は、佳美と言う名前を聞いて、目を見開き突然の訪問者に驚きの表情を見せる。

「中野坂上の尾田玄衛門組長の所を訪ねたが、あの大きな屋敷は空襲で焼け落ちとった。たまたま、隣の八百屋の主人と会い。佐竹さんが復員後に訪ねられて来られたと聞いたんじゃ、その時、住所を告げられとったけぇ見せて貰い訪ねて来た」

「そうであったか……、で、何用で、俺を訪ねて？」

「なぁ佐竹さん。佳美は、ご存知のように大谷地下軍需工場で爆弾に当たって亡くなった。海星会のサンシタ若造が佳美を広島から連れて来にゃあ、佳美も生きていたじゃろう。双子の寿美も広島の原爆ピカドンで亡くなった。

玄衛門親分と栄二さんに貰うた金で、あんたの知りよる海軍の土居垣少尉が呉で身請けをしてくれた。これから三人で何とか穏便で幸せな生活ができると思っていたが、しかし、寿美は、あの原爆で――死んだ」

「そうか、死んだか……。だが、それがどうした。俺には関係ない」

「寿美は、亡くなる今際の際で海星会のサンシタ近藤が連れて来た経緯をやっとの想いで話してくれたのじゃ。俺達を今まで気遣うて黙っていたが、やっと、やっと。寿美は、俺等の事を……、大切に考えて、思うての事であると判った。

その話とは、叔父、白井雄二が紀尾井町の遺産を独り占めにする為の謀であった。遺産の土地は麹町から皇居を望むところにあった。莫大な敷地だ。店子も沢山いたが空襲で周囲一帯約一万戸以上が廃墟となったと聞く。しかし、叔父はコールタールで黒う塗られた防空塗装が施された国会議事堂に避難して、無事であったんじゃと聞いた。大勢の人が亡くなったが、自分だけが助かった」

「お前の叔父は権力にモノを言わせたのか」

「佐竹さん、あんたは玄衛門親分と栄一さんを良う、良う知っとる。俺は玄衛門親分に助けられたが、叔父の所業を世の中の人々は、どう思うか？ 人の犠牲の上で胡坐を掻いておる者が、この戦争を生き延びて、真っ当な暮らしをしている者が……、あまたの人々が野垂れ死んでゆく、これでええのじゃろうか、もう戦争は終わった。しかし、まだ、まだ、まだ、戦争は終わっとらんと、俺は思うとる。神の国、日本は幻であったと思うとる」

幸吉は訥々と語り、赤裸々に訪れた理由を伝えた。

佐竹は暫く無言の後、ゆっくりと語りだした。

「何が言いたい。佳美は中野坂上の屋敷で暮らしている時、栄二若が戦争に行ったにも関わらず屋敷に留まった。いつ帰るか分からない若を待っていた」

「佐竹さん、知っとるよ。あんたが気ぃ使うてくれたことを、また、玄衛門親分にもお世話になったようじゃな。佳美は……」

「ほーっ、そうか、親分は、渡世人として人情の深い人だった。若もおやっさんに似た。きっぷの良い性分であった。だがな、中野坂上の関東尾浜組の尾田玄衛門のあの不夜城のような屋敷も、組の守り神の仁王尊像と金剛力士像も焼け落ちていた。神棚の『忠義』と書かれた大きな書額が床に転がり、その横でおやっさんと若が大きな机の下敷きとなり倒れていたと聞いている。おやっさんは、金剛力士像のように右手を天に翳し、左手は若を抱きかかえているような格好で一緒に息を引き取っていたと――」

「そのようじゃのう。そのことも彩乃が寿美から聞いとったようじゃ。寿美を助けてくれた海軍の土居垣さんと和代さんからも……。残念なことじゃった」

「俺はな、おやっさんと若は、忠義に生きたと思う。俺が側にいれば、おやっさんと若を守れたかも知れんがなぁ。おやっさんがある日、『海星会の近藤に不審を抱いている』と、相談とも、頼み事とも取れるように告げられた。おやっさんの頼みごとだ。意気に感じた。おやっさんのためなら地獄の閻魔大王でも殺す覚悟は出来ていた。

　そんな折にひょんなことから、近藤が阿漕な絵を描いていると分かり、先代組長の千木宗助の企みと知り事を起こしたのだ。多分、玄衛門のおやっさんは悟っていたのだろう。自分がそう長くない人生だと。だからこそ、国をも食い物にする先代の悪戯の数々が、仁義に背いていると。企みを許せなかったのだろう。

　半面、仁義を尽くしてくれた佳美には、真心を貫いたと思う。若の大切な人と瓜二つの寿美さんとやらを幸せにしたかったのだ。せめてもの罪滅ぼしだったのかも知れないが。それが、おやっさんだ！　お前達には分からないだろうがな。それが、おやっさんと若だ。俺は『尾田玄衛門』と言う、おやっさんの男に惚れていた。生きる糧でもあった。だが――、おやっさんも、若も、もうこの世にはいない。俺は、今は、何をすれば良いのか、良くわからん。じゃがな！　出来る事があれば若の想い人の力になっても良い！　と――思っている」

　何かを思いつめたように、自分の信念とも言える言葉を発した。

　佐竹の顔を正面に見据えて彩乃は、寿美の小さな人形を抱きしめ、しみじみと想い出を紡ぐように、じっと瞬きもせず佐竹の話を聞いていた。

「佐竹はん。私等は、親子五人で一緒に暮らせればそれで良かったんどす。みんな元気で笑顔さえあれば、それで充分どした。寿美も、佳美も、年頃になったら花嫁姿を見たかったん……。夢見てたんや……。幸太郎も戦争が無ければ、こないに早う逝くことはなかった。誰が始めた戦争どすか？　戦争を始めた人は、戦場で亡くなりまへん。亡くならはんのは、一生懸命に幸せになろうとして真っ直ぐに生きている人達ばかりどす。それを言っても仕方がないことは、よう知ってます。

私等、家族は三人になりましたが、ほんでも寿美と生きて一緒に暮らせる喜びを噛み締めていました。もう、人を恨んでも仕方あらしまへん。生きていこうと、心穏やかに生きたかったんや、し……、しかし、私等はぁ――」

彩乃は泣き崩れた。

「叔父の白井雄二と海星会の近藤に恨みを晴らす！　やっと機が熟した。力を貸して欲しい」

彩乃の思い詰めた口調に同調するように、幸吉が鬼の形相で唐突に告げた。

彩乃は、願うように、ただ悲哀に満ちた眼差しで、じっと佐竹を見詰めている。異臭の漂う築地のバラック小屋のトタンが風に吹かれてバタン、バタンと、悲しくも、けたたましい音を響かせていた。薫風が流れていた。

四つボタン

第1節　悪魔の？

平は、春霞のような晩秋の日に、久々に苦楽を共にした友の牧田と再会する。

牧田は警察予備隊から保安隊に改組された北海道札幌にある第二管区隊真駒内駐屯地で二等保安士（中尉相当）の士官として勤務していた。出張で東京の市ヶ谷の保安隊総隊総監部に来ていた。平との再会を楽しみにしていた。

保安隊は一九五〇（昭和二十五）年六月二十五日に勃発した朝鮮戦争において、アメリカ軍は日本駐留部隊を朝鮮半島に出動させることとなったため、在日米軍の任務を引き継ぐものとして、マッカーサー元帥が吉田茂首相に対し、「事変・暴動等に備える治安警察隊」として、七万五千名体制の人員が整えられての創設であった。

平と牧田は終戦から五年の月日が経ち、あらまし元通りになりつつあるが、まだ、殺伐とした赤坂見附の地下鉄駅近くの一ツ木通りにある共同炊事場のような焼鳥屋で食事をしていた。食事

情も終戦時の混乱から少しずつ開放されていた。

久々の再会を喜んで二人は、東京での他愛も無い近況の話をしていたが、懐かしさもあり予科練時代の筑波山や霞ヶ浦を振り返っていた。牧田は大きな串に刺さったゴッゴッとした鶏肉を頬張りながら、空襲の話題をする。

「札幌は殆ど空襲が少なく丘珠（おかだま）や白石、苗穂（なえぼ）などが機銃掃射と爆撃にあったが、被害はほぼ皆無だ。米軍機は超低空で民間人を機銃掃射して一人が亡くなったと聞いた。日本の大きな都市で爆撃が無いのは、京都と札幌位ではないか、したがって、街も昔の風情がそのまま残り活気がある」

北海道の終戦前の話に及んだ。そして、やはり筑波の空襲に触れ、和代の話をする。

牧田の話に反応して、平は寂しそうな口調で報告した。

「やっと和代の消息が掴めた」

嬉しいはずなのに――、その時の本心は、諦め、現実を受け止めて、自ら人生を見極めようとしていた。心の支えが無くなったが……、認めなくてはいけないと、過去は、過去として。

驚いている牧田をよそ目に、淡々と、宇都宮で大谷地下軍需工場の元本多工場長に偶然に出会った事から語る。源太郎蕎麦屋が店を閉めていること、和代は、土浦の駅近くの北阪洋品店に母、房子と共に働いていたが、今は結婚して蒲田に住んでいる事が分かったこと、結婚して子供がいること等を伝えた。

黙って話を聞いて牧田は、和代に思いを寄せていた事も、終戦間近に特攻に行く前に涙ながらに手紙を認めていた事も、良く知っており「そーかぁ」と一言発してから、話を続けた。

「戦争が人それぞれの生きる道を複雑に絡ませ、太平洋戦争と云う時代に翻弄され、無常な時が過ぎた。もう、今となっては後戻りできない。この現実は、紛れもない事実だ。だがなぁ、貴様達を見ていると、一抹の寂しさを感じる」

悲しそうに、平の心の機微を気遣って言葉を選んでいるようだ。

「俺はな、今でも呉の三葉館で平と和代達と『ゆうなぎ』寿美を足抜けさせた時の事を思い起こす。今でもだ！　未練ではないが、夢を見るように想い越される。あの呉の朝日町の三葉館で見た『灰ヶ峰の一枚の絵』が鮮明に眼に映り瞼の奥に残っている。何故なのかな……、寂しそうな笑顔が――、しかし、努めて明るく語っていた。抱き締めたくなる様な――、『ゆうなぎ』が――、俺に『私(うち)には、想像の羽根が生えとんよ。その羽根を海軍さんが乗っとられる飛行機のように、両手を一杯に広げて翼を広げると何処にでも飛んでいけるんよ～っ、すごいじゃろ～。灰ヶ峰のテッペンへは牧田さんよりも、ずーっと速く辿り着けるんよ～』と言う声が今でも聞こえるようだ」

牧田がゆっくりと、涙を堪えながら、心の内側を見せるように呟くように言った。

牧田もまた、この時代に翻弄されていると感じた。頷くだけの平だった。

「貴様、いや、平なあ……、寿美と彩乃さん達は、八月六日の広島のピカドンで亡くなったのだろうか？　なぁ、どうにかして消息は掴めないのだろうか？

平が言っている『人はそれぞれに割り当てられた人生の役割がある』と、寿美達への俺達の役割は、あの雪が舞っていた時の呉の街で終わったのだろうか？　これでいいのだろうか？　通り過ぎて行った列車の真っ赤なテールランプをこのまま見送って良いのだろうか？」

寂寥感（せきりょうかん）が漂うように、気持ちを落ち着かせるかのように遠くを眺め牧田は語った。

「呉駅か——。和代も一緒に乗り込んだ真っ赤なテールランプを覚えちょるぜよ。漆黒の彼方へ走って行ったようだったな。トンネルの中に見えた真っ赤な二つ灯を見送ってええんかと」

平も呉の真っ赤なテールランプを思い起こしていた。

牧田も迷っていた。話は続いた。

「俺は、特攻出撃命令で、一度は亡くなった命と思っている。あの時は愚直に死を見つめていた。家族や仲間を守りたいという気持ちを忘れ去っていいのだろうか？　あれから五年と少し、時間は経ったが、今一度、思い起こしては、いけないのだろうか？　自分の為ではなく、国を想う心、すなわち、イエス・キリストの教えではないが、皆、妻子や親や兄弟や大切な人への気持ちが強かった。照れくさいが、無償の愛と呼べるのではないか？　俺も、平も、そんな想いだったような気がする」

「無償の愛か、良いのではないか。照れくさいか？　人を思いやることが、俺はそう思もちょらんが」

「俺は、平なぁ、横須賀で『ゆうなぎ』寿美に手紙を書いた。平が和ちゃんに手紙を書いていたのも知っていたので、出入りの写真屋にそっと一緒に俺もお願いした。あの横須賀鶴久保の写真屋も心得ていたのだなぁ。で、それでだ。

広島のピカドンで消息が分からない。亡くなっているかも知れない『ゆうなぎ』寿美に、原爆が落とされた。あの広島の浜焼きの店の住所に、特攻で死んで逝く者が、可笑しいかもしれないが、気持ちを伝えたくて――、俺も、あの時は十死零生を覚悟していた。未練かも知れないが、亡くなった者同士になるのだと、現実のこの世界では届かないであろう手紙を、天国か、地獄か、分からないが、あの世で、手紙が届くのではないかと、そんな想いで――。可笑しいだろう――。少し、女々しくて、未練がましいかな？」

自分に言い聞かせるようにボソッと苦笑いしながら言った。

そんな牧田の寿美に対する心の内を聞いて、救われたような気がした平だった。同じ時代を生きた者同士だった。

平も和代への想いは呉に配属になった時に、既に思いを断ち切っていた。しかし、運よく生き延びて終戦を迎えた。愚直に生きる事がこれから先、自分に与えられた人生の道標(みちしるべ)であると想う。そうあるべきだと、思う平であった。

「俺も一度死んだ人間と思うちゅー。俺らの場合は二度三度ではない。素直な気持ちじゃないか？　人の心は杓子定規に図れない。人は簡単には想いを押さえることはできん。その心の内は本人しか解らん。愚直に生きるがぁ大切ではないか！　しかるに特攻の遺書は美辞麗句(びじれいく)で綴られちゅー。本心は違うのに！　叫びたいのに！　怒りたいのに！　去り行く者は、その心の言葉の行間を埋めながら、皆、そう感じていた。あの時はそれで精一杯やった。寿美や彩乃さん幸吉さん達がぁ～やったら、きっと、その気持ちが、分かるかも知れん」

　牧田は黙って頷いていた。平は話を続けた。

「しかし、牧田なぁ、俺はつくづく思うがのう『ああ～、人生不可解なり』とな、そう思わんか、そうだと思わんか！　くよくよしちょった時代もあったけんど、ようよう笑える日がきたと、時代は巡り移り変わる。風に吹かれたらええのじゃないか」

「風に吹かれたら良いか⁉　平らしいな」

「それでだなぁ～、日比谷に軍人の引き揚げ業務を行うために第二復員省が発足しちゅーと聞く、海軍省を事実上引き継ぐ組織として、旧海軍の幹部が多う所属しちゅるようや。そのスジから、何か広島の白井家の消息が掴めるかもしれんと思うちょる。

おんし〈貴様〉は、保安隊士官の仕事がある。忙しい。俺は、今は食うための仕事があるが、毎日ではない。ちっくと当たってみる。消息を確かめるよう、俺も力になる」

　唐突に提案した平だった。

「いや、俺も保安隊の中には旧海軍省の人間もいる。力になってくれる者も、戦友もいる。俺も当たってみる」

　牧田は我が意を得たとばかりという表情で返答してきた。

そして、気持ちを奮い立たせるように、唐突に、白井家の佳美・寿美達へのあの「近藤の非道な『悪魔のしのぎ』は許すことはできない!!」と、ぼそっと言って拳を握り叫んだ。平は、調布飛行場の撮影所で、森久良政から聞いた横浜の近藤大尉の話を伝えた。

第2節　心の動揺

牧田との再会の数日後、日比谷公園近くの桜田通りにある霞ヶ関の旧海軍省、第二復員省に出向いていた平であった。第二復員省は、第一復員省〈旧陸軍省〉と合併して復員庁になっていた。復員計画本部に霞ヶ浦時代の元教員（予科練の霞ヶ浦土浦航空隊では、教官と呼ばず、教員と呼んでいた）の木谷元大尉が勤めていると聞いて訪ねた。

木谷元大尉は、大きな身体を揺さぶりながら懐かしい濁声を響かせ、大層喜んで手招きする。

「やぁ、久しぶりだなぁ」

昔と相変わらず大きな声で人目を憚らない。木谷は復員庁の復員連絡部長として勤務していた。吹き抜けのある復員庁の建物の玄関口の隣の一室での面会であった。暫く、昔話に花が咲いていたが、頃合いを見て、復員庁の実務に触れて平は切り出した。広島の復員庁の現状を訊いた。『復員庁の仕事は主に戦地の人間を本土に引き上げる仕事であるが、それ以外の仕事もある』と内情を教えてくれた。主な仕事については、唯一残った戦艦長門を大型強制復員輸送船・長門として動かしているとの事で、戦艦長門は兵装を撤去して空いた場所に仮設のトイレや居住区が設けられ、同様に他の軽空母や駆逐艦等も改造されているという。

しかし、当時の中国大陸や朝鮮半島は治安が悪化しているため、復員輸送船は、太平洋の島々や中国大陸や朝鮮半島に残留している日本人を迎えに行くものの、しばしば沿岸を航行している時や港に停泊している時に、犯罪者集団に襲撃されるような事件が頻繁に発生するようになっていた。そこでGHQは熟考を重ね、復員のために必要な最低限の武装を許可し、五インチ砲など再装備していた。長門は十六インチ砲を再び装備していた。また、軽空母「葛城」は艦上戦闘機の「紫電改」をも発艦させて港を哨戒させていた。「紫電改」も、今では、強制哨戒機と呼ばれていたとも教えてくれた。

話も一段落して、本題に入るべく、牧田の想い人の白井寿美の消息を追っている事を伝え、広島の原爆の事を訪ねると、快く「協力する」と言ってくれた。また、復員庁の仕事の内容に触れて『復員庁の仕事は引き上げだけではなく、それ以外に各地の港に投下された機雷の処理や都市に投下された爆弾の処理等も請け負っている』というのだ。勿論、広島湾や屋代島沖にも多数の機雷や爆弾の不発弾がまだあり、広島にも復員庁の部下がいると語った後に広島の近況を話した。「広島の原爆は相当な被害で、詳しい事は中央官庁でも掴めていない。広島の復員庁の者から広島県庁に問い合わせてみるが、約三十万人もの原爆死没者名簿作成が出来ていないと聞いている。

期待しないで貰いたい」

木谷の返答であった。

この原爆死没者名簿は後の一九五二（昭和二十七）年から原爆死没者名簿に登載し、広島平和都市記念碑（原爆死没者慰霊碑）に奉納される。

しかし、平が尋ねた頃は雲を掴むような状態であった。

数日後に木谷元大尉より、寿美はやはりあの原爆で亡くなっているとの知らせが、広島の復員庁の者から入ったとの連絡が平にあった。何故、寿美が亡くなった事が判明できたか尋ねると、両親から下柳町の東警察署にある仮広島県庁へ届出があったとの事である。

と云う事は、『ゆうなぎ』寿美は残念ではあるが、彩乃と幸吉は原爆では亡くなっていなかった事になる。あの三葉館での艶(あで)やかな『ゆうなぎ』が纏(まと)っていた青海波(せいがいは)の地紋が、季節の移ろいを醸(かも)し出すような糸桜と八重桜に花水木(はなみずき)の根元に指し縫いの刺繍(ししゅう)が施された石南花(しゃくなげ)のあでやかな着物姿が蘇った。おぼろげに映し出された海を想わせる美しい地色で帯は豪華絢爛な独楽があしらわれていた。『ゆうなぎ』の雅(みやび)な姿が――、しずしずと立居でるのである。その姿が、目の奥に焼きついて活動写真のように現れ、平達に手を振っている。別れを言っているようだ。その優しさを漂わせた眼差しは、悲しそうな笑みを浮かべて、目の前に幻灯機の如く映し出された光と影のスクリーンであった。

『ゆうなぎ』は、寿美は、広島の地で何を考え、その時、何を感じて、何を想っていたのだろうか？　と瞑想する。ただ、今は、彩乃と幸吉の消息不明が気がかりだった。今はどうか無事であると願うばかりの平であった。

　広島が廃墟と化している状態を考察すると、寿美の母の彩乃は、きっと京都の実家にいる可能性が高いと踏んでいた。牧田に寿美の消息を伝えなくてはいけないと思うと、心が痛み、気も重かった。多分、寿美の死を伝えようしたら、勘が鋭い牧田は、あの原爆が投下された日に寿美達が生き延びている事は、『九死に一生を得る』程に難しいと悟っていたとしても、現実を知らされると――、悲しむ顔が浮ぶ。心の動揺が少なからずあると思うのであった。

　平は、悩んだ末に牧田が市ヶ谷の保安隊総隊総監部に出張で上京していると聞いていたので、日比谷から皇居を右に見ながら虎ノ門まで歩き、地下鉄銀座線で渋谷まで行き、国鉄に乗り換えて市ヶ谷へ向かった。途中、渋谷駅を降りて『忠犬ハチ公』の前を通ると、そこには十五・六歳の若者達がブレザージャケットを着て数人で屯している。平達が生死を賭けて搭乗員を目指していた時代、また、国の為に猛訓練に明け暮れていた同年代の少年とは思えない。たった数年弱の月日が、目まぐるしいスピードで過ぎたのだと、感じざるを得ないのであった。

　渋谷駅の北西にある『忠犬ハチ公像』は戦時中の金属供出によって失われていたが、終戦後の一九四八（昭和二十三）年八月に再建されていた。敗戦後の日本は当時、連合国軍の占領下にあったものの、忠犬ハチ公の物語は太平洋戦争の戦前から外国にも紹介されて知られており、再建にあたっては連合国軍最高司令官総司令部の愛犬家の有志も有形無形の力となったと伝えられていた。再建像の除幕式の八月十五日には、ＧＨＱの代表も参列した程である。渋谷の街はかつての活気を取り戻し、日本が戦後、急速に近代化への道を進んでいた時代でもあった。

重く痛む心のまま、市ヶ谷の保安隊の牧田を訪ねた。到着する頃には既に陽は傾いていた。少し早く着いたので、就業時間終了まで暫く正門の前で待つつもりでいたら、丁度、守衛室の門の手前で手を振りながら牧田が現れた。

牧田は駆け寄り「やぁ」と声を掛けて合流し二人で靖国通りを歩く。平は話の切り出し方を悩んでいた。市ヶ谷外濠公園辺りで、復員庁の木谷元大尉から聞いた話をする前に渋谷駅の賑やかな事や新しい『忠犬ハチ公像』の取り留めの無い話をしていたが、牧田が唐突にボソッと呟(つぶや)くように語りだした。

「で、木谷教員に依頼した広島の寿美の話で来たのだろう」

心内を知っているかのように、牧田から切り出してきた。

「ああ、木谷教員から聞いたのやが、復員庁の広島駐在の人の話によると、寿美さんは――」

「広島の原爆で、やはり亡くなったのだな。平、貴様の顔を市ヶ谷の隊の正門の前で見た時に既に分かっていた。寿美の数奇な人生が……、終わった事を」

牧田は話を遮り、悟りを開いていたかのように悲しそうに話した。

「だがなぁ〜、彩乃さんと幸吉さんは生きとられるようや。寿美さんの死亡を届けたのが、二人やったそうや。奇跡的に広島にいざったたと窺える」

「そうかぁ！　二人は生きていらっしゃったか、それは良かった。奇跡的に広島にいなかったので無事だったのか、そうかぁ……、で、二人は今、何処におられるのだ」

「それが、行方は分からん。多分、俺が思うには身寄りのない彩乃さん達は、京都の一條戻り橋近くの実家におるのじゃないかと」

　暫し、牧田は無言であったが、歩みを止めて言った。

「なぁ平、俺は休暇を取って京都の彩乃さんの実家に行こうと思うが、どうかな？」

　唐突に言った後に、理由を語りだした。

「それと俺の今の仕事でもあるが、気になる事が京都の地であった。まったく関係ないように聞こえるかも知れないが、貴様も知っていると思う七月二日に金閣寺が放火によって焼失した事件だ。新聞を賑やかせている話だ」

「ああ、金閣寺の焼失した事件やな、豪華な三層楼と古美術品の総てを焼失したとも聞いちゅー、美に対するねたみを押さえきれざった大学生の仕業であるとの報道やったな」

「そうだ。アメリカが爆撃しなかった文化財の多くが残っている京都で、日本人が自分の身勝手で貴重な文化財を喪失させてしまうとは、皮肉な物だなぁ。俺たちが守りたかった日本の文化を」

「馬鹿な事をしたものや。びっくりしたぜよ」

「京都の保安隊が、警備や後片付けを手伝っていたとも聞いている。本来業務では無いのかも知れないが――、しかし、これからは国民の為に我々も動く。復興も重要な仕事だ。初動体制や自治体との連携も含めた調査も兼ねて行って来ようと、金閣寺に取って残念で悲しむべき事件だが、良い機会でもある。大久保駐屯地に予科練時代の山岸もいる。相談も兼ねて訪ねようと思っている。第一幕僚監部・第二管区隊保安正の上役に話を通そうと思っている。今の俺の仕事でもある管理部の運営にも繋がっているでなぁ」

仕事と称しているようであったが……、牧田の寂しさを紛らわすかのような表情を察して、少しでも力に成れればと思うのであった。寿美の事が頭の片隅にあると分かっていた。

平も気になっている事があった。それは、呉での出来事であった。牧田と和代と彩乃と一緒に関東尾浜組の尾田玄衛門と栄二から預かった金で寿美を広島の両親の元へ帰した時のことである。その時は、『これで自分の役割は終わった』と、そう思っていた。

しかし、佳美の想いと寿美を引き合わせた二つの人形の事が気になっていた。それぞれ同じ人形を持っていた。寿美の人形は彩乃が持っているのだろう。それとも原爆で跡形も無くなっているのだろうか。もう一つの佳美の人形は和代がきっと今も持っている。小さな人形ではあるが、彩乃の寿美と佳美への気持ちが込められている。牧田の話を聞いて、寿美を広島へ戻したことが白井家の人生の歯車を狂わせたのではないかと――。消息を確かめるべきではないかと。和代が京都まで自分の意思で来た時のように、今度は自分の意思で何かを成さなくてはならないと云う想いもある。『自分の役割は終わっていない』と強い自分自身の感覚を覚えた。

当時、和代は、阿見で葛藤の末に栄二が抱き想い描いていた幕引きを決断した。その想いを――、佳美への心の機微を聞いている。和代が平達に力を貸したことを、今度は牧田と寿美と彩乃へ力を貸すことが出来ればと、ただ漠然と考えていた。

また、玄衛門から託された金も綺麗に使ったつもりだったが、『役割を果たしたと言えるのだろうか？』と自問していた。

そして、考えを纏めてから、牧田に言った。

「京都へは俺も付いて行くぜよ、ど～うも、呉の駅で最後に別れた和代と寿美達の親子が旅立った。俺もあの遠ざかって行きよる汽車の赤いテールランプと汽笛が耳から離れざった。あの日以降、俺たちの、日本は、目まぐるしゅう時は過ぎた。あの雪が舞っちょった呉での時間が止まっちゅーような不思議な感覚だ。ちーと、彩乃さんの喜んだ顔が忘れられん。まっこと、京都へ行かないかんぜよ！」

拳を握りながら言葉を結び、半ば強制的な言い方であった。

牧田の力になることは、終戦間近に決めていた自分自身の役割と思って、今、生きている証を感じていたかったのかも知れない。そう思った。

「平、貴様は昔から変わらないな。言い出したら聞かない。よ～し、一緒に京都へ行くか！」

快く牧田は、快く同意してくれた。平は同じ想いが導いた結論だったのだと思った。

思い立ったが吉日とばかりに京都へ向かうことにした二人だった。

第3節　古都の光と影

京都までの移動は、一九四九（昭和二十四）年に国鉄になっていた列車で行く事にした。当時、国鉄は鉄道省が直接管轄していた。運輸通信省、運輸省を経て公共企業体「日本国有鉄道」となっていた。

朝鮮戦争による特需で日本の経済復興が始まったため、東海道本線は沼津駅から浜松駅まで電化されスピードアップして戦前より早く関西方面へ行く事が出来るようになっていた。【ドタ靴】や【カバ】と呼ばれていた特急「つばめ」・「はと」が運転されていたが、平と牧田は鈍行列車の蒸気機関車二等で、乗り継いでの移動である。硬い椅子の列車に揺られながら、やっと京都の駅に辿り着くと何やら焦げ臭い匂いがしていた。

表通りの広々としたロータリーの真ん中にある緑の植え込みのひょうたん池や噴水のある庭園から、一九一四（大正三）年八月十五日に開業した二代目のルネサンス風で総ヒノキ造りの優美な木造駅舎を眺めていると、何やら食堂付近から煙が立ち上がっている。瞬く間に食堂付近から大きな火柱があがり、辺りは騒然として来た。暫くすると、赤い消防車や三輪消防車や人力の消防ポンプ車までもが次々とけたたましいサイレンを鳴らしながらロータリーに止まり、消防士が右往左往している。そこに半纏（はんてん）姿の街の警防団も加わり、中には纏（まとい）を持った老人までもが消火活動を開始しだした。

しかし、残念ながら懸命な消火活動の甲斐もなく、大正ロマン漂う駅舎は木造と云う事もあり、一瞬にして火に包まれた。原型を留めることも無く柱が黒い煤に覆われた。

「京都は空襲も殆ど無く、僅かに祇園石段下と西陣がB29に爆撃されたけど、そん時より京都駅の燃え方の方が、よっぽど、えげつのおて、大きい！」

近くに居合わせた地元の中年の男が驚き語っていた。

暫く二人は茫然と燃え落ちる姿を野次馬にまぎれて眺めていたが、京都駅に降り立った時に凛として聳え立っていた絢爛で優美な駅舎は焼失した。形のあるものは何時かは壊れる。時の流れは儚く脆い物のように感じ取られるのであった。

京都駅の燃え落ちるその様は、広島の呉の街が空爆されて跡形もなく消えていた呉駅の姿とオーバーラップする。やがて、少し騒動が治まりかけた。やっと二人で京都駅の京都市電烏丸線乗り場から一條戻り橋近くの彩乃の実家に向かう事にした。

京都駅前のチンチン電車の市電駅の烏丸通りと塩小路通りとの交差点から北を眺めると真っ直ぐに北に線路は伸びて、ここから北大路通り（烏丸車庫前）まで約六キロメートルが、ほぼ一直線で結ばれていた。チンチン電車は緑色とアイボリー色のツートンで烏丸通りの乗り場は京都駅の火災でごった返していたが、次々に遅れていたチンチン電車が東から西から北から陸続と京都駅の乗り場に入って来るので、乗客が殆ど乗車しない状態で引き返し北や東西に走り去っていた。

野次馬の人でごった返している市電駅の東側には丸物百貨店の白いビルがあり、人混みで溢れていた。

「札幌の街も京都の街も空爆が無くて人々は活気に満ち溢れているなぁ」

しみじみと牧田は言った。

電車の乗り場から彩乃の実家に向かう。チンチン電車の車両デッキに足をかけて乗り込んだ。古い電気モーターの音を響かせ、都の街並みをゆっくりとチンチン電車は走る。京都御所の上〈北〉に新島襄が開校した同志社のある烏丸今出川駅で降りて、北西の併用軌道乗車場の一段高くなったレンガから軽快に飛び降り西へ進む。堀川通り辺りにある一條戻り橋近くの京町家が建ち並んでいる彩乃の実家の通り名を頼りに辿り着いた。

彩乃の実家は、平が以前訪れた戦時中時と殆ど変わりなく静かに佇んでいた。その変わりない風情は、戦争をしていた事も忘れさせてくれる。家の前まで行くと玄関の引き戸が少し開いていたので覗き込み町家の天井を見上げると、火袋の高い天井から傘の開いたランプに裸電球が薄らと通り庭の土間を照らしていた。

「ごめんください。いらっしゃいますか」

平が大きな声をかける。

奥の間から何処となく彩乃に似ている少し若い女が「はーい」と声を発して出てきた。初めて会う平と牧田を上目遣いで見て、「へぇ、何か、うちに、ご用どすか?」と警戒心を滲ませながら返答する。その女の声を聞いて、中年の男が居間から心配そうに顔を覗かしている。

「突然にお伺いして申し訳ない」

断りを入れてから、平はハンチング帽を取り、丁寧に深々とお辞儀をして訊いた。

「自分は、土居垣平と言います。戦時中に以前、広島の呉航空隊時代、彩乃さんに戦死されたご子息の白井幸太郎さんの手紙を届けた者です。ここにおるがは、同期の牧田慎二と言います。つかんことをお伺いしますが、こちらに彩乃さんと幸吉さんはいらっしゃるかと思い訪ねてきました」

「そうどすか、あん時の――、お姉はん達は、はぁ、広島からは来てましたけど――」

「では、お元気でお暮らしで？」

「はい。息災にしとりましたが……」女は頼りない返答であった。

「それは、良かった。実は、幸吉さんと彩乃さんと寿美さんの事で、ちーくとお聞きしたい事があり、お伺いしました」

「は～ぁ、すると、あんさんが、海軍航空隊の土居垣はんですか？　お姉はんからお聞きしていました。寿美を助けてもろうた方ですなぁ。私は妹の小雪と言います……。はー。その節は、お姉はんや寿美がお世話になりまして、姉妹の佳美もご存知とやらで、ほんで、義兄はんの幸吉はんの家を助けてくれはって、おおきに。――で、今日はどうのような御用で来はったんどすか、ほんで、何をお尋ねになりたくて――」

話しているうちに思い出した様子だった。

「あっ、すんまへん。ここでは何んやさかい。宜しかったら、奥のお部屋にお上がりください」

何かに気が付いたように、申し訳なさそうに奥の部屋に案内する。

「実は、お姉はんと幸吉は、数年前までこの家におしやしたけど、今は、訳あって居りしまへんが――」

長い廊下を歩きながら、訪ねた人物が不在であることを伝えてきた。ゆっくりと話している間に奥の部屋に到着する。

奥座敷は、以前、彩乃に案内された細長い町家の丸窓から中庭が見える部屋であった。戦時中に訪れた時には磯菊の花が咲き、撫子の花がちょうど見ごろであったが、今日は、柊と枇杷の花が咲き、何かを告げようとしているかのように寒桜が狂い咲きしていた。縁側の和ガラスの波打った窓辺から、柔らかい日差しがそっと降り注ぎ、花々が包まれてキラキラと輝いている。

部屋に通されると、丸窓の上に施された楓と銀杏の葉の彫刻がくり抜かれた小さな明り取りの隙間から、晩秋の足の長い太陽の光の筋が差し込み、床の間の奥に描かれた谷川のせせらぎの襖に綺麗な光の葉を浮び写した。古都、京の静かな時間が流れている。サンサンと可視光線の虹色の筋を受けている。あたかもイエス・キリストが描かれた昇天画を見ているようだ。光と影が織り成す物語のシーンのようでもあった。ひと時の静寂に飲み込まれるように、今まで自分達が歩んできた事柄が走馬灯のように流れ、慌ただしく過ぎ去った日々の事を忘れさせるようであった。

一條戻り橋の京町家は自然を取り込み、緑豊かな山毛欅や楓が生い茂り、船岡山を借景に庭を作り出している。古都京ならではの盆地の恵である朝晩の寒暖差が日本の各地より多い広葉樹の赤紅色や、黄朽葉色や、もみじ色の紅葉が一層際立っていた。色に溢れて、さながら一枚の歌舞伎風景絵画のような風情が、部屋の人々を包み込む。今日も戦時中と同じように、苔の生えた深緑の絨毯にいろはもみじのこぼれ葉が、散りばめられた獅子脅しがコトンと鳴った。声にならない。刹那の時間が過ぎた。

大島紬に栗落葉の名古屋帯を纏った小雪が、抹茶のお薄をたてて、出町柳の『ふたば』の豆餅を添えて持て成してくれる。

「良いお着物ですね。大島紬ですか」

牧田は、賺さず小雪の所作と品の良い出で立ちと、節が無くさらっとした紬の生地を見て感心して言った。

「へえ、おおきに、彩乃はんのお下がりです。天正十二年の安土桃山時代から続く四条河原町の『ゑり善』さんで、拵えはって」

小雪は自慢げに答えた。

「なんもあらしまへんが、あさひの碾茶です。どうぞ」

牧田は何処で作法を覚えていたのか、まずは、一礼して懐紙を広げて縁内に置き菓子を器から移して、丹波赤えんどう豆が入った柔らかい豆餅をゆっくりと食べてた。そして茶碗をそっと手に取り時計回りに二回廻し、抹茶（碾茶）のお薄をすすり飲み干した。再び半周回してから、体を低くし茶碗に両手をあて椀を眺めながら、畳の上で裏を見たり右側を眺めたりした。

「結構な、お点前でございます。そうですか『ゑり善』のお着物ですか。天正十二年は、確か一五八四年ですね。明智光秀が主君の織田信長公を討った『本能寺の変』の二年後の創業ですか。やはり京都ですね。歴史を感じます」

牧田は、驚きとともにお辞儀をした。

田舎者の平は意味が解らずただ黙って聞いていた。

後で聞いたところによると牧田は、戦時中に各地の者が寄り集まっていた南方の島々で、攻撃の合間に日本の文化を伝え、遠く偲んで懐かしむ人々に教わっていたとの事であった。

「どうぞ、お気兼ね無うおあがりくださ い。街菓子しか、おまへんよって」

牧田の所作を眺めていた主人が、平に向かって気遣って声を掛けてくれた。平はやっと無造作ではあるが、味わい深い抹茶のお薄と豆餅を食べることができた。その豆餅は丹波産の塩味の効いた大粒の赤えんどうが程よい甘さで、頬張ると何故か空戦で亡くなって行った戦友を思い起こすのである。

『こんな毎日、毎日、生きるか死ぬかの狭間にいる自分達に饅頭や大福や豆餅の一つや二つ食べさせても良いのではないか？』

『そうだ。そうだ死んで花実が咲くものか？　好きな事させろ、皆とワイワイ好きな飲み物や食べ物を振舞って貰っても良いのではないか？　なぁ、みんな！　罰は当たるまい』と言っていた。激戦を潜り抜けた搭乗員が笑いながら語った戦友達が側にいるような、錯覚を覚えるのであった。平は今でも戦友の夢を見ることがある。それは時が経つにつれて薄らいで行くと思っていたが、事ある度に夢に現れた。それは、自分が何度か戦火を逃れ生かされてきた負い目があると感じていた故と感じていた。その負い目を振り払うためにも役割を果たしたかった。

暫くして、四人は丸窓のある部屋で膝を突き合わせ本題に入ろうとしていたが、唐突に主人の水野芳文が海軍である平と牧田を前にして陸軍時代の経歴を語りだした。彩乃の妹の義弟である芳文は機械工学の学位がり戦争に行っていた。入隊時は既に年嵩が経っているため、主に後方の陸軍東部軍司令部の士官をしていた。所属は、東京・竹橋に置かれた陸軍東部軍司令部の東部陸軍防空情報隊で、女子通信隊があり監督士官をしていたと言った。その部隊は終戦当時でも二百八十名体制の大所帯で、陸軍最初の軍属部隊で、発足は一九四三（昭和十八）年十二月東部軍女子通信隊だ。主な任務は電話交換の仕事をしたとの事だった。重要な任務として、空襲警報の基になる米軍機の情報を入力する任務を担っていた。空襲警報を発令し敵機迎撃の指令を出すなど防衛の要であったが、残念ながら、殆ど国民を守る事ができなかったと嘆いていた。ここにも戦争を引きずっている男がいた。

牧田は暫く芳文の話を聞いていたが、一段落すると訥々（とつとつ）と本題を語りだした。

話は、呉の三葉館で、寿美こと『ゆうなぎ』と云う遊女に出会った日から始まった。

「当時の自分達は、毎日、毎日、呉の航空母艦『鳳翔(ほうしょう)』で訓練をしていました。一人前の飛行機乗りになるべく猛訓練に明け暮れていました。その頃は真珠湾攻撃が始まって、数ヶ月しか過ぎていなかったので、日本中の人々も海軍も戦勝気分でいっぱいでした。

しかし、日本が良くない方向に進んでいたことを、我々、海軍の戦闘機乗りは肌身で感じていました。そんな時に、残桜が咲く季節に休暇で訪れた呉で、寿美さん〈ゆうなぎ〉とお会いしました。どんな店かは訊かないでください。初めは先輩の上等飛行兵に連れられ渋々――、いや、ついて行ったのです。自分は、寿美さんを一目見て、一言、言葉を交わしただけで、感性の豊かな一人の女性として魅かれました。それが、正直な気持ちです」

「そうどしたか、あの幼い寿美が、感性が豊か？　寂しゅうしてまへんどしたか？」

小雪が伏し目がちに、不思議そうに問い掛けた。

「感性の豊かな一人の女性……？　ですか――？　何故か？　と申しますと、寿美さんは、三葉館の二階の小さな窓から見える灰ヶ峰の頂(いただき)を眺めて毎日、毎日、想像の翼を一人で広げていたからです。一度も登った事も、行った事も見たこともない灰ヶ峰の頂上から眺める景色を空想していたのです。そして見事な絵を描いていました。それは、それは見事な筆使いで、我々も登ることが簡単にはゆるされない灰ヶ峰の頂(いただき)にいるような風景画を、戦艦大和の士官から貰ったという鉛筆と紅を使って描いておられました。その絵を自分に見せてくれました。寿美さんの心の色が素直に映し出されると同時に、心が満ち足りず寂しいさまが垣間見えるようでした。自分は素晴らしい絵を観て感動しました。『何故そんな絵が描けるのですか？』と問いました。すると寿美さんは、屈託の無い笑顔で言いました。『私には、想像の羽根が生えとんよ〜っ、その羽根を広げると海軍さんが乗っ取られる飛行機のように、何処にでも飛んでいけるんよ〜、すごいじゃろう。私の魂が自由になり朝日町三葉館のお外に水あめを買いにいけるんじゃ、広島へも行けるんじゃ』と満面の笑顔で言ったのです」

「そうどすか。広島にも行ける。水あめさんも買いに行けると。余程、寂しおしたんどすなぁ。きっと」

小雪は丸窓から中庭の撫子の花をぼんやりと見つめながら言った。牧田は話を続けた。

「そして、自分の乗っている零戦より早く飛べる。何処にでも行けると――、灰ヶ峰のテッペンへは、ずーっと速く辿り着けると、魂が自由になると。少し舌を出して、屈託のない幼い顔でニコニコしながら、それは、それは、嬉しそうに――、そんな寿美さんの感性には驚きました。自分は機械が好きで、物理も好きで、全て物事を杓子定規に考える方でしたので、本当に寿美さんの自分にはない豊かな感性に、その絵と音楽の才能には驚きました。

自分が物理学、材料学、航空学で説明すると、音楽を聴いているように、自分の話に聞き入り！　飛行機が翼を広げて鳥のような原理で悠々と飛ぶ姿を想像したと言って、まるで、音楽と同じように旋律を奏でるような素振りを見せておどけるのです。

そんな愛くるしい姿を見て、もっと喜んで貰おうと、『高速で移動する物体は空気の浮力と揚力で、翼の上下で空気の速度が異なると上向きの力が発生して飛ぶのだ』と物理好きの男子に話すように詳しく説明すると、直ぐに理解して！　嬉しそうに踊りなら、両手を大きく広げて言ったのです。『じゃぁ飛行機からヒラヒラと絵葉書を撒いていんさい。そしたらねぇ、牧田さん。綺麗な絵葉書がいろんな人の手に渡り、笑顔になり平和な世界が見えるでしょう。ねぇ、そうさると、みんな、み～んな幸せになるんじゃろ！　きっと戦争の無い世界になるんじゃろ！　みんなが喜ぶじゃろ！』と言って――、自分は……、自分はそんな、寿美さんに惹かれました」

「そ、そうですか、寿美も佳美も感性の強い子どした。姉の彩乃によう似てます。寿美が、そんなことを」

小雪が涙ぐみながら答えた。小雪の眼を見て牧田が、また語りだす。

「彩乃さんから呉での出来事をお聞きなっていると想いますが、自分達はある決断をしました。原爆が投下される一ヶ月ほど前に大谷地下軍需工場でお亡くなりなった佳美さんの双子の寿美さんを救い出す事を。私達に幸太郎さんと尾田栄二さんの強い意思がそうさせたのかも知れません。何とか三葉館から寿美さんを救い助け出すことに成功しました。上手く事が運びました。

三葉館を後にした私達は、大谷地下軍需工場の女子挺身隊で佳美さんと働いていた和ちゃんや、平と彩乃さん達と一緒に呉の駅まで白井家の三人を見送りました。無事に列車に乗せたことで自分達の役割は終わったと思っていました。自分も平も、きっと、和ちゃんも、列車の赤いテールランプを見送った時に、そう感じていました。それから随分と、時が経ちました。しかし、心に中には蟠りが沸々と湧き上がりました。

　何故なら、広島に原爆が落とされたからです。原爆が落とされたと聞いた時、『何故』と言う言葉が頭を過りました。ここにいる平は知っています。終戦前に十死零生の特攻命令が下された時に暗い宿舎で、広島の寿美さんに私が手紙を書いていた事を。

　しかし、遅かったのです。それは広島で原爆が投下された後でした。届く宛てのない手紙です。その時、初めて素直になれたのです。どうしても伝えたかったのです。それと同時に、まだ自分達の役割は終わっていないと、これからも、やるべき事があるような気がして、彩乃さんや幸吉さんの消息がとても気になりました。広島での出来事が……、そう。何か出来ることが我々にあるのではないかと、もう仕方のない。見定めなくてはいけないこと——。遅いかも知れませんが……、今、こうして京都まで来たのです」

　牧田は、過ぎ去った日々を憂い、記憶をまさぐりながら戦時中の呉での出来事を語った。小雪は眼を閉じて、涙目で瞑想しているように話を聞いていた。

「お姉はん……、彩乃はんの旦那はんの幸吉はんは、戦場には行って居ーひんどしが、お姉えはんの息子や娘達は次々に……、亡くなり、辛い悲惨な経験をしたんやないかと思てます。広島では、娘の寿美を腕の中で看取ったと言ぅてはりました。

　そんでも、『看取ったのは寿美だけや！』とも言ぅて。幸太郎も、佳美も、看取る事ができひんかった。親より先に我が子を三人も、みんな亡くしたのです。三人もです‼　なんも悪い事をしーひんかったのに、『なんで、親が子供を先に看取らなあかんのや』とも、言ぅて、寿美は自分が死ぬと悟った時に、今際の際で、『こがいな戦争、誰始めたん。――何で泣くん。――何で』と愛くるしい笑顔を見せたてたと聞いてますぅ。どないな、なんぼ、理由があるにしても、あないな悲惨な爆弾を落としては、あかん。あないな爆弾を作った人は、落とさはった人は、鬼や！　残酷な人や！　人間の顔をした鬼や!!」

　嗚咽と共に声を荒げた。小雪は話を続けた。

「幸太郎や、幸吉はんや、佳美と寿美や、彩乃はんには――、それぞれに人生の物語があると思とります。戦争体験者は、軽々しゅう人生の物語とは呼べへんほどに……。沢山。

　土居垣はん、牧田はんも、しんどうて、しんどうて、つろうて、つろうて、誰にも言えへん、悲惨な悲しい記憶に縁どられとるのと、違いまへんか？　人に言えへんような。

　せやけど、彩乃お姉はんは、一生懸命に生きて幸せになろうと、幸吉はんと一緒に『今日を一生懸命に生きるんや』と、言ぅて、頑張って、浜焼きの店を切り盛りしてはりました。大っきな幸せは望んでまへんでした。小さくても、良えし、ささやかな、幸せを望んどりました」

「そーや、身内にしか、分からへんことやけど、ほんま一生懸命に生きておした」

　芳文が、悲痛極まりない白井家の実情を補足説明した。

「幸吉はんとお姉えはんが、この家に来たのは、確か、その年の九月の中頃で、お姉えはんは、少し下痢や脱毛の症状がおました。幸吉はんもおんなじ症状でした。ピカドンのせいどっしゃろ

『うつる』と世間の人は言わはります。私らは、気にしまへん。構まわへんけど。近所の人の目もあったんだっしゃろう。殆ど、二人は家の中に居はって、気も滅入るでしゃろう。数年が過ぎた日に突然に、ほんまに、ほんで秋口に東京へ行くと言い出しまして。なんか、東京築地の近くに知り合いがいるとやら、言ぅてました」

小雪が姉の辛い心内を語った。

「土居垣はん、牧田はん。呉の大店遊郭の三葉館のお店から寿美を助けていただいて、彩乃姉さんは感謝していました。『ひと時でも三人で暮らせた事は幸せやった』て言うてました。あっ、そうや。彩乃姉さんが広島に行く前に寿美の絵を家に持って来ていましてねぇ。置いてったんですわ」

側で聞いていた芳文が言った。程なくして奥の部屋から、風呂敷に包まれた絵を持って来て徐に開けた瞬間に「そ、その絵！」と牧田が叫んで、まじまじと手に取り見入る。

少し汚れていたが戦時中に見た絵と同じであった。寿美が描いた山桜が綺麗な呉の灰ヶ峰頂上の風景画である。今は筆遣い一つ見ても何故か憂いに満ちて、心がこもっているようだった。生き生きとした力強い描写が一層悲しみを帯びて見えた。その風景画を前にして、また暫く静寂が続いた。目に薄らと涙を浮かべている牧田が其処にいた。平は気が付いていた。

「お姉はんは、本当に寿美と佳美を大切にして、幸吉はんも幸太郎はんも、それは、それは二人の妹を可愛がっていました。戦争が無ければ皆んな死なんですんだんどすが、できることなら――、そんな時代でした。家族が一緒に暮らせる事を心から望んでたんと違いますやろか？　ほんで、ひょんな事から、こんな話を聞いたんどすがぁ〜」

小雪は灰ヶ峰頂上の風景画を見ながら話す。二人は身を乗り出して聞いていた。

「幸吉はんの東京の叔父さんが皆を離れ離れにしたと、ある日、広島のヤクザの人が、何もしていない心穏やかに暮らしていたお姉はん、彩乃達を自分の欲を満たすために離れ離れにしたんやと、ただ、それだけの事のために——、だとしたら、そんな人が戦争を生き延びている。そして、また、悪さをしてはると聞いたら、どない思うのでっしゃろ！　前向きに生きると言っていても、もう辛抱できへんのと違いますやろか？　何もかも失い、幸吉はんと二人だけになって身体もしんどうなって、これから生きる糧が無くなったら、どないな心境になるのか。うちは、お姉はんと姉妹やけど、彩乃はんの気持ちを全て感じられるとは限りまへん。そうだっしゃろ。本人にしか分らへんのとちゃいますか？

しかし、お姉はん達は一生懸命に過去を忘れ去ろうとしてはりました。終わった事や、それが自分達の人生やと言って、うちらだけの事やと言いはって、半ば人生が無かった事のように、人生が無いのですよ！　生きた証が無いのですよ！　そんな事ってありまっしゃろか！　きっと、辛くて、辛うて——」

小雪が、また、涙目になった。

「三年程前どすが、東京の叔父さんが新聞で国会議員として、横浜の土地をアメリカから接収解除して大きな仕事をしはって、世間の皆さんに称賛されていたとしたら、多分、当時、この新聞を見たんやないかと思もとります。何か、積もり積もった深い考えがあって、何かを思い起こしたかも知れんのどす。きっと」

言い終わるか終わらないうちに、桐タンスの上に置いてある古新聞を持ってきた。

その新聞には、『本牧に新官舎聳え立つ』『内陸のアヘンの行方は何処に』『占領期、取引所が再開。証券の集団売買が開始される』『政府、インフレに対応した新しい紙幣(新円)を発行』の記事があった。

第4節　新しい紙幣

新しい紙幣(新円)は金融緊急措置令であったが、この発令には抜け道があった。株式を買う時の代金は預金から旧円で支払うことができ、株式を売った際の売却代金は無制限に新円で受け取れるという特例があったため、旧円を多く持っていた富裕層は株式を買って、それを短期間で売ることで新円を手にすることができた。

また、もう一つ気になる見出しがあった。『内陸のアヘンの行方は何処に』である。このアヘンの行方は戦地の住民から供与された。強奪したもので、大日本帝国関東軍の一番の資金源はアヘン密売だった。アヘン資金は戦後も、密かに進められていた大陸での再軍備、新たな交戦のための資金として隠匿する必要があった。

この計画は旧日本軍の高級将校らが首謀し実行に移され、何故か、政府もGHQも目を瞑ったとされている。むしろ軍と産業複合体（軍、官僚、財閥）とGHQのG2（参謀第二部）と結んだもので、要するに、そのアヘンの資金ですら掠め取る算段で犇いていた一蓮托生、戦争で儲ける戦争屋と言われていた者達の謀略だった。その一人が浜井元大佐であり、近藤元大尉であり、そして国会議員の白井雄二である——と、想像できる節があった。

また、戦後の第二次農地改革である白作農創設特別措置法が公布されて、戦後の都市開発の中で農地を公的機関や企業に売ることによって、大金を手にするようになっていた。それに乗じて近藤達は接収を上手く利用していた。その後、一九八五（昭和六十）年代に始まった『土地神話』に繋がる布石が、この時に既に始まっていたのである。

偶然に東京の叔父が絡んでいる新聞を見て、彩乃と幸吉は「東京に行く」と言い出したと、小雪が話してくれた。

「新聞を見て京都を去られたのですか、そうやかですか、東京に行かれたのですか」

平は肩を落とし聞き返した。平と牧田は、京都まで足を運んだものの彩乃と幸吉の消息が途切れたと思い落胆していた。

「そう、そう言ぅたら、戦時中に尾田栄二さんと云うお人から、お姉はんが手紙を貰うたと言ぅてはって。その手紙は私(うち)の京都の住所宛で、お姉はんが呉から帰って来はって、広島に行く前に届けられていまして、私(うち)も一緒に読ましてもうたんどす。手紙に佳美の事が書かれていましたけど、寿美の身請け金もよろしくと綴られて、海軍の土居垣はんの事も――。詳しくは、知りまへんが――」

「そうでしたか、栄二さんが、手紙を、書いちょられましたか」

「それには尾田玄衛門さんとその栄二さんが、空襲や何か不慮の事故の有事に備えて――、だったと記憶してしています。亡くなられる事を想定して書かれていましたようでした。手紙の最後ら辺に、中野坂上の……、確か、『佐竹新之助』と言わはる人が、きっと彩乃さんの力になると、また、隣の八百屋さんの主人で、俣野屋の利信(としのぶ)さんと云うお人に言付けていると書かれていました」

言いながら、階段の手前の引き出しから紙切れを出して来た。メモの紙切れには『関東尾浜組若頭、佐竹新之助、八百屋、俣野利信、東京中野区本町二丁目〇番〇号』と書かれていた。

またしても、栄二が自分の行く末も悟っていたのだろうか？　と二人には思えた。

この『佐竹新之助』が、これからの成り行きを大きく左右する事になる。メモを写し取らせて貰い一條戻り橋の京町家を後にして、大久保駐屯地で待ち兼ねている山岸の所へ向かった。

第5節　一途な気持ち

大久保駐屯地は京都の南に位置していた。平達は伏見を経て観月橋で宇治川を渡り、旧巨椋池に築かれた小倉堤を進み、西目川、槇島を経て大和街道を進んだ。途中にある観月橋は、昔は豊後橋と言われていた。お龍が薩摩藩邸に知らせた軌跡がある。その寺田屋の前を通った。平は故郷高知の坂本龍馬と今の自分の心境を重ね合していた。

宇治大久保にある大久保駐屯地は、GHQ京都駐留軍第六軍司令部クルーガー大将が赴任して約三千人が駐留していた後を引き継いだものである。駐屯地は、鳳凰堂のある平等院からは西に位置し、古くは巨椋池が広がっていたが、豊臣秀吉により干拓地となり、今は農地が広がり一望できる地にあった。

予科練同期の山岸は、生き残りとしては数少ない戦友であるため、まずは一献と云う事になり、大久保村広野町辺りで一番賑やかなホルモン店に入ったのだが、何故か閑散としており、呉の三島屋のような賑わいはなかった。ただ今の時代の平和を謳歌する気持ちが皆にあり大いに話が弾んだ。山岸は、牧田が京都に来た理由の一つである金閣寺の火事騒動の話に触れて言った。

「金閣寺の焼失は戦時中なら考えられない火災である」

「何故か」と牧田が訊くと、山岸が答えた。

「犯人は二十一歳の金閣寺の従弟僧で、寺の北東百五十メートル程の裏にある五山の送り火で有名な左大文字の大北山の雑木林を通り抜けて逃げたそうだ。しかし、金閣寺の燃え落ちる火を見て事の重大さを悟り怖くなり、自分の胸を短刀で突き刺しカルモチン（睡眠薬）自殺を図ったが、死ぬのが怖くなり、また、死ぬ根性もなく、とうとう死に切れずに助かり逮捕された」

「金閣寺は、確か鹿苑寺でしたね。応仁の乱ではなかろうに、身勝手な行動だ。英雄死をとげるつもりだったのかな？」

牧田は理解できないように疑問の言葉を述べた。山岸は話を続けた。

「新聞の報道では、『美への嫉妬、絶対的なものへの嫉妬』と言われているが、この世界を変貌させる目的があったそうだ。そう、牧田が言うように英雄的な死を夢見ていたようだ。しかし、己を、自分自身を振りかえると虚しくなったようで、当時、自分と同じくらいの若者で五体満足な者は殆ど戦争で亡くなっていた時代でもあり、狂える無力な孤独感に苛まれ、また、自分で勝手に取り残された感を抱き振り返り、自分の醜い性格と不自由な身体に対する自己嫌悪から逃れたかったのではないか？」

「戦争を経験した俺達は、死への恐怖と隣り合わせの日々を送っていた。死を受け止めていた。それでも生きている喜びを感じていた。やはり、俺には理解できない」

牧田らしい言葉を発した後、再び悩みながら語りだした。

「う〜ん。人は自分を正当化する。正当化する事でこの世での自分の存在感を示すという。戦時中の我々も正当化するという均しい思考を持っていたのかも知れないが、我々の予科練時代は、自分の感情を殺していた。自分自身を殺していたのかも知れない。そう思わなければ生きていけなかった。やるせなかったのかなぁ——。国に対する忠義で、正当化する事で、容易に生きて、それが活力となって日々励んで、ひたすら励んで、余分な思考は無かった。いや、敢えてしなかった」

「そうやな、立ち止まって思考することも我々には無かった。ただ純粋に、この日本の行く末や親兄弟や愛しい人の事しか頭に無かった。日本人独特の忠義、忠誠心なのじゃなかろうか？　ただ、この国と云うより、皆を守りたいと云う気持ちしかなかった。それが国を思う忠誠心と呼ばれたんじゃろう。我々は洗脳されちょったのじゃないと思う。ただ時間に忙殺され、自分を見詰め直し、考える余裕も暇も無かったように思うがのう」

牧田の話を聞いて、平は呼応した。

「アメリカ人のアメリカンマインドや西部開拓時代を象徴するようなアメリカンスピリットやフロンティア精神と同じだな」

山岸が言った。

「そうだな、山岸の言う事も一理ある。我々は決して戦後の新聞の紙面記事に書かれているような、自分自身の考えが軍部に洗脳されたのではなく、身近な人々や故郷を守りたいと言う一途な気持ちが、その時代と相俟っていただけだ。自分達の考えを人に押し付ける事や行動はしなかった」

牧田は同調した。

「そうやな、我々海軍の搭乗員は、それで人を傷つけ、破壊したきないな。抽象的な言い方かも知れんが。ただ明るい陽光が眩しい太陽の下で、純粋に青々とした澄み渡った大空をこよのう愛しただけだ。キラキラと輝き光る大海原を眼下に悠々と飛びたかった。身近な人々や国を想う気持ちが零戦と同化して、白夜月の空を一筋の雲が流れたように、大空に浮ぶ雲のように溌剌（はつらつ）とした想いしかなかった。今は、そう想う！」

気持ちを伝えた平だった。

そんな話を京都伏見大久保の地で熱く語り合っていた。

第6節　安易な返答

その頃、和代は蒲田の駅前で、ある人物を待っていた。

蒲田駅から大きな荷物を背負い気だるそうな足取りで、その男は広場の車道を横切って駅前本通りに向かっていた。男は乳飲み子を抱えた女を見ると、それまでの気だるそうな姿勢から急に背筋を伸ばし大きく手をあげて、ニコニコしながら女のもとに足早へ駆け寄った。そして、開口一番、息を弾ませて興奮冷めやらぬ口調で捲し立てる様に語り出した。

「和代、いやぁ～、今回の横浜行商は上手ぐ事が運んだ。喜べ！　大ぎな注文が取れそうだ。朝鮮戦争特需を受げで、今は、輸出の拠点になっている横浜の野毛で進駐軍のおごぼれにあずがった連中が犇いている。六百軒を超す小さな飲食店が生ぎ物のように街を支え、戦後の人々の疲れを癒やしている。歓楽街では『とんがり帽子（鐘の鳴る丘）』『憧れのハワイ航路』等の陽気な音楽が流れ、安い酒が喉を潤してぐれでいる。その横浜野毛の人達は逞しいぞ、『懲りねえ、めげねえ、あぎらめねえ』連中だ。その連中は次々にハイカラなスカートや洋服などに群がり作り替えだ更正服が飛ぶように売れだ。街行く人々の服装はパッドを入れだ錨肩のミリタリールックとアメリカンルック？　どやらが流行しているようで、さながらアメリカのようだ。横浜は凄い！　蒲田の北阪洋品店の店でもそんな服を作ればいい。きっともっと売れる。連中の中に元締めの男が居で、俺の店の服を大量に仕入れるど言って来だのだ。どうだ。いい話だっぺ」

堰を切ったように有頂天にしゃべった。彼こそが、和代の夫の北川二郎である。

「そんな良い話、気を付けてくださいね。良い話には裏があると言いますから」

和代が、少し心配げに真顔で言った。

「またぁ、その男の服装が洒落ている。ゆったりしたアメリカン人の様な――、確か『ボールドルック？』とかで、スーツにコンビのエナメル靴を履いでいる。西の方の人間のようだが、進駐軍より整った出で立ぢで葉巻姿もさまになっている。洒落でる」

和代の話をまったく聞いていないようであった。

「その為に衣料切符を少し集めでくれと依頼されただ。茨城の地方事務所の吏員に加納祐一がおるので、幼え時がらの知り合いだがら融通が利くがも知れねえ」

矢継ぎ早に一方的に喋る。

衣料切符は一九四七（昭和二十二）年に国民一般の繊維製品消費を規制するために設けられた統制切符で商工大臣の指定する繊維製品、木綿、絹製品などについては購買者の切符から指定点数（年間百点）を切り取って販売する仕組であったが、二年数ヶ月近く経過して、きな臭い販売があると言う噂があり国民には不評になっていた。

北阪洋品店の奥の部屋では、房子が実家の父、嘉兵衛の背中を摩りながら店の入口辺りに、視線を向けている。丁度、二郎と和代が、店先で何やら揉めているような姿だったので気に留めていたのだ。口論しながら二人が店に入って来るなり房子が話し掛ける。

「二郎さん。おかえりなさい。どうしたのですか？　大きな声を出して、和代も。二郎さん行商から疲れて戻られていらっしゃるでしょう。水屋の桐戸棚に駅前の紀ら井さんの『だんご』があるから、お茶でも入れてあげたらどう」

「お母さん、二郎さん、衣料切符を集めると言っているのよ、何か、横浜の野毛のお人が、沢山、買っていただけるようで、二郎さん、大喜びで。大丈夫かなと思い、お訊きしていたのです。はい。はぁ〜い。ただ今、お茶入れますね。紀ら井さんの美味しい『だんご』ですね、お母さんが買われたのですか？」

　和代は、二郎の軽率な行動が心配だった。二郎は人が良過ぎる節がある。誰かに頼まれれば、断る事が出来ずに直ぐに引き受ける。人の言動に左右され流される所があり、今までも何度となく人を信じて騙されている。その優しさが二郎の取り得ではあるが、少し度が過ぎる傾向があるからだ。今回の話も良い話ではあるが、どうも眉唾のようで衣料切符の事が気になっていた和代であった。

　この衣服切符は形骸化して汚れ、穢（けが）れた紙切れのようであり、その役目を既に無くしかけていたからでもある。

　和代は、美味しそうにお茶をすすっている二郎に、横浜の行商の事を詳しく訊きだすため世間話を持ち出す。

「横浜のＫＹ食堂……？　確か、今は崎陽軒と云うお店だったかしら？　シウマイは食べたの？　戦争の傷跡がまだ残る横浜で明るさを取り戻そうと頑張っていらっしゃると聞いてますが。横浜駅の真新しいホームでは若い娘さんがシウマイを売られているのですか？　とても賑やかかと聞きます。そのお姿が名物となり味の良さも相まって飛ぶように売れていると？　お客さんからお聞きました」

　矢継ぎ早に質問する。

「そうそう、更正服が売れだので、一つ買って食べだ。旨がったぞ、生ものなので土産で持っで帰れないのが残念だが、そのシウマイは一口食べるど、何やら海の香りが口の中一杯に広がりホタテの香りが食をそそる」

「そうですか、磯の香りがするのですね。私もご相伴に預かりたいですわ。ところで横浜の商売は何処でされたのですか、また、衣料切符を依頼された方の事務所には行かれたのですか」

「更正服やメリヤスは横浜の西にある海沿いの馬車道にある進駐軍兵士向げの映画上映館の前で行商していだ。綺麗な建物で人が多く集まる。メモリアルホールは終戦当時からあり美しい建物でな、通りに面した三つの隅部に、時計塔、角塔、八角塔を配して、立派なドームを架けた建築構成でな、赤レンガの窓にステンドグラスが施されている。ドイツのウィーン分離派のセセッションスタイル？　ど言うらしい。しかし、驚ぐな進駐軍は俺達に見向ぎもしねぇ。注意もされねぇ」

「そうですか、メモリアルホールですか、ウィーン分離派のセセッションはオットー・ワーグナー作ですね。きっと綺麗でしょう。良いところでしたね」

「だが、商売は自由だ。戦時中の日本だったら憲兵か、国家警察もしくは近所の自警団の人が寄ってぎで、直ぐに商売がでぎなぐなるのだがなぁ？　そのメモリアルホールの前で更正服やメリヤスを並べるど、人が沢山寄って来だ。どんどん売れだ！　その中にさっぎ話しだスーツにコンビのエナメル靴を履いだ男がいだ。更正服の出来栄えを見で『ええ仕立てだ。何処で作っとるんじゃ。本牧の博覧会で制服が必要じゃ。どのくらい賄えるか？　衣料切符が揃わんが、何とかなるか？　不足分は倍の金を出して買う』と言っで来た。どうだ、良い話だっぺ、博覧会の制服を作るのもてーへんだが。衣料切符があれば沢山、買えるでなぁ～。このご時勢――、滅多に無え話ど思っている。これで新しい店の資金が出来で大ぎぐでぎる」

また、アメリカンスタイルの男の話になり興奮している。

「そうなの――。衣料切符は簡単に手に入るの？　それって大丈夫なの？　最近あまり使われていないようだけど」

和代は仕方なく、ふ～っと息を吐き、心配げに訊く。

「西茨城笠間町の西茨城地方事務所の祐一に横浜から電話したら、直ぐに普通衣料切符用紙を五千枚位は用意出ぎるど言っていだ。他にも欲しい人がいで分げでいるども言っていだ。大丈夫だ。心配ないぺ」

二郎は、いとも安易な返答であった。

和代は二郎のその軽い言葉を聞いて、より不安が増した。

それから数日が経ち、西茨城の祐一から二郎に連絡が入った。二郎は喜び勇んで茨城県笠間町に出向き、地方事務所のある岩間駅にあるカフェー喫茶『おもかげ』で米軍の放出品を用いたGIコーヒーを飲んでいる。加納祐一の来るのを今か今かとソワソワして待っていた。暫くすると辺りを気にしながらカフェー喫茶『おもかげ』の入口の扉から覗き込んでいる祐一が眼に映った。二郎は大きく椅子を引きスックと立ち上がり、大げさに大きく手を振る。入口の扉を開けて入って来た祐一に向かって言った。

「祐一、ここだっぺ。久しぶりだっぺ」

店中に響き渡るような大きな声を発し、飲みかけていたＧＩコーヒーの入ったカップをガチャガチャと音を立てテーブルの上に溢した。

その音を聞いて、店員が慌ててダスターを持って走り寄って来る。二郎は慌てふためき深々と頭を下げて誤りながら、自分の持っている手拭で拭いている。その情けない姿を見て、慢侮(まんぶ)の目を向けた祐一がいた。

「大大丈夫です。器は壊れでいません。どうぞ、気遣いなぐ。今、かたしますで」

そう言って周りを窺いながら、二郎の前の椅子に祐一が腰を降ろした。

「暫くだな、二郎、元気にしているか？」

小声で話し、一文字に閉じた唇の前で人差し指を立て「シー」の仕種をする。

椅子に座るなり、いきなり祐一が話し出した。

「衣料切符は繊維の消費節約のだめ衣生活簡素化実施要綱で一人一年百点ど決まっているが、背広上下七十点、国民服上下揃四十点、作業服上下で三十点、モンペは十五点だ。半袖シャツでも八点もする。切符は使わず残すこどが奨励されでいるが、今は時代が変わっだ。衣料原料や繊維製品不足が払拭されていで、切符などあってねえような状態だ。有名無実になってきでいる。みんな、人から買ってでも使って服を買っでいる。

余分の退蔵衣料が豊富にあったどいわれる都会の中産階級ですら苦労したどいわれでいだが、

余裕のねえ下層階級の辛苦も今は解消されづつある。農村の百姓やその他の労働者の衣類は消耗が激しいので苦労しているようだがな。しかし、衣料切符が無えど、作業服や制服は作れねえ、売れねえがらな。仕方ない。お国の決めた事だ。二郎、普通衣料切符を五千枚用意した。五万点だ。背広一着が四千円どして、七十点だがら、約七百着は売れる。二郎の頼みなので五万円でどうだ？　売上の二分だ！」

一方的に捲し立てるように喋る。

五万円は当時の大学初任給が約五千円だったので十倍の金額になる。二郎は暫し、考える振りをしていたが、意味の分からないまま剣幕に押された。

「祐一ちゃん、蒲田の店はやっと軌道に乗り出したが、五万円となるど厳しい。半分の二万五千円で後、半分は横浜の商売で売れるのでぇ、それがらでも良いが？」

自分から頼み込んだ。

キョトンとしていた祐一だったが、「二郎、それで良いよ。今、金はあるが？」と加納は事も簡単に金を要求するのであった。

二郎は集金袋の中から横浜野毛で一生懸命に売り上げた殆どの全額を加納に手渡す。

「証文は、役所に忘れで来ただ。今はねえが、二郎ど俺の間柄だ。心配するな！　二郎の横浜の集金が終わった後に半分入金があった時に渡す」

加納はむしり取るように金を受け取り、サッサとカフェー喫茶『おもかげ』の伝票を残したま

ま代用ＧＩコーヒー代金を払わずに出ていた。二郎は、その後姿を見送りながら、

「祐一、どうも、助がる」と言って頭を深々と下げた。

第７節　紀尾井町の家

終戦から五年が経っていた。同じ関東の紀尾井町の白井雄二の大きな屋敷で、両面柾目（りょうめんまさめ）の無節（むふし）の木曽檜が贅沢に使われた。和洋折衷の丸窓のステンドグラスが施された豪華な応接間で、二人の男女がソファーに腰を降ろしていた。天井のシャンデリアの下で伏し目がちに辺りを窺っているのは、家主の甥の幸吉と妻の彩乃である。

彩乃は落ち着かない様子で、部屋の壁の上部に施されている目にも鮮やかな、豪華絢爛なステンドグラスの欄間を繁々と眺めていた。

彩乃は、終戦間近で、何処からこのような木曽檜や色鮮やかなステンドグラスを手に入れたのかと関心していた。『まぁ、こない、りっぱなもんは、見たことがあらしまへん。禁中（きんちゅう）・禁裏（きんり）様の御所（ごしょ）はんから持ってきはったんやろか?』と心の中で驚き呟いていた。少しは戦後の復興が進んでいる時代ではあったが、まだまだ、一般人は食べる事も覚束ない着る物も不自由している世界と、紀尾井町の空間はまるで別世界の異次元に迷い込んだ気がしていた。暫くすると、鋭い目

をした執事の男が現れた。

「幸吉様、先生は、今、国会議事堂の議員室に行かれています。今暫く、お待ちください」

抑揚のない声で話して、お辞儀をして出て行った。豪華な部屋に静寂が再び訪れた。振り子時計のカチ、カチという音だけが共鳴していた。執事と入れ違いに重厚な扉が開き、メイドが甘い香りのする紅茶をお盆の上に乗せて運んで来て、「セイロンの紅茶と、長崎で復興された福砂屋のカステラです」と話し、高そうな器を誇示している。勿体ぶって説明してから二人に差し出す。

彩乃は、セイロンの紅茶を始めて口にしたのだが、その味は、爽やかな味の中に濃厚な渋みがあり、緑っぽい香りの中にフルーツのような風味があるのだが、少し、何故か苦味が強かったと感じていた。しかし、殆ど気に留めていなかった。カステラは個性的な茶葉と相まって甘味をひときわ際立たせていた。セイロンの紅茶を口にしているこの空間は『戦争で敗戦していた日本なのか？　それとも、エゲレス（イギリス）かアメリカなのか？』ふと感じた彩乃であった。

飲み終えた器をテーブルの上に戻し、幸吉と彩乃は豪華絢爛な応接室で口元を押さえて様子がおかしい。目も充血してきた。そして、先程から何度となくお腹を摩りながら無言の時を過ごしていた。そこへ、執事の男が再び現れた。「先生は、もう暫くされますと、お越しに成られます」無表情で深々と頭を下げて告げる。応接室の入口の前で手を組んで直立不動で立ち構えた。無言の時が五分ほど過ぎた頃に重厚な入口の扉が再び開き、恰幅の良い男が入って来た。ツカツカと歩き応接室の奥の椅子にどっかりと座る。

白井雄二であった。

「幸吉、久しいのう。雄一、兄さんの葬式以来か。広島は大変な事だったな」

他人事のように差障りの無い話し方だ。その声は感情を失くしたように聞こえる。

「女房の彩乃と言います。叔父さんにゃあ初めてお目にかかります。以後、よろしゅうお願いします」

挨拶も程々に幸吉は彩乃を紹介した。しかし、その目は鋭く叔父の目を直視していた。

「俺(わし)ら夫婦はこの戦争で三人の子どもを亡くしました！」

充血している眼差しが幸吉の強い気持ちを表している。

「ほう。それはお気の毒に、それで今日は何の用向きで来たのだ」

黙って聞いていた雄二は、ギョロとした目を向けて醒めた語り口調で言った。

そして気を落ち着かせるように、葉巻のパイプを咥えて火をつけた。

その雄二の仕種を見て、寡黙(かもく)な幸吉が、幸太郎の事から話し始めた。

「幸太郎は南方のニューブリテン島の沖合で戦死しました。遺言がありました。

ロウ紙に包まれた遺言の封筒は巡り巡って海軍上官の板垣飛行曹長から、ラバウル航空隊の土居垣少尉に渡されました。土居垣少尉が戦中に、その手紙を京都まで届けてくれました。手紙の冒頭にゃあ『白井幸太郎は見事に戦死したのでしょうか、それとも、爆撃で亡くなったのでしょうか？　どちらにしても、この手紙を読まれたと云うことは、白井幸太郎は亡くなったのですね。

お国の為に立派な最後であったと願います』との書き出しで綴られていました。ほいで、双子の佳美と寿美の事を自分が死ぬる寸前まで、気に留めてた事が書かれとったのです。また、幸太郎は軍人給与の中から爪に火を灯すように僅かなお金を妹の為に残しとったようじゃ。死んだ幸太郎は、国を想うて、国のために、日本の人々の為に、立派な最後じゃったと思うとります。

しかし、戦中に、その双子の佳美も寿美も――、次々に亡くなりました。雄二、叔父さん。今の話はご存知なのでは無いですかのう？ 幼い佳美と寿美は、良う一生懸命に家を支えようと頑張っとった。二人を可愛がっとった祖母も実家で突然に亡くなっとった。その頃、よう知っとられる！ 近藤と云う海星会の男がちょくちょく出入りしとったようじゃ、佳美は東京の中野坂上に、寿美は広島の海軍の街の呉に連れて行かれたようだ――」

静かに語っていたが、語気が変わる。

「だが、佳美は！ 大谷地下軍需工場でアメリカの空爆で爆弾に当たって亡くなった！ 呉に連れて行かれた寿美は、海軍航空隊の土居垣少尉と牧田少尉と筑波の櫛田和代さんに助けられたと聞いている。しかし、寿美は！ 広島の原爆で彩乃の腕の中で短い人生じゃった。こがいな時代に生まれんかったら、この国に生まれんかったら、何も知らんで生きとったら、三人とも死なんかったと思うとる!! この戦争を、誰が始めた戦争か知らんが、雄二、叔父さん！ ひょんな事から、知ったんじゃ!! 俺(わし)は――、中野坂上の関東尾浜組の玄衛門親分に助けられた」

血がにじむ目を向けて強い口調で言った。気持ちが勝り一層早口になる。

「俺が関東尾浜組に匿われたのは、軍隊の国の仕事じゃと聞いとった。中野坂上の屋敷に衣笠組から樽材のオーク材を仕入れてワインと白い粉を運んだ。が、それは真っ赤な嘘じゃった。海軍の仕事ではなかった。その絵を描いたなぁ、先代の千本宗助と近藤良蔵じゃった。知っとるなぁそこまでじゃった。

しかし、黒幕がいた事を最近知った！　国民が血と汗の結晶、僅かな鉄鍋や釜の金属、家族同様の犬や猫、貴重な食料、酒やワイン等の供出を食い物にしとったんじゃと解った。そいつらは‼」

怒鳴り、声を荒げた。

「今の口振りでは、俺が何か知っているように聞こえるが？　国会議員のこの白井が戦時中の過去のことは言え、その様な謂れを言われる筋合いはない。もし、間違っていたら甥の幸吉とは言え、タダでは済まないぞ」

黙って聞いていた雄二は凄みを利かして切り返してきた。静かに聞いていた小雪が語りだした。

「失礼とは思うてますが、祖父の雄一はんは、ほんまに、ほんまに、あんたさんのお兄様なんですか？　おんなじ御兄弟なんですか？　うちには祖父の雄一はんの一途な、真っ直ぐな性格の祖父しか知りまへん。いつも、弟の雄二はんのお話をされていました。『弟は頭が良く、事業で成功して国会議員になった。東京の遺産は莫大だが国の為に、役立つ使い方をしてくれるのは弟の雄二が俺より適任だ。家督を全て譲っても良い。その為に、早くして広島の地に越してきた。弟が好きに遺産を使えるように、側に居ない方が良い』と言うてはりました。それを、ご存知ではありまへんか？」

彩乃が激高して口を挟んだ。

「何が言いたい。何を知っている。雄一兄さんが、それで広島へ急に行くと言い出したのか？　兄さんが！」

白井雄二のこめかみのスジがピクッと浮いた。過去の記憶を思い出したようだ。思い当たる節があるのだと幸吉は感じ取っていた。

「俺(わし)は、雄一兄さんとは片親だけの血の繋がりだ。幸吉、お前も知っているだろう。母は赤坂の芸者であった。父の竜雄と芸者の間に生まれた子だ。父、竜雄は先妻の子の雄一兄さんを本当に可愛がっていた。ことあるたびに、『雄一』、『雄一』と言って、父、竜雄の目の中には、間違いなく兄さんだけだ。

雄一兄さんは、お前が結婚して、幸太郎が生まれたことを滅相喜んでいた。俺(わし)にも気を使ってくれた。血の繋がった本当の弟として扱ってくれたぞ。

そして、暫くして雄一兄さんが亡くなったと云う知らせがあった。父、竜雄の喜びようも尋常ではなかった。ほぼ寝たきりの父、竜雄の落胆振りは傍目にも激しかった。生きる張りが無くなっていたのかも知れない。孫とひ孫の事を随分と気に留めていた。が、雄一兄さんが亡くなった葬儀の後、お前は一切連絡を取ろうとしなかった。むしろ、避けていた。何度か連絡をしたが、梨のつぶてだったではないか。俺はお前たちを見捨て一切の金銭的支援を打ち切った。雄一兄さんの気持ちを大切にしなかった。俺(わし)を怒らせた！」

「父はあんたの事を誇りに思うとった！　分家のうちゃ、むしろ迷惑を掛けとうなかった。立派に勤められとる叔父さんが、紀尾井町の本家を守っとると安心しとったけぇ」

「そうか、だがお前ら広島の分家が、白井家の何が分かる。東京で莫大な土地を待っている苦労が、俺の好きなように、この東京も国も動かせる力があれば良いのだが、人は皆、妾の子、妾の子と言って、俺を見る。そんな折に父、竜雄が亡くなった。遺言状があった。『幸吉に財産の八割を残すと』実の息子である俺より、孫の遺産分与の方が上か？　妾の子は、いつまでたっても、妾の子でしかない。幾らこの白井家を大きくしても、国会議員になっても、まぁ、戦争で殆ど家は焼け落ちたが、白井家の遺産からすると微々たる物だがな」

「――妾の子？　父、雄一はあんたの事を血の分けた兄弟じゃと思うとった。遺産が微々たる物かぁどうかは知らん。父は一言も遺産が欲しいたぁ言いよらん」

「まぁ良い。そんな事は――、やっと良い機会が訪れた。戦後の混乱期だ。政府はインフレに対応した新しい紙幣を発行することになった。俺の仕掛けもあっての事だが、新しい紙幣は金融緊急措置令で株式を旧円で支払うことができるようにした。それで、直ぐに株式を売れば、無制限に新円で受け取れる事が出来る。他の議員も大臣も同調した。莫大な遺産はそのまま残る。ハッハッハ、どうだ、幸吉、白井本家を守っているだろう。その金でアヘンを仕入れて、大陸の再軍備、交戦のための資金として使う。日本の為にもなる。表向きには――、な！　幸吉、俺を問いただして何かを引き出そうとしたと思うが、残念だったな」

凄みを利かせ持論を語った。

「あんたは！　なして、そがいな話を俺達にするんじゃ」

幸吉は問うた。

「幸吉、お前は知りすぎた。彩乃とやら、初めて叔父の俺に会う日が最後になるとは、気の毒になぁ。山本！　お客さんがお帰りだ。お見送りしろ！」

不敵な笑みを浮かべて、執事の山本に鋭い目をして怒鳴り言い放った。

「はい。既にお車は裏口に用意しております。近藤様もお見えです」

執事は抑揚のない冷たい口調で返答した。

「幸吉、彩乃、広島で原爆の放射能を浴びているようだが、髪の毛は最近良く抜けないか？　下痢は激しくないか？　先ほどのセイロン紅茶は旨かったか？　どうだ。気分は悪くないか、腹痛がしているようではないか？　――フフッ、婆さんも同じ苦しみを味わった。オオッ、目が充血しているではないか！　精々、気をつけろ。そうだ。気管支炎や急性肺水腫の症状も原爆のせいではないか？　フッフッ」

雄二の冷たい、冷ややかな語り口調が部屋中に響いた。

黙って聞いていた幸吉と彩乃は、雄二を睨みつける。――が、その眼は段々と弱い眼差しになる。益々、充血した目から血が涙となり溢れ始めた。

「うっ」と短い喘ぎ声と共に二人は喉を掻き毟り急に苦しみだした。幸吉が痺れる声で、
「叔父……、雄二……、な、何か、入れたか」と言葉を発して椅子から転げ落ちる。彩乃も喉を押さえる。そして同じ仕種でバタッと倒れた。分厚い絨毯の毛を掴みぜーぜーと音を立てている。まだ息は微かにあった。

そこへ、近藤良蔵がエナメル靴の乾いた音をコツコツと鳴らして静かに入って来た。倒れている幸吉と彩乃を横目で見下ろす。

「白井先生、広島の幸吉と彩乃が来ると連絡を受けたけぇ来ましたが、やはり、広島の一件を、知っとったようですのぉ。じゃけぇ、他言無用と佳美と寿美にゃあ言うたんじゃが」

静かにボソッと、近藤が言った。

「後は、頼む。俺の所に来た事も、甥である事も、無かった事にしてくれ、戦後の混乱期だ。人が一人や二人死んでも誰も不思議がらない。頼んだぞ、中国のアヘン件も任した。——お前は言われた事をやれば良い」

近藤の独り言を無視して、雄二は言いたいことだけを伝えて、ソファーの椅子から立ち上がり部屋を出て行った。

残された近藤は、扉の入口で直立不動の執事から顔を逸らして、伏し目がち言った。

「俺の会社の者が表の車に二人いる。俺も横浜までは行くが、お前も一緒に来い。そこから先はな——」

落ち着いた口調で言葉を発したていたが、何かを思考していたのか言葉が途切れた。

そして、暫く沈黙が続いた後に近藤が語りだした。

「横浜にある打越橋は車が良う海に落ちる。この二人を——、何を言いたいか、何故そんな話をするか分かるな！　本牧十二天のアメリカに接収されとる隣に小さな杜があるそこに古い日本軍の公用車が置いてある。そん車は横浜復員庁の役所で使うとったが、がめられ、盗まれた車だ。そん車のこたぁ、だあれも知らん。それを使え、二人は原爆の後遺症を苦にして、自害したことにする。気の毒なことだが、後は、頼んだぞ」

話し終わらないうちに、旧日本軍の車のカギを放り投げた。

「はい。畏まりました」執事は感情のない冷たい口調で言葉を短く返して出て行った。

近藤は、右手で彩乃の顔を撫でながら、「生まれた時が、悪かったな」と話し掛けて、暖炉の横にある大きく豪華な装飾が施されたアメリカ製のサイドボードから、徐に真紅の薔薇のコサージュが描かれたフォアローゼズ・バーボンを手に取り、チェイサーに注ぎ飲み干した。「愛が実った素晴らしい瞬間？　何が、丸みがあり、バラのように華やかな優しい味わいか？」と言って、フーッと息を吐き出しボトルを眺め吐き捨てた。

近藤は、ふと、牧田が語った『過ちを改めるには、自分が間違いを犯したと自覚すれば良い、それは、認める事でもある』と云う、言葉が頭を過っていた。「人生の見方……。人生観か……」ため息混じりに、悲しそうに独り言を漏らした。

第8節　新聞

薄汚れたスフのシャツを着た男が新聞を読んでいた。銀座近くにある築地市場で安い酒と魚を買って、美味しくもない濁り酒を飲みながら、干したメザシを頬張っていた。晴海通りの道端に落ちていた半分濡れた新聞を拾い、車道の縁石に腰をおろし膝の上で何気なく紙面を眺めていた。次の瞬間、『横浜本牧で男女の遺体発見！　広島原爆の被爆犠牲者か？』の見出しが目に入ると「ええっ！」と言って、飲んでいる酒を零しそうになり、慌ててコップを口に押しつける。安酒が気管に入りそうになり一気に飲み干した。

「うっ、うっ、なに！」一言叫んだ。その記事には、『二人は、身分証から広島在住の白井幸吉さん、彩乃さん夫婦であることが判明。横浜復員庁の盗難された公用車の中で発見される。二人は、打越橋付近の海底から釣りに来ていた釣り人に発見された。死因は溺死で死後三日程度と思われる。また、二人は原爆の後遺症と思われ頭髪が所々抜け落ち、手の皮が剥けており、皮膚にも異常があり、黒い斑点模様もあり、復員庁広島地方局で親族の死亡届を出している事で身元が判別。原爆の後遺症を苦にしての自殺か⁉』と書かれていた。「自殺！　そんな事はない！」また叫び、持っている新聞をギュウッと握りつぶした。男は、佐竹新之助であった。

丁度その頃、横浜港が見渡せる事務所で男達が商談していた。

「普通衣料切符用紙五千枚揃いました！」

横浜の馬車道にある事務所で二郎が意気揚々と声を発していた。コンビのエナメル靴を履いた男が椅子に座り腕を組んで話を聞いていた男が応えた。

「これで、貿易博覧会が注目される。ええ宣伝になる。上手う行けば本牧の米軍上瀬谷通信施設跡地付近から移民船が出せる。横浜は一躍、日本の玄関口としての港湾事業が進められ、貿易博覧会の成功で沢山の人を雇うて事業が拡大できる。すまんかった。ところで、北川。制服一着五十五点でどうだ」

二郎に向かって一方的に話を切り出している。

「はぁ、それは、それは、おめでてえ話です」

二郎は理解しているとも、理解していないとも、取れるような意味不明な返答である。

「男の制服はアメリカンスタイルでハイカラな横浜らしいデザインにしてくれ、女はサーキュラースカートもどきのポニーテールが似合う服がええ思うが、作れるか？　どうじゃ、作れんさんな！」

二郎の返答を無視して捲し立て、男は話を続けた。また、一方的に指示した。

「さーぎゅうゆらーずかーと？　ボーニーデル？　ですか、はぁ」

『なんだ。ポーニーって、ポニー？　馬か？』心の中で呟いていた。横文字の苦手な二郎はチンプンカンプンの返答であった。二郎は横浜の地に一人で来たことを後悔していた。

そして、そのことが、二郎にとって人生を大きく左右する事になるとは、まだ、気付いていない。

「千着分の約五分だが。前金じゃ」

そんな二郎をよそ目にコンビのエナメル靴を履いた男が、机の上に十万円（現在の価値換算で三百四十万）をポンと投げ出した。

「はい。充分です。お任せください。では、早速、お納めできるように作業を進めます。来年の三月の納期で如何ですか？　デザインは年内に決めるようにしますので」

二郎が喜んで返答したのだが、男は怒鳴った。

「なに～、遅い！　何を寝ぼけているのだ！　見本の試着品は二十日後でどうか？　出来ないのか！」

「あっ、は、はい。では、二十日後にお目にかけます」

剣幕に押され、賺（すか）さず安請負をする。人に頼まれると断れない性格の二郎が現れた。

横浜を後にした二郎は、有頂天であった。喜び勇んで蒲田へ帰り、事の顛末を和代に話す。二郎の話を聞いて和代は、『一人では到底、二十日で試着見本品を作る事は出来ない』と、二郎の安請け合いに反発したのだが、『もう。受けてしまった。もう、金も、もらっただ』と言う二郎に押され、しかたなく茨城の義母の北川正子と店員の岡本絹子に蒲田の店に手伝いに来て貰うことにした。房子も加わり、不眠不休の徹夜に次ぐ徹夜で、やっとの思いで試着見本品を作成した。

デザインは、二郎の僅かな情報を元に和代の想像と経験と機転により作成していた。見事な出来栄えで、男性の制服はパナマ帽におしゃれな開襟シャツ、ぶっ太いズボンのアメリカンスタイル。女性の制服は丸みある肩と胸を強調し女性らしい曲線を優しく包み込むように仕立てられて、腰は、大胆に細く絞られたウエストに裾の広がったスカートであった。首元はネッカチーフを巻き上げてチーフリングと呼ばれる留め具を用いて制服の第一ボタンと第二ボタンの間でおしゃれに留められていた。

和代は二郎の期待に応えるために一生懸命に一心不乱に試着品作りに没頭していた。やっとの思いで完成して、少し余裕ができた和代は二郎の浮かれた言動に完成した束の間の喜びも吹っ飛んでいた。有頂天に騒ぐ夫に不安を感じていた。

仮縫いの見本品は、店の者も店に来ている常連の顧客にも好評であるため二郎は益々上機嫌であった。縫製試作品が出来上がると、意気揚々と型紙と縫製試作現品を持って、ボールドルックの男に一人『会いに行く』と言って、横浜馬車道メモリアルホール近くの事務所に出掛けて行った。だが数日が過ぎても、横浜の馬車道の事務所に出向いたまま、二郎は蒲田の店には帰って来なかった。和代は、手伝いに来ていた二郎の母、正子の心配する顔を視(み)かねて、おんぶ紐に乳飲み子を背負って、横浜の馬車道の事務所へ向かおうとしていた。

そこへ、一人の男が店の扉を開けてツカツカと入って来た。

「北川二郎の家はここか?」

強面の男は、ぶっきら棒に言って訊ねて来た。横浜へ出かける準備をしていた和代に声を掛けてきた。

「はい」と言って振り向く。

「あっ！　お前！」和代の顔を見て男が大きな声を発した。

「えっ」和代も短い驚嘆の声を発する。

「お前は！　おやっさんの事務所で……。海軍の土居垣と一緒に来ていた。小娘ではないか？」

強面の男は驚きを隠せない表情で、目を大きく広げてびっくりしていた。

「はい。櫛田和代です。あなたは、中野坂上の大きな屋敷にいらっしゃった方ですね。佳美さんの……、佐竹さん？　ですか？」

和代も突然の訪問者に驚いている。

強面の男は、関東尾浜組の佐竹新之助であった。男は大きく息を吐き、一息入れてから、何故、尋ねて来たのか語り始める。まず、徐に新聞を広げてある記事に、大きな指を指しながら「見ろ」と言ってきた。「俺は、この記事を読んでここに辿り着いた」

新聞には『横浜本牧で男女の遺体発見！』と書かれていた。和代は渡された新聞の記事を読み進んで、ある段落で目が止まる。両手で新聞を強く握り固まっていた。読んでいた記事に釘付けになる。そして目をゆっくりと閉じてから、大きく息を吐き、再び目を見開いた。そのまま、佐竹の顔を見て、「あっ！　えぇ！」先程発した驚嘆の声より大きな声で叫んだ。首を傾げて上目遣いのまま佐竹の顔を覗き込む。

佐竹は和代の目を真正面に見据えて、首を縦に振った。

「そうだ！　お前の知っている佳美の親だ。新聞には自殺と書かれている。しかし、二人は自殺したのではない。そんな筈はない。殺されたのだ」

醒めた口調で言った。そして、両手で顔を二回摩ってから、新聞に載っている二人について語りだした。話は関東尾浜組に匿われていた白井幸吉と彩乃が築地のバラック小屋に訪ねてきた日の出来事から始まった。

「あれは戦後の混乱期の風の強い日だった。築地のバラック小屋に二人が突然現れた。二人から、栄二若の大切にしていた佳美の双子の姉妹の『寿美が広島の原爆で亡くなった』と、疲れ果てた表情で悲しそうに言って来た。俺(わし)は若から寿美の事はそれとなく聞いていたので、広島でピカドンが落ちたと知った時に、もしかしたらと思っていた。予想はしていた。幸吉が訪ねて来た時に、寿美の事ではないかと勘づいていた。

しかし、若とおやっさんが最後に土居垣少尉とお前に託した佳美と瓜二つの寿美が亡くなったと彩乃から聞いた時は、何故か無性に腹が立った。若の想いが遂げられなかったことが悔しくて、不憫(ふびん)で、折角、生き延びていた寿美が――、俺(わし)にも悲しむ心はある。やっと家族で暮らせる事が出来たと云うのに――。

そして思いも掛けないことを二人から聞いた。渡世人としても許せない話だ。広島の白井一家が離散した真実の理由もその日に知った」

「寿美さんのお家が離散した真実ですか？　でも、何故、私にお話しされるのですか？」

「二人は、鬼の形相で声を挙げて、ある人物が憎い！　と、敵意をあらわにして言ってきた。そして、復讐を俺に手伝ってくれと言った。しかし、その相手は大物だった。その相手はな――」

和代の問いかけには答えず。沈黙があり、佐竹は再び語りだす。

「『叔父の白井雄二と海星会の近藤だ』と。その話を聞いて思った。お前には分からないかも知れないが決意した。俺(わし)はな、『尾田玄衛門』、おやっさんの男に惚れていた。だから、二人のために力を貸すと言った。今はその時では無いと、時期早々だと宥(なだ)めた。その時が来れば手伝うと――。奴のしっぽを掴む必要があったからだ。今、奴を葬ったしたら幸吉と彩乃と俺(わし)まで嫌疑がかかる。相手は国会議員だ。逃げた訳ではない。

しかし、待てなかった何か理由があったのかも知れん。、残念ながら、新聞にあるように二人は死んだ。死後三日と書かれている。二人に再会したのは、亡くなったとされる日の四日前だ。二人は俺(わし)と会った翌日に紀尾井町の叔父の白井雄二に会いに行くと行っていた。むちゃな話だ。しかし、あいつ等は聞く耳を持たなかった。紀尾井町の白井雄二の屋敷に無謀にも行くと言うのだ。仕方なく、一緒に行くと言ったが、『ここは取り敢えず、二人で会う』と断られた。多分、勝算があったのだろう。何かを探りに出掛けたのだろう。『何故無謀を犯してまで、二人きりで行くのか』と理由を訊くと、『たまたま、甥が東京に来たので顔を出した』と云う、何気ない訪問を装って甥が訪ねるのに不思議はないと言っていた」

「幸吉さんと彩乃さんは、それで……、寿美さんの復讐をされたと、でも、何故、亡くならなければならなかったのですか？　国会議員の叔父さんが何か、知ってらっしゃるのですね。でも――」

「まぁ良いから黙って話を聞け。俺は心配になり、こっそりと二人の跡をつけて屋敷に行った。表通りで、おやっさんが、大事にして残していた車に乗って様子を窺って待っていたら、程なくして、一台の横ナン〈横浜ナンバー〉の黒いベントレーの車が屋敷から出て来たので跡を付けた。慎重にその車を尾行した。何故その車を追ったか？　その車に、海星会の近藤が乗り込んだのが見えたからだ。きっと、奴なら何か絡んでいるような気がしたからだ。その車は国道をゆっくりと走り続け国道一号線を通り、横浜の馬車道辺りに止まった。そして、ビルの中へ大きな荷物を二つ、子分が抱えて、近藤も一緒に入っていった」

佐竹の顔が、これまでに見せたことがないような真剣な眼差しに変わる。

「心して聞け、暫くすると、そこへ一人の堅気風の男が風呂敷を抱えてやって来た。その男はビルの看板に目を向けて意気揚々と入って行った。しかし、何故かその男は直ぐに出てきた。今度は先ほど見た二階の看板を眺めては、何度も首をかしげていた。俺も気になり、捕まえて事情を聞こうと話しかけた。すると、男は名前を聞いてもいないのに、自ら『北川二郎』と名乗ってきた」

「ちょっと、待ってください。北川二郎……、って」

和代が聞き直す。

「その男に何をする目的で、あの事務所に来たのかと訊ねると、横浜の博覧会の制服を届けに来た業者だと言った。事務所の中の様子を探るために首筋を掴んで脅して聞いたら、すんなりと、近藤に制服を依頼された事が分かった……」

それまで流暢にしゃべっていた佐竹が、次の言葉を言いかけて、また急に黙り込む。少し間合いがあった。和代も黙って佐竹の眼を見詰めていたが、恐る恐る語り掛けた。

「佐竹さんが来られたのは、二郎さんに会って何か訊かれたのですね。で、あの人はなんて言ったのですか?」

和代が鋭く尋ねた。

佐竹は和代の問い掛けに目を閉じていたが、目をゆっくりと開け重い口調で語りだす。

「あれは馬車道通りの事務所の前の出来事だった。その男、北川は、俺（わし）が捕まえて根掘り葉掘り畳み掛けるように訊くと、『事務所の中で、何やら中で揉めているような大きな声がするので、ドアの外で待っていたら、事務所の扉が急に開いて、男二人に抱えられ事務所の中に引き摺られ入った』と言うのだ。事務所の中に入ると、何やら、机の奥に女の足が見えたので、二郎が『どなたかお休みですか?』と尋ねたが、しかし、事務所の連中の返答は無かったようで、それ以外は、何も変わった様子は無かったと言っていた。そして、制服の見本品を渡したら直ぐに追い出されたと、金も貰わなかったと、事務所を慌てて駆け降り表道路で俺と出くわした。二人が話をしている姿をビルの二階から誰かが眺めていたので、胸騒ぎがして取り敢えず店の住所と北阪洋品店の屋号を訊き出して別れた。暫く、俺は、道路の向かいから二階の様子を窺っていたが、その後、誰も表通りには出てこなかった。その日は、仕方なく築地に一度戻った。が、どうも気になっていた。何か――、何故か、解せないことだったたからだ。そして、次の日に新聞を見た」

佐竹はもっと重い口調でゆっくりと話しだした。

「再び翌日に横浜の事務所に行くと、事務所は静まり返っていた。中の様子を窺うと、誰もいない気配だった。カギが掛かっていたが、昔取った杵柄で釘を使って上手く事務所に入り込んだ。すると誰もいない筈の事務所の中で……、お前、いや、和代！　心して聞け――。昨日会った男が、死んでいた……。北川二郎と名乗った男だった。天井から首を吊ってな。俺は誰にも継げずに事務所を後にした。関わりたくないのでな、そして、聞いた住所を辿って、蒲田の北阪洋品店、ここへ来たのだ」

和代を真正面に据えて睨みつけるような目を向けて言った。

後ろで聞いていた北川正子は、佐竹の言葉に茫然としていたが、目をカッと大きく見開き「ギャーッ」と響き渡るような大きな声で叫んだ。

「二郎、二郎、本当に二郎でしたが！　間違いではねえのですかね！　そーた、そーた、事はありません。あの元気だった二郎が、喜んで、喜び勇んで有頂天で、横浜に行ったのですよ！　そーたぁ～っ」

正気を失って泣き崩れた。

「正子さん。きっと二郎さんは――、何かの間違い――、よ――っ」

房子は、正子を抱きかかえ一緒に泣き叫び二人の姿を見ていた。

「佐竹さん。本当に二郎さんだったのですか？　見間違えでは有りませんか？」

和代は、気丈にも問い詰めるように訊く。、

「間違いではない。俺(わし)は何人も死んだ者の顔を見ている。あのマレー沖の海戦でも、この日本の東京でもな」

佐竹は、静かな口調で応えた。

和代はその場で凍りついた。その姿に気がついている佐竹ではあったが、話を続ける。

「冷静に聞け、和代！　俺(わし)が関わっていた。お前も知っている。関東尾浜組が匿っていた白井幸吉と彩乃は、紀尾井町の屋敷に行ったその日に殺されたのではないかと、そして、たまたま、俺(わし)が関東尾浜組の者と感づいて、訪れた北川に知られたのではと思い込み、消されたのかも知れない。理由は分からん。、北川の遺体は――。冷たい横浜の何処か、海の中かもしれない」

正子は気が触れたように小さな声で急に歌いだす。

「♪かごめ、♪かごめ、籠の中の鳥は、いついつ、出やる、夜明けの晩に、鶴と亀と滑った。後ろの正面だあれ♪

♪かごめ、♪かごめ、籠の中の鳥は、いつ、いつ、出やる、夜明けの晩に、つるつる滑った。鍋の鍋の底抜け、底抜けいて、たもれ♪

♪かごめ、♪かごめ、籠の中の鳥は、いつもかつも、お鳴きゃぁる、八日の晩に、鶴と亀が滑ったとさ、ひと山、ふた山、み山、越えてヤイトをすえてやれ、熱つや……後ろの少年だぁれ♬」

と、その声はギョッとするような、歌声であった。

童謡を唄う歌声は、二郎の霊を呼び寄せるような、口寄せの響きのようでもあった。

和代は、放心状態で何も考えられなくなっていた。

第9節　再会

翌日の新聞には『不正衣料切符用紙一万二千枚　横領で投身自殺か？　山下埠頭岸の倉庫横岸壁横の船を係留するビット〈ボラード〉に絡まって発見される。男は北川二郎。復興記念　横浜博覧会に絡む横領事件か？』との見出しだった。

平と牧田は京都から東京に戻っていた。中野坂上の俣野利信を訪ねて、関東尾浜組の若頭、佐竹新之助の居場所を突き止め築地のバラック小屋の前に辿り付いていた。港が窺える小道の先の広場で、丁度、表の協同炊事場で一人黙々と米を磨いている、みすぼらしい男がいた。男は訪問者に気付くと幻でも見ているように、目を向けていたが、訪問者が平であると確信すると凝視して言った。

「土居垣少尉か。飛行機乗りが良く帰還したものだ」

数歩近寄り息を吐き感情を押し殺すようにしていたが、瞠目する言い方であった。その姿は、平を中野坂上の大きな屋敷で、見下ろすような眼差しをしていた若頭ではなく、何処にでもいるような引揚者のようであった。尾田玄衛門親分の側で、目を光らしていた威圧感は感じられなかった。それでも、佐竹は尋ねて来るのが分かっていたかのように、平と目を合わすと、威厳を保とうとしている。

「やはり、生きていたか、流石、敗戦国日本が誇る予科練育ちだ。そんな気がした。土居垣少尉、また、会えると思っていた」

腕を組みながら、揶揄とも取れる言い方であったが、再会を喜んでいるようである。

「で、なんの用だ」

笑みを浮かべながら無関心を装うように言った。

平は、白井幸吉と彩乃を訊ねて京都まで行ったが、数年前に東京の叔父のところに行くと言ったきり行方知れずである。そして、幸吉と彩乃達がどんな目的で東京に行ったのか詳しい事は分からないが、白井雄二、国会議員が称賛されている新聞記事を見て急に二人が東京へ行くと言い出したことや、尾田栄二から終戦間近に彩乃宛に手紙を受け取っていて、中野坂上の関東尾浜組若頭の佐竹新之助が力になると書かれていたことを告げた。その新聞には『本牧に新官舎聳え立つ』『内陸のアヘンの行方は何処に』『政府、インフレに対応した新しい紙幣（新円）を発行』と書かれていたとも伝えた。それで佐竹に会いに来たと来意を語った後に本題に入った。平は語りだす。

「佐竹さん。自分達は、玄衛門親分と栄二さんに、貰うちょった金で、呉で佳美と瓜二つの寿美さんを身請けした。だが、そん寿美は、あの広島の原爆で亡くなりよった」

「知っている。以前、幸吉と彩乃が訊ねて来た。残念だったな。二人から聞いた話ではあるが、寿美は自分が死ぬ今際の際で海星会のサンシタ近藤が二人の姉妹を連れ去った経緯を語ったと聞いた。黒幕に白井雄二、国会議員がいる気配が――とも言っていた。しかし、その幸吉と彩乃は死んだ」

佐竹は顔色を変えずに答えた。

「えっ、幸吉さんと彩乃が死んだ？」

「お前達は、知らないのか？　新聞に出ているぞ！」

そう言って佐竹が新聞を差し出す。平が鷲掴み奪い取り食い入るように見ていたが、やがて新聞を持つ手が小刻みに揺れた。

「京都から来たき、新聞は読んじょらざった」

平はもう一度、白井幸吉が載っている新聞記事の段落欄に目を移す。

「横浜で？　本牧付近で原爆の被爆を苦に自殺？　そがな事はない！」

驚きの声を発した後に、佐竹が再び語りだす。

「俺も同感だ。そう思った。幸吉から白井雄二と近藤の事を聞いていたからな。新聞には書かれていないが、二人が、何かを探りに紀尾井町の叔父の白井雄二の屋敷に行った事は聞いている。二人は、そこで――、闇に葬られたのだ。きっとな。屋敷から出て来た車を追って、近藤の横浜の事務所に行った。だがな、そこでもある男が死んでいた。投身自殺、溺死とされている。今日の新聞で報じられている。しかし、その男の死んだ記事も嘘だ。真実は――、首吊りだ。俺は死体を見た。この事件も白井雄二と近藤の仕業ではないかと思っている」

平達が手に取っている新聞のページを捲り、人差指で記事をなぞって「ここだ！」と指さした。

「何！　なに！　そんな事が、北阪洋品店？　北川二郎？」

北川二郎の文字に反応した。同時に首を傾げた。茨城の北川正子の息子で和代の夫である北川二郎と同姓同名だったからだ。佐竹は、平の驚く様子を見て言った。

「土居垣、その北川二郎は中野坂上にお前と一緒に来た小娘、和代の今の夫だ。小娘には伝えた」

佐竹にしては、気まずそうに語る。

和代の夫と聞き、暫くは、突然に語った佐竹の言葉の意味が飲み込めないでいた。呆然としていたが『和代の夫？』と心で反芻して気持ちを落ち着かせて、やっと、冷静になる。

「北川二郎と――、言う事は、まっこと、和代の夫なのか、しかし、そん男が、どいて！　横浜くんだりまで、出かけて行って、何故、自殺するがよ？　何故、新聞は自殺と報じちゅー。理由は？　その新聞社の記事は？　誠(まっこと)に、事実やき——？」

途中まで言い掛けるのだが、言葉が出ない。

「そうだ。何かの理由で、殺されたのだ。だが、自殺として片付けられようとしている。俺(わし)も分からん。但し、衣料切符が絡んでいる事と、幸吉と彩乃の死も、何らかの形で絡んでいると思う」

佐竹は平の心の動揺を察していた。

二人のやり取りを聞いた牧田が「う〜ん」と一言唸った。

「新聞が事実と違うと思われているのですね。だとすると、この報道は、何か、大きな企みが裏で動いているのかも知れない。と云うことですか？　佐竹さん。それも、とてつもない企み事が、白井雄二が絡んでいることで、闇で大きな政治的要因がある？　疑惑を持たれていると。

そうなると俺たちには想像もつかない事かも知れない。いろいろと動かれているようですが、三人が死んだとは言うことは、くれぐれも注意された方が良いと思います。私たちも——。和代さん達も早まった行動は慎んだ方が良いような気がする——」

今まで聞いていた牧田が持論を言った。

「和ちゃん〈和代〉は、平と一緒で、こうだと思うと突き進む所があるからな。なぁ平、そうは、思わんか？」と側にいた平に向かって言った。

平も、和代の事が心配であった。牧田が言うように、和代は戦時中の混乱している時も弟の達也を連れて、自分の信念に基づいて向う見ずにも茨城から広島の呉まで来た事があったからだ。

佐竹に二郎の死を知った時の和代の精神状態を訊いた。佐竹からの返答は、『二郎の母、正子は気が触れて、その看病を今はしており、房子と祖父の嘉兵衛や自分の子供の事もあるが、気丈に冷静であった』そう見えたと語った。おそらく、大丈夫だと。そして、『そう簡単には事は動かないのでは』との返答でもあった。

「和代に……。俺（わし）は、玄衛門親分と栄二若の為だったら、地獄でも何処でも行くと伝えた。義を貫くと！　幸吉と彩乃がバラック小屋に来た時も若の想い人の双子の寿美とやらのために、一肌脱ぐ覚悟はあると。軽はずみな行動はするな。俺（わし）に任せろ！　と言った」

佐竹は付け加えた後「あの小娘は馬鹿ではない。大丈夫だ」と言葉を結んだ。

黙って聞いていた平は、忠義に生きる佐竹の言葉にひと先ずひと安心するのであった。

五つボタン

第1節　不思議な話

平と牧田は、築地にある佐竹のバラック小屋を離れた。そして嘗て予科練の教員であった復員庁の木谷元大尉に会いに行く。寿美の両親である白井夫婦の行方が掴めた事を伝えようとしていた。『引揚者の事や旧海軍の事で気になる事があれば何時でも来い』と言われたからだ。日比谷通の銀杏並木を南西方向に歩いていた。木谷と会う、もう一つ理由があった。新聞を賑やかせた復員庁の車が使われたことも気になっていた。

「貴様には悪いが、保安隊の仕事を疎かには出来ない。すまない。北海道の札幌でも何か掴めるかも知れないが、爆撃のあまり無かった北海道の地はあまり期待できないがな」

復員庁へ向かう道すがら牧田は言っていたが、北海道に帰る時間が近づいていた。

「やはり、気になる。北海道に帰る前に、木谷教員の所へ、俺も一緒に行く！」

気を取り直して迷った末に言ってきた。

牧田の正義感の強さがそうさせたのだと、平は思った。

しかし、保安隊に連絡を入れたが、急な休暇願いだったので上司から快い許可が下りなかったため、渋々「直ぐ、戻る」と言って北海道へ帰って行った。

一人復員庁に平は出向いた。その木谷と面会する決断が平達を動かすことになる。由々しき話を耳にするとは、その時には、まだ知る由もなかった。

平は、以前にも訪れた大きな吹き抜けのある復員庁の建物の玄関口近くの部屋で木谷と再会した。面談早々に寿美の件で、京都まで行った事を伝え、過去の経緯も掻い摘んで話をした。木谷は応えた。

「貴様達は、予科練時代と変わらんな、よし、『人にはそれぞれの人生の役割か』俺も復員庁の仕事をしているが、予科練時代の熱き心が無くなっているような気がする。仙台のあの独眼竜、伊達正宗公も、仁・義・礼・智・信と言っている。俺にも一肌、脱がせてくれるか！」

予科練時代の教員を彷彿させる言葉で協力すると言って、東北仙台出身の木谷は、例え話を引き合いに出した。その伊達正宗公の言葉は、人が常に守るべき五つの『五徳』だった。

仁……思いやりや優しさ、人を慈しむ心。

義……自分の利益にとらわれず、正しい行いをして筋を通す事。

礼……礼儀作法や相手に対する敬意。

智……知識や経験で積み、正しい判断を下す事。洞察力。

信……人を信頼し、誠実である事。

木谷も日本男子であると感じていた、平であった。

復員庁の一室の面談の日から、数日たったある日に、不思議な話を聞くことになる。木谷から平に話したい事があるので、夕方の五時過ぎに復員庁の近くにある日比谷ホールで待つようにとの連絡が入り出掛けることになった。

日比谷ホールは、正面に半月で上弦の月のような【ＧＨＱ】と書かれた看板が掲げられていた。進駐軍の娯楽の場でもあるため、引っ切り無しに四輪駆動のジープに乗ったアメリカの海兵隊員が我が者顔で大きな声を出し、けたたましい騒音を残して通りすぎる。暫く、日比谷ホール前の雑踏を眺めていたら、東の道から木谷が手を振り小走りに歩み寄って来た。合流した二人は肩を並べて歩きだす。整備された日比谷通りを横切り新幸橋の近くの料理屋で、由々しき話に及んだ。その話とは、日本海軍の暗号解読説の話から始まった。

「貴様も知っている海軍省の当時の堀内中佐から、生前に小耳に挟んだ奇妙な話だ」

開口一番、木谷は切り出した。

「復員庁に勤めている宮下と云う男から聞いた話だが、信憑性はある。何せ宮下は元海軍省で浜井大佐の部隊にいた男である。気骨があり信用できる人物だ。

だがなぁ、そもそも何故、俺に話をしたのか不思議だが。宮下が言うには、終戦間近の東京大空襲の半月前くらいに行なわれた海軍省人事局の慰労会で堀内中佐の隣に、たまたま座った時の話だ。堀内中佐は少し、酔われており、上機嫌で雄弁になっておられたそうだ。それが——首を傾げるような話だ」

「首を傾げる。奇妙な？　あの実直な堀内中佐から聞かれた話やと、それは信頼できる。嘘の嫌いな人やき、それで何と」

「そや、その話とやらはな、驚くな、『海軍の暗号は既に米国側に解読されており、それには海軍の高官が関わっていたのではないか』と言う疑念だ。事実とすれば由々しき話だ。当時、我々は、海軍技術研究所が開発した【九七式暗号（パープル暗号）】という精巧な暗号機を使っていた。しかし暗号が解読されていることは、戦時中に発覚していて日本海軍省の堀内中佐の耳にも届いていた。詳しい事は、終戦後に判明したが、米国のフリードマン部隊の解読班によって、原理が見破られていた。『コードブックは日本総領事館において誰かが盗撮しており、日本の暗号はアメリカ側に筒抜けになっていた』と聞く。暗号を盗んだのは、同盟国ドイツナチス党員を装い日本に潜入したソビエトのスパイ・ゾルゲだ。そのゾルゲは首謀者として処刑された。しかし、ゾルゲを陰で糸を惹く日本人がいた。その人物は、俺達が知っている人物ではないか？　——と、言うのだ。

　あくまでも仮説のようだが、当時、日本の特高警察がゾルゲの協力者である尾崎秀実（おざきほつみ）を逮捕した。実は尾崎の裏にも大物の政治家がいるのでは——、と言う話だった」

　木谷の真剣極まりない顔が、事の重大さを物語っていた。

余りにも日本の運命を左右した大きな話である事に驚愕する。平には少々、暗号解読が起因していると疑われた腑に落ちない事件があった。

木谷は、その事件を引き合いに出した。その疑念は、平が撃墜され太平洋をさ迷っていたあの太平洋戦争のターニング・ポイントとなったミッドウェー海戦の後に起こった海軍甲事件である。号外には『山本五十六元帥四月十八日午前六時、連合艦隊司令部ハ第七〇五航空隊ノ一式陸上攻撃機二機、ラバウル基地ヲ、バレル基地ニ向カフ途中、名誉ノ戦死セリ。山本五十六長官ハ第三種軍装（陸戦用服装）ニテ座席ニヲイテ着座、右手ハ軍刀ヲ握リ、泰然トサレシ』と記されていた事件である。

その海軍甲事件に攻撃参加し、一式陸上攻撃機を撃墜した航空部隊のアメリカのパイロットが終戦後に語った話である。木谷は話を続けた。

「あくまでも、憶測、仮説の域を脱しない範囲だが、『海軍D暗号（海軍暗号書D）』も、既に当時乱数表は解読されていて、米国ロッキードP38ライトニングの編隊が偶然を装い山本長官を襲った件だ。攻撃をしたランフィア大尉は『帝国海軍護衛の零戦六機が何故、自分たちに体当りしてでも、山本長官機を守らなかったのか？』と不思議そうに語っているそうだ。そのランフィアが言うには、ブーゲンビル上空の戦闘での日本側の迎撃について、ひとつだけ、どうしてもわからない不可解で腑に落ちないことがあると、それは護衛の零戦がすぐ目の前で山本五十六連合艦隊司令長官が撃墜されそうなのに、あの優秀な零戦の直掩機が、たった一機の零戦も……？　真面に向かって来なかった。なぜロッキードP38ライトニングに体当たりしてそれを阻止しなかったか？　という疑問だ――」

首を傾げていった。その内容について――、トーマス・ランフィア大尉の手記と知人に語った追記文の写しを宮下は手に入れていた。その手記と追記文は以下の通りだった。

英語文

'When I confronted the leading set of bombers, it was a Zero fighter that first attacked us.
They had to know exactly who I was trying to shoot.They could have killed me if they had rammed into my Lockheed P-38 Lightning. They most definitely could have stopped me, and technically, that would have been easier.
However, the admiral of the combined fleet was shot down in front of his eyes.
When I returned home after that, I suppose the escort fighter pilot returned to base and made a report.I have wondered over and over again what that enemy pilot's mental state was at that time.Leaving their finest officer dead in the local jungle and returning home unharmed... I would not have done that.'
-Captain Thomas Lanphier

"That son of a bitch (Isoroku Yamamoto) will not be dictating any peace terms in the White House."Immediately after radioing this message to the operations staff against orders, I wit nessed something strange.We encountered three Zero fighters.

They knew we were there.That means that they were aware of the battle over Bougainville, but they just ignored us and passed by, as if nothing happened.

-Postscript by Captain Thomas Lanphier

日本語訳は、

トーマス・ランフィア大尉　記

私が先頭の一式陸上攻撃機立ち向かった時に、まず襲って来たのは零戦だった。

私がだれを撃とうとしているのか彼らは正確にわかっていたはずだ。

そして、私のロッキードP38ライトニングに体当たりすれば、私を殺すことができた。間違いなく、阻止できたはずだ。技術的にそれはわりに簡単だった。

しかし、連合艦隊司令長官が目の前で撃墜された。その後、私が帰還した時に、護衛役だった直掩戦闘機パイロットが基地に帰投して報告をしたとする。

その時、敵のパイロットの心境がどんなものか、私は何度も考えた。自分たちの最高の将校を死体のまま、現地のジャングルに残して無傷で帰って来ることなど。私なら、そうはしなかった。

トーマス・ランフィア大尉の追記手記

私が『あの野郎（山本五十六）は、もうホワイトハウスで降伏条件を突きつけることはできない』と、禁止されている無線で作戦参謀に打電した直後に不思議な光景を見た。それは三機の零戦との遭遇だった。奴らは我々に気づいていた――。とすれば、ブーゲンビル上空の戦闘を知っていたことになる。しかし、我々を無視して通り過ぎて行った。何事もなかった様に――。

そして、木谷は、その海軍甲事件にも疑念があると言った。

「誰か、海軍の高官が関わっていたのでは？　と言う憶測だ」

「まさか、その直掩機隊の中に板垣飛行曹長も飯田一等飛行兵もおられました。そがいな事が出来るのやか？　自分が負傷してラバウルの軍病院に入院しておる時に見舞いに態々、足を運んじょられた方々です。白井幸太郎一等飛行兵の遺書を持って『白井君の意思を叶えてあげたい』と、言うちょった人が？」

平は話していると、あの日の病室の一場面が――、板垣飛行曹長の何か思いつめた表情の優しい顔が蘇った。首を傾げていた、平を余所目に木谷は話を続けた。

「確か当時、双胴の悪魔と呼ばれていたP38ライトニング迎撃戦闘機、十八機の来襲を受けて、日本側の損失は一式陸攻二機のみだったと聞き及んでいる。多勢に無勢で防ぎきれなかったのだろう――、しかし――その護衛をしていた零戦の六機は全てラバウルに帰投している。当時の種々な空戦状況を考えれば不思議ではないか？」

「そうですのぉ。急降下攻撃を受けたとして、長官機に直掩機が割って入り、まったく無傷で帰投できるとは――」

「う～ん――、やはりそう思うか、俺も、どうも引っかかる。零戦全てが帰投して殆ど無傷と言うことが――、その話には、まだ不思議な後日談がある。それはだな、当初、九機だった直掩機の内三機が戦闘前に引き返していると聞いている。そしてランフィア大尉の話とは別に、作戦行動を共にしていた僚機パイロットのレックス・バーバーが最初に攻撃をかけた後、零戦との空中戦の領空外の海上を単機で飛ぶ一式陸攻を見つけたと話している。その一式陸攻三二六号機を追尾したが後部上部の射砲からの攻撃が、まったく無かったとも語っている。守るべき一式陸攻が単機で飛んでいたのは？　何故だ？」

「えっ、引き返しよった直掩機がおったのですか。一式陸攻が単機で飛んでいた？」

「そうだ。また、よりによって長官の乗っておられた一式陸攻だ。二十二型甲型の旋回機銃と機体側面機銃は強化されていた。海軍の最高司令長官が機乗されている一式陸攻の射砲が故障していたのか？　射砲搭乗員は何をしていたのだ！　射砲搭乗員は生きていなかったのか？　攻撃されてないのに、何故？　何故だ？　疑問だ！」

「確かに、疑問ですのぉ」

「長官と幕僚と軍医以外に一式陸攻搭乗員は七名も乗っているのだぞ、代わりの搭乗員はいたはずだ。やるべき事は明確だ。誰にでも分かることだ。全員がボンクラか？　奴らも優秀な搭乗員だったはずだ。何故だ？　それが、事実としたら――、それと」

「まだ、何かあるんですか？」

「ああ、護衛の為に出撃した零戦が任務遂行を果たさずに、空戦前に何故三機は途中で引き返した？　誰かからの指示があったのか？　土居垣も知っているように、零戦の無線は使い物にならない。遠く離れたラバウルから誰と誰を引き返せ！　という詳細な命令は実質不可能だ。初めから決まっていたのか？　直掩機隊が？　なぁ土居垣、不思議ではないか？」

「う〜ん」平は、疑問が疑問を呼び、唸るだけだった。

「なぁ？　不思議だろう。それに、〝一式ライター〟と米国に呼ばれ、弾があたれば簡単に火がつく、一式陸攻の二機が簡単に撃墜されたとは言え……、そう簡単ではない。優秀な零戦の直掩機がいる。土居垣だったらどう護衛する」

「そうですのぉ。敵機を発見したら――、う〜ん。自分やったら、高高度に移動し、敵機を上空で待ち構える。もし、その回避時間が無かったら空戦準備を整えて、近くに島々があるんじゃったら、低速で有利な海面近くに移動しよります。下方から急上昇で攻撃するか、もしくは急降下しか敵の戦術は考えられんけん」

「そうだよな。あの日は雲もなく晴天だったと聞く。直掩していた百戦錬磨の零戦の搭乗員達が敵機を見落とすとは思えない——。常に目を凝らして海面や上空の警戒に当たっていたはずだ。簡単に近づく敵機を発見できたはずだ!!

もともと、米国は、『ゼロと空戦してはならない』、『ゼロを追って上昇してはならない』と——、一撃離脱の戦闘を避ける。回避行動をすることを零戦の搭乗員は知っている。それに低空の空中戦では米国のＰ38は空戦を得意としていない。そんな敵機をその空戦の末に実際には、たった一機しか落としていない。それも戦線を離脱したとされている。空戦終了後に帰路についていたＰ38だぞ。故障だったとも言われている。これは、あくまで噂だが——？」

「優秀な直掩機六機が手をこまねいて、見ていたとしか思えん！　信じられん！」

「まだある。日本海軍の直隊機がラバウルに帰投した。隊員の報告では、『六機撃した』とされているが、米国、当時の戦況報告とは五機の差がある。その後の調査で実際に撃墜したのは一機だけだったと訂正された。敵機の撃墜数は少ないとは思わないか？　至近距離の低速の空中戦で、あの優秀なベテラン猛者の搭乗員が乗っている零戦が、十八機の敵機に囲まれたとは云え、零戦の機動力を持っていれば、みすみす守らなければならない本来任務の一式陸攻二機だけが、落とされるとは？　土居垣だったら？　どうする」

「自分やったらですか。まず、低空、且つ至近距離の空中戦であったら二十ミリ砲で、二機同時に撃墜する事を考えよります。敵機の獲物は多勢ですけん。奇妙な双発双胴の、全長三十六尺（十一メートル）、全幅五十三尺（十六メートル）と大型機で標的も大っきい。空戦能力にはある程度目をつぶっても、ただ単に、とにかく早う、遠くまで行ける戦闘機と言われちゅー。あの、『メザシ』ですけん。『ぺろはち』ですけん。（容易に撃墜できる＝ペロリと食える）沢山いるのやき——」

「そうか、俺の宮下の情報では、米国のランフィア大尉も言っている『間違いなく、我々の攻撃は阻止できる零戦なら技術的にそれはわりに簡単だ』と実践で、米軍もＰ38は空戦で、弱いと認めている」

　熱く木谷は疑問を語った。

「木谷教員、やけんど、仮に、誰かの指示やったとして、実際に、あの長官を敵国に売るような者が、当時の海軍に一人でもいるがやろうか？　そげんな事は無いと思ちょります。少うとも、予科練上がりの搭乗員は、この国を愛し、この国を守るのだとの強い意志で、自分の故郷や両親や仲間を、日本を！　想いやる気持ちでいっぱいやったと、命がけでお守りすると、自分は思うちょりますが」

　疑念は抱いていたが、ただ、板垣飛行曹長を信じていた。信じていたかった。認めたくない気持ちもあった。

「そうだな、しかし、土居垣よ、仮に――、板垣飛行曹長が、お前に白井幸太郎の意思を叶えてあげたいと手紙を渡したのが、偶然でなかったら――」

「偶然？　偶然でなかったら、誰かに指示されたとでも言われるのですか？」

平は、憮然とした。

「いや、いや、間違いなく、その板垣飛行曹長も飯田一等飛行兵も立派な搭乗員で、手先ではなかった思っている。違ったとして……、仮にもし、数人、その～っ――あの～っ――、う～ん。ハッキリした事実ではないが、あくまでも憶測だが、黒幕の手下が、海軍の中枢に近い士官兵学校上がりの搭乗員がいたとしたら……、どうだ」

「黒幕やか？　海軍の中枢にですか？」

「それに、俺はどうも、ランフィア大尉が語った『護衛の零戦六機がなぜ自分たちに体当たりしてでも長官機を守らなかったのか』と語った言葉が気になる。我々零戦の直掩機は『自分の身を挺しても爆撃機を守れ』と、日頃から、口酸っぱく上官に言われていた。しかし、簡単に二機の一式陸攻は撃墜された。海に不時着した。もう一機の一式陸攻で宇垣参謀長、北村主計長、林操縦員の三人だけが死をまぬがれている。宇賀参謀長は『この空域が、こんな恐ろしいところとは知らなかった』と語ったとも聞いている。

それに殆ど被弾していない無傷の零戦が多すぎではないか？　当時の敵国のランフィア大尉が零戦とのあの日の空中戦を不思議がっていても可笑しくはない」

「宇賀参謀長がそんな事を言われたのですか、戦地をご存じではなかったのですかのぉ。確かに不思議ですのぉ」

木谷は、ランフィア大尉の言葉が、余程、気になっているようだった。

「確かに疑いだしたら、切りはないがな。長官はラバウルからブーゲンビル島のブイン基地を経て、ショートランド島の近くにあるバラレ島基地に赴く予定だった。

米国は、きわめて時間に正確で、予定を守る山本長官の性格を知っていたと言われているが、だが、誰が、そんな長官の性格までの情報を米国が、ましてやP38が離陸したヘンダーソン基地の司令官が何故知っているのだ。そんなに米国の情報機関は、人の性格まで把握する力があったのか？　そんなに凄いのか？　俺は——、女房の性格ですら掴んでいない」

木谷は、自分の女房を引き合いにだして、考えを主張してきた。

そして、暫し、無言で平の目を見てから、少し照れ笑いを浮かべた。

「また、米国情報機関がそれ程の機能を有していると気がついていないとしても、我が日本軍が、何故、そんな迂闊な行動をしたのだ。長官の前線視察計画を艦隊司令部から関係方面に打電さえしなければ、——考え過ぎかも知れんが、もし、それが、故意に打電されたとしたら？　俺の憶測だが。そう、その打電だが、長官巡視の詳細な時間を各部隊に宛てて、暗号を用いて打電されたが、既に当時は解読されやすいとされていたパープル暗号の九七式暗号であったため電信員が驚き『海軍D暗号ではないのですか？　間違いではありませんか？』と通信参謀に疑問に思い尋ねたそうだ。しかし、通信参謀は冷めた目で睨み、そして冷ややかな声で『そのままで良い』と言われたとも聞く。この話は宮下が掴んでいた情報だ。復員庁の宮下の情報収集能力が凄いのか、亡くなった堀内中佐が何故、そこまでの詳細な出来事を知っていたのだろうか。これも憶測だが、また、六機の零戦が帰投しているラバウル基地の高官士官が何かを知っていたとしたら、当時は、田中司令だったかな？　そして、もう一つ」

明らかに、山本五十六指令長官に畏敬の念を覚えている平の顔色を窺っていた。木谷は言葉に詰まっていた。

「木谷教員。もう一つとは？」

平が、身を乗り出して訊く。

「長官が戦死したモイラ岬のジャングルで、遺体を検死した。当時の軍医の遺体検死記録によると、死因は戦闘機の機銃弾が、こめかみから下顎を貫通したものという結論が出されている。ほぼ即死状態であったと推察されている。

しかし長官が搭乗していた一式陸上攻撃機を銃撃した米国のＰ38戦闘機の機銃は十二・七ミリ四門及び二十ミリ砲一門と強力だ。そも、そも、Ｐ38ライトニング攻撃機は、重武装を重視しており、大型の爆撃機を迎撃する戦闘機だ。もし、検死記録が事実通りであれば、山本長官の頭半分は吹き飛ぶはずではないか？　遺体を最初に発見した第六師団第二十三連隊の浜陸軍少尉は『山本指令長官の遺体は座席と共に放り出されていた』との報告があった聞いている。

そして軍医長が地を這って近寄ろうとして、絶命したと云う痕跡も残していたとも聞く。また、他の遺体が黒焦げで蛆虫による損傷が激しいにもかかわらず、この山本五十六指令長官と軍医長の二名だけは、蛆も少なく比較的綺麗だったと、つまりだ。これが本当だとするならば、不時着から暫くは、長官と軍医長が生存していたということになる。土居垣、不思議ではないか？」

「自分は、長官が泰然とされちょったと聞いちょりました。無念が伝わるお姿やったと。余り深う考えた事はありませんざった。黙して語らずを通される方だと思もちょりますが、何かを語り掛けようとされたと――」

「ああ、そうかもな、もし、長官の頭部を打ち抜いていたのが、拳銃弾などの小口径の銃弾であったとしたら、検死記録と合致する。――が、P38戦闘機の強力機銃だ……だとすると、不一致になる。不時着した誰かが、もし、搭乗員の中に共犯者がいたとしたら、仮に発見した者が後から銃撃したとの憶測も窺えるのではあるが――」

「反撃しなかった射砲搭乗員か？　すると、なんのために――、都合の悪い事実を隠す為にやか？　海軍の威厳を保つ為にやか？　そがいな事をして何の意味があるんですか？」

「そうだな。仮に、長官の死に方が軽微な状態で撃墜されたとして、日本海軍航空隊の直掩機の面目を保ったとして、何の意味があるのだ？　泰然としておられた姿が、日本海軍を奮い立たせるか？　逆に、悲惨な最期で、見るに忍びないお姿の方が、皆、哀れみ奮起するのでは？　あまたの戦死者を見て、知っている我々は撃墜されると云うことは、殆どの遺体が、五体満足な身体でなく、木っ端微塵に小さな肉の塊でしかなく跡形も無くなっていることは想像が付く、そうではではないか？　当時、あの空域は日本軍が制空権を持っていた。あの時点では、米国側の兵士がブーゲンビル島に上陸するのは不可能だ。すると――、う～ん。謎は深まるばかりだな」

そう言い放って、心の中にある蟠りをあらわにした。

俄かに心に動揺が芽生える。何故、何故、何故と、仮に、木谷の類推、推測が正しかったとしたら、日本軍は、我々は、国民は、ミッドウェー海戦以降、誰のために戦い。誰のために貴重な尊い命を落としたのか？　日本人を皆が守ろうとしていたのは？　いったい。なんだったのだ！　微かな勝利を信じて！　美しい日本を、故郷を、大切な人々を守り抜こうと、一生懸命に頑張っていた事が、早期終結が不可能と分かり、対米戦は長期持久になると覚悟して、南方作戦の支援で戦った戦友達は！　そんな事があって良いのだろうか！　言葉を失なった。木谷の言葉を聞いてから沸々と頭の中に、新たな疑問が過る平だった。

平は、木谷に来週、牧田が、また東京の市ヶ谷に出張で来ることを伝えて、もう一度再会する約束をして結論がでないまま別れた。渋々北海道へ一時帰った牧田が、この話を聞いたとしたら、どの様な判断を下すのだろうと思いを巡らせていた。

そして、木谷との別れ際に、「くれぐれも、お身体ご自愛ください」と言って再会の日を待つのだった。

第2節　十三の疑問

それから一週間後、東京駅の丸の内改札口で牧田と再会する。いつものように、元気な姿を現した。そして、開口一番、予期せぬことを言い出す。

「札幌で身を固める予定である」

唐突に言ってきた。結婚相手は、札幌白石十条の琴平（ことひら）診療所の看護婦をして何処となく、『寿美〈ゆうなぎ〉』に似ている女性だという。上官の薦めもあり、来年には結婚するとの報告である。

「そうだな、俺たちも、そろそろ身を固めないといけないいな。それはめでたい。おめでとう」

突然の牧田の報告に戸惑う平ではあったが心から祝福した。牧田にとっても良いことだと思うのであった。

平は、先日の木谷の不可解な話を何から語りだそうかと思考を巡らしていた。考えた末に木谷に会う前に、必要事項の概略を初めから順序だてて丁寧に説明した。話が話だけに、ある程度、情報を先に伝えた方が理解も深まるとの考えだった。

道すがら話が、海軍甲事件の話題に及ぶと、牧田も兼ねてより、平と同じで、腑に落ちないこととして捕らえていた事を打ち明けてくれた。木谷とは、この日も同じ新幸橋の近くの料理屋山善で会う約束をしていたので、話も、そこそこに二人で足早に東京駅から日比谷方面に向う。新幸橋の近くの山善にたどり着くと既に木谷は到着していた。

　料理屋山善は戦後五年を過ぎていたので少しずつではあるが、店の作りも食材も豊富になり料理も良くなり、所々に日本料理店の雰囲気も昔のような、風情を醸し出していた。

　日比谷の銀杏並木の街路では、朱色に塗られた提灯に似た外灯の薄暗い光が足元を照らし、石畳を歩く平達の皮靴のコツコツと云う音だけが乾いて響き、一歩、一歩、徐々にではあるが復興が進んでいる日本の道程の響きのようにも感じられた。店に着くと木谷は一番立派な部屋を準備していた。

「おー、牧田、久しぶりだな、元気にしておったか？　変わりは無いか？」

　部屋に入るなり、濁声の木谷が、上機嫌で手を翳し手招きする。部屋からは小さいながら庭も窺え紫の菊の花びらが濃くなっている。秋桜（コスモス）が移ろい晩秋色の装いに変わっていた。十二畳程の小さな畳の部屋ではあるが、床の間には掛け軸が飾られ一輪挿しの花瓶には竜胆（りんどう）がひっそりと花を輝かせ、その濃い紫にいたるまでの紫系の色が、三人をもてなして迎えてくれているようである。その一輪挿しの竜胆の可憐な花びらを眺めていると、日本もやっと、戦争の爪痕（つめあと）が癒されつつあり、戦前の赴きが取り戻せているのだなぁ～と実感した平であった。

「木谷教員。お久しぶりです」

　牧田は言葉を発してから唐突に結婚話をした。

「いやぁ、実は近々に自分も身を固める事になりました。上官の紹介もあり、札幌の診療所の看護婦をしている女性と来年早々に祝言をあげます」

牧田は照れながら言った。

突然の話に、木谷は結婚相手の事について、年は幾つ離れているのか？　両親の事は？　根掘り葉掘りと聞いていたが、牧田が丁寧にまるで航空力学を説明するように理路整然と説明したので、喋っている牧田の言葉を遮って言った。

「よし、分かった。分かった。結婚はするのは簡単だが、続けることの方が大切だ」

話題をはぐらかした。平は木谷の頭を掻いている態度と言動を聞いて、理科系が苦手な性格だなぁ～と思い、笑みを浮かべた。平の目線に気が付いた木谷は顔を向けたが、ゆっくりと合した目を逸らして、今度は、首を左側に向けて座っている牧田の顔を見て真剣な顔で語りだす。

「忙しい所すまないな。で、今日は、土居垣からも聞き及んでいると思うが、長官の海軍甲事件の事で腑に落ちない事があり、俺も土居垣も、そう感じていたが、復員庁のある男から由々しき事を聞いたので……」

前置きの言葉を発してから、これから語ろうとしている大筋を述べて仔細に及んだ。

「その話とは――な、復員庁に努めている宮下と云う男から聞いた話で、この話の主は、あの堀内中佐で酔った席ではあるが首を傾げるような話だ。驚くな、『宮下が堀内中佐から聞いたと言う話は『海軍の暗号はかなりの精度で解読されており、それには海軍の高官が関わっていたのではないか』と言う噂で、貴様も知っている海軍技術研究所が開発した【九七式暗号】精巧な暗号機の解読だ。

長官の死は、日本にとって国をあげて喪に服す悲劇であったが、米国側には大吉報だったに違いない。日本において青天の霹靂で、大きく戦局が変わると同時に大きく士気に及ぼす影響もある変換期でもあった。米国にとっては、真珠湾攻撃の総責任者を討った事は、国民性からしても、米国将校にとってどれほど輝かしい戦功で海兵隊の士気も挙がったであろうことは、想像に容易い」

段々雄弁になり、核心を語りだした。

木谷の話とは、大きな吹き抜けのある復員庁の建物の玄関口近くの部屋で再会し、その後、新幸橋の近くの料理屋で喧々諤々の議論を交わした内容であった。暗号の解読と、トーマス・ランフィア大尉の証言、ソ連のスパイ・ゾルゲ、長官が戦死したモイラ岬の怪事件を憶測と持論を織り交ぜながら整理して話した。牧田は腕を組んで黙って聞いていた。

「木谷教員。スパイ・ゾルゲが処刑されて、日本軍もある程度暗号が解読されていることは薄々感づいていたと予測できるのではないですか、多分、懸念材料として日本の海軍省も陸軍省も捕らえていたと思います。同時に誰かが関与しているのでは、と云う疑いを持っていても可笑しくないのでは、特に特高警察や憲兵隊は、そこに目を付けていたと考えられます。しかし、末端の将校には、公にはされなかった。と云うことですね」

牧田は疑問を交え持論を言った。

その話を聞いていた平は、気になる事があると言って語りだす。

「実は、自分も木谷教員からお聞きした時に同じ疑念をいだいちょった。海軍甲事件のみならず、その後の乙事件もちっくと――」

「長官の後任の古賀峯一第二十八代連合艦隊司令長官の海軍乙事件だな。確か、あの事件は、パラオからダバオへ飛行艇で移動中に行方不明となられ殉職された。あまり騒がれなかった事件だな。山本長官に続き古賀長官までも失ったことは、日本海軍にとって大きな打撃だったと言われていた」

牧田が平に向かって確認するように言った。

「そうだ。その後の人事も真っこと不思議で、長官が緊急に辞任することになった場合は、横須賀鎮守府司令長官の平田中将が長官となる可能性が高かったはずが、連合艦隊司令長官に就かざった。横須賀鎮守府司令長官というのは海軍大臣や連合艦隊司令長官が緊急に交代するときは真っ先に候補になるべき人がいるポストであるだがなぁ～。後任は、豊田副武大将が第二十九代・第三十代連合艦隊司令長官となられ、最後となる第十九代軍令部総長を務められよった。豊田副武長官は、戦後、戦犯容疑で逮捕されよったが」

「その件か、極東国際軍事裁判では不起訴になった。その後に続いて行なわれたGHQ裁判では、米国のベン・ブルース・ブレイクニーとジョージ・A・ファーネスの両弁護人の尽力によって、無罪判決を得た」

牧田は無罪判決の件も知っていた。平は応えた。

「だが、無罪判決を得た事案は、そんだけではなかった。以前、調布で『記録写真太平洋戦争史』の撮影助手として働いちょった森久良政から浜井大佐もA戦犯を終戦間近に、すり抜けて免れたと聞いちょる。豊田副武長官は浜井大佐と親しい。また、そん時に併せて聞いた話が、ミッドウェー海戦と長官の死に関して『記録写真太平洋戦争史』の台本でも触れられちょった。映像には無かったが、長官が撃墜された後に現場近くの日本軍の救助隊が、至近距離（直線距離で一キロ以内）であった現場に到着するまで丸一日以上かかっちょり、海軍の最重要人物の捜索としては異常に遅かったと書かれておった。そして、一刻も早う不時着した現場に到着して、捜査救出するのが当たり前だが、日本軍は、それはされざったと。

また、それに不思議な事に救出しようと努力した形跡が殆ど無いようだとも書かれてあった。米国は、そんな情報までも得ちょったと。木谷教員から聞きよった。復員庁に勤めちゅー宮下と云う男から聞いた話と合致しちょった。

自分は、まっこと、たまげたぜよ。誰か日本人の大物が動いていたんじゃなかろうか？　その人物がアメリカと大きなパイプを持っちょったら、簡単だ。森久の話を聞いて感じちょった」

平が説明すると。それを聞いた木谷が言った。

「それでかぁ、今の土居垣の話を総合すると、暗号を解読している事を日本軍に悟られないようにするため、長官が巡視予定だった方面に向けて、当時、米国側は約一ヶ月間に渡り、二十回以上の偵察や襲撃をさせて定時の飛行のように振舞って日本軍に暗号解読されている事を悟られんように努めたのだな。あくまで類推だがな」

木谷の話を聞いて、牧田が悩んでいた。

「どうも、解せない事が多いと思います。今までの話を時系列に総合すると、

一、【九七式暗号（パープル暗号）】精巧な暗号機が解読された経緯が、何故、どの様に誰が、何の目的で、何時ごろに、何処で、解読されたか

二、【九七式暗号】の解読された後、直ぐに【海軍D暗号】の乱数表は解読されていた

三、前線視察計画を艦隊司令部からわざわざ関係方面に打電したが、何故、解読されやすい解読疑念が持たれていた電信にしたのか

四、時間に几帳面な山本長官の性格を知っていた米国、末端の指揮官までの指示伝達力

五、ソビエトのスパイのゾルゲは真の首謀者か、否か？

六、ゾルゲの協力者である尾崎秀実を逮捕したが、裏に大物の政治家の影があるという噂

七、ランフィア大尉の証言。ブーゲンビル上空の戦闘

八、零戦がペロハチのロッキードP38ライトニングを一機しか撃墜していない事実。それも空戦が終了したあとに戦域を離れ帰路についていた編隊飛行の一機

九、九機だった直掩機の内、三機が戦闘前に引き返したのは何故か？

十、殆ど被弾していない無傷の六機の零戦が、何事も無かったように、静かにラバウルへ帰投し

た

十一、長官の検死記録とＰ38戦闘機の強力機銃と死亡状態との相違点
十二、長官と軍医長が生存していたと、窺われる証言と疑問
十三、海軍が救出しようと努力した形跡が殆ど無い

　以上、十三の疑問がある。

　だが、あくまで、疑問であり、仮説・類推であって想像の域を超えない。もし、日本の中枢に戦争を終わらせようとして、この戦争の終結のために水面下で動いている人物がいたとしたら――、策略を練っていた人物がいたとしたら――、どの様な行動をするだろうか？　あのミッドウェー海戦で海軍の主力空母が殆ど撃沈され、その時点で勝機を望めないと悟り、日本を見限っている人物がいたとして、戦争の終結を願ったとしていたら――、人の尊い命と引き換えに、あきらめの境地で行動を起したとしたら――、又は、己の身の行く末を誰かから約束され、自己保身のみで戦争の終結を策略したら――、そんな輩が大本営、海軍、陸軍の中で蠢いていたとしたら――、敵国のスパイの偽装工作だとしたら――、その一連の疑問や仮説、類推の辻褄が合うと言っても、過言ではないのでは？」

　今までの疑問を理路整然と牧田は語った。

　牧田と平の話を聞いて、木谷が反論した。

「確かに、貴様の言う【十三の疑問】を総合すると、あながち否定はできない。むしろ、その可

能性は無きにしもあらずと言えよう。

しかしだ、そのような事は一人では不可能ではないか、組織立って取り組んでいたはずだ。それと必ずしも【十三の疑問】の中に、そうとは言えない事項もある。例えば、ドイツナチス党員を装い日本軍に処刑されたのはソビエト人のゾルゲだ。当時、ソビエトは米国と不仲であり、むしろ同じ目的を持っている連合軍でありながら敵対関係状態にあった。そのソビエトが暗号を解読したとして、その情報を米国に提供して、連合国とはいえ手を組むだろうか？　世界の実権を握る事を望んでいるスターリンが協力して動くとは？

俺には解せん。また、戦後直ぐに明らかになって物議を醸し出している事だが、真珠湾奇襲をルーズベルトは知っていながら、日本にわざとやらせたという説も真しやかに『性格に表裏があり自分をさらけ出さない』と言われているルーズベルトの陰謀も囁かれている。こんな話もある」

アメリカは、開戦の直前にハル・ノートを送りつけ、天皇陛下宛てに平和を求める親書を平和擁護者として、しかし、その当時、日本軍が南下している情報を多く入手していた。また、日本大使館に打電された十四部の戦線布告もアメリカ解読班機関からホワイトハウスのルーズベルトに届けられていた。それを見て『これは戦争だよ』と呟いたとの情報もある。そして、『こちらから先制攻撃はできないよ。我々は民主的で平和なのだから、しかし、我々は良い記録を残した』と言って平和的な記録であると微笑んだと言われている。既にこの頃から情報戦は始まっていた。

良い記録とは何を意味していたのか？　戦争は嘘と、嘘のぶつかり合いで、真実は？　嘘でも真実とされる。そして真実として未来永劫語られる。特定の思想や世論や意識を行動へ誘導する行為が横行する。情報を制して、宣伝戦を繰り広げる。国民はそれを信じた。日本人もアメリカ人も信じたのかも知れない。都合よい情報だけが報道された。この戦争は心理戦で世論戦であったのではないのか？　世界の歴史は勝った者の歴史で、負けた者の歴史ではない。負けた者の正義は忘れ去られ、勝った者の正義は正当な正義として受け継がれて行く。勝ったものの歴史が始まる――。

戦後、極東国際軍事法廷でインドのパール判事が指摘（日本無罪論）している。ルーズベルトが、『戦争は避けられると思い込むほど、状況に疎かったとは思えない』。東京裁判は国際法ではなく事後法により裁かれた戦勝国によるリンチと変わらない裁判であり、裁判そのものが無効であるという考えだ。何故なら親書の日付は十一月六日午後九時、真珠湾攻撃の始まる九時間前だったからだ。

それと、問題になった宣戦布告も疑問が残る。野村大使は二時五分に国務省に入ったが、コーデル・ハルと面会出来たのは二時二十分だ。このとき既にハルは日本軍が真珠湾を攻撃していることを知っていた。実は彼が野村との会談を一時四十五分に遅らせ、また野村を十五分も待たせたのは、国務省法律顧問の弁護士であるグリーン・ハックワースを国務省に招き、何事かを相談していたという憶測がある。相談の内容は判らないが。但し、これは想像の域だ。日本側の最後通告文の遅れについて、国際法上の問題点を狙っていたのではないか？　『日本は侵略者であり、アメリカは平和と民主主義の擁護者である』と世界に知らしめたるために、それを狙って、仮にそんな手口を使って開戦した米国としたら――。

虚妄の影と言えるのか？　単なる妄想か？　考え過ぎなのか？

八月十一日にソビエトが遅れ馳せながら参戦しているが、確たる世界の実権を探っていた米国が、既に、本当は早々に勝敗が決している太平洋戦争の終結を当時、望んでいたのだろうか？　覇権争いで躍起になっている未参戦のソビエトが暗号解読で手を組むことはないとしても、何らかの陰謀や謀略があり、水面下で暗躍していた云う疑念もある。米国と思っていたが、連合国軍の他国が関与していることは考えられないか？　また、海軍甲事件に戻るが、零戦の直掩機三機が空戦の直前に引き返したのは、ただ偶然が重なったからか？　憶測が憶測を呼んでいるのかも知れない――。

思考の整理ができない激論を交わしているところに、料理屋の仲居が酒の追加を運んできた。暫し、話は中断した。

「まぁ、随分と、お話が盛り上がっていますね」

仲居が青流し徳利に手を添えて、木谷にお酌をする。

「海軍さんですか？　山本五十六指令長官のお話ですか？　ごめんなさい。山本……長官と言われる声が襖越に聞こえましたので、決してお聞きしていた訳ではありません。私の故郷が長岡で同じでしたので、つい。ごめんなさい」

手を止めて長官との関係を話すと、また木谷に並々と盃に酒を注いだ。

平は、長官と同郷の長岡と聞いて、信濃川の話を思い起こしていた。仲居の物腰の柔らかい上品な仕種の所作が、長官の凛とした姿と重なり言葉を掛けた。

「山本指令長官に、自分は長岡の水饅頭をご馳走になっちょりまして、その味が随分と旨く、珍しい饅頭じゃったことを覚えています」

平は世間話のように、懐かしい話をした。

「あら、そうですか、五十さんと、ご一緒に召し上がられましたか？　水饅頭は長岡にしかありません。冷たい水を注ぐ饅頭は夏の定番です。私も好きです。大好物でした。実は、今では大きな声では言えませんが、山本五十六指令長官は私の親戚になります」

唐突に言った女将の親戚と云う話を聞いて、その偶然に驚き、暫くは声が出なかった。

「いや、山本指令長官のご親戚の方ですか、自分達は霞ヶ浦土浦航空隊に勤められていた時代に、随分とお世話になった者です。

自分は予科練の教員をしていました。木谷と申します。ここに居るのは土居垣と牧田と言います。共に予科練時代、長官に公私共に扱かれた者です。いやぁ、とは言っても海軍の肉体的精神棒の何がしではありませんよ。ハハッ、長官の人となりにいたく感銘を受けた者たちです。在りし日のお姿を偲んで語り合っておりました」

木谷は教員時代さながらに直立不動の受け答えであった。

「そうですか、木谷様、ごめんないさい。私が、五十さんと親しげに言いましたので、私の母が従姉妹にあたります。私の母が、そう呼んでいましたので、私まで、ついそう呼んで、あっ、この店は私の主人が営んでおります」

恐縮し、申し訳なさそうに言った。女将だった。

「女将さん。ブーゲンビルでは残念な事で、さぞ、皆様、お寂しいお気持ちでしたことでしょう」

女将の言葉を受けて、木谷が慰めの言葉を掛けた。

「私は、五十さんは、あのような戦場での戦死でしたが、皆さんに慕われて幸せだったと思います。五十さんは、お国の事をいつも気に留めておりました。今、思えば、軍人の務めを果たしたのではと、あんな危険な場所へ自ら、前線で戦っていらっしゃる方々へ、自分だけが後方で戦況を眺めている事ができなかったのではないでしょうか、危険を冒してまで、それには、何か期する物があったと。

ブインの前線を視察する事で少しでも共に戦っている日本の兵隊さんに『何？　作戦か』知りませんが、その成功を心から願って、戦局を打開したかったのは紛れも無い五十さんの性格です。ミッドウェー海戦では沢山の方がお亡くなりになられました。それは、連合艦隊司令長官として辛い事だと感じていたと思います。責任を感じていたと思います。きっと、そうに違いません。

生前、五十さんは親しい人に『指揮官は、時には無情な采配をせねばならない』と語っていたと聞きました。人は負い目を持っているからこそ進歩し、それを克服しようとして成長するのでしょう。誰が死ぬと分かっていて前線に行きますか？　皆さんを信じていたと想います。しかし、死ぬ覚悟はできていたと思います。あっ、私、ごめんなさい。少し、おしゃべりが過ぎましたね」

頭を下げて部屋から出て行こうと席を立ち、襖の引手に手を掛けようとしていた。

そこへ平が声を掛けた。

「女将さん。山本長官のお気持ちは十分に伝わっていました。長官は将棋がお好きで、自分とも将棋を指してくださいました。その折に『信濃川と長岡をいつまでも守り続けたいと思っておる。この国を愛し、この国を守るのだ』と強い意志をお持ちでした。

形式主義や精神主義に囚われることのう、常に率先垂範を実践し『実るほど頭を垂れる稲穂かな』と云う言葉があるような物腰のやっこい、お方でした。『やってみせて、言って聞かせて、させてみせ、ほめてやらねば、人は動かじ』を実践されたと、自分は思うちょります。本当に心の温かい人……でした」

懐かしみ長官の在りし日の姿を眼に浮かべ熱く語った。

「ありがとうございます。きっと五十さんも喜んでいると思います。……どうぞ、ごゆっくりお過ごしください。本当にありがとうございます」

女将は平の熱い言葉を聞いて、伏し目がちに目に涙を薄ら（うっす）と滲ませた。そして、ゆっくりと頭を下げて出て行った。暫し、三人で女将の出て行った後を眺めていた。

「う~ん。海軍省の浜井元大佐が、どうも何かを知っているのではないか？　今、浜井大佐は何処にいるのだ」

木谷が、平と牧田を訴えるように見た。

浜井元大佐は横浜にいると、近藤の近くにきっといると確信していた。そして、白井雄二も！　そう思っている平と牧田であった。

六つボタン

第1節　特別審査局

京都から、彩乃達の訃報を聞いて小雪と水野芳文夫婦が横浜関内にある全面改正されたＭＰ（Municipal Police）とＮＲＰ（National Rural Police）が統合された警察の建屋に辿り付いていた。当初、ＧＨＱは警察分割案を提示して都市警察と農村警察を併設させていたが、一九四八（昭和二十三）年に警察法が定められ統合されていた。横浜は当時『国家地方警察』が管轄して『自治体警察』との二本立ての統合機関であった。

ちなみに戦前の警察の職務は左記の四つだった。

① 人民の妨害を防護すること
② 健康を看護すること
③ 放蕩淫逸（ほうとういんいつ）（品行がおさまらない。酒に溺れ、男女のみだらな行い）を制止すること
④ 国法を犯さんとする者を隠密中に探索警防すること

以上であったが、今は、犯罪の防止と公序良俗の取締りが主な職務であった。しかし、現状はヤミ米列車の取締り等が忙しく本来の業務に手が廻らず、いつも大物犯罪を逃し、小物犯罪ばかり捕まえていたので、市民からは怨嗟（うらみなげく）の声が強く、さらにその対応にも追われていた。

建屋の前でサーベルを腰に差し、肩口に肩の線に沿って装着された細長い布のモール紐付属品の肩章が威厳を保っている。その門番の男に話しかけている男と女がいた。水野芳文と小雪であった。小雪は恐る恐るその偉そうな男に向かって聞いている。

「すんまへん。ちょっと、お聞きして、かましまへんやろか、あの～っ――うちら、白井幸吉と彩乃の家の者です。横浜本牧の埠頭で亡くなっておりました。お姉はん達は、ここにおるのでしゃろうかぁ？」

「ああ、あの自殺したとされた人の家の者か？　確か、ＧＨＱのＧ２情報局が来て、先程内務警察からの指示で、東京の法務庁特別審査局に亡骸は移されたと聞いておるが」

サーベルの男が冷たい口調で言った。

「はーっ！　東京に？　なんで……、うちらは京都の家に横浜の警察さんから連絡もろおて、亡骸を引き取りに来たんどすが？」

小雪が一歩前に進み、サーベルの男に顔が触れる程に詰め寄って訊いている。

「何か、横浜の地方警察で十分な検死が出来ないから、東京に亡骸を移すとの指示が内務警察から入ったためだが、どうも、自殺されたようだな？　俺たちにも良く分からない。それに先日も埠頭で投身自殺した男の身柄について同じような問合せがあった。あっ、あの～、本官に聞かれても――」

　小雪の顔があまりにも近いので、しどろもどろになり、冷や汗とともに慌てふためいている。返答に困った様子の門番であった。

　小雪と芳文は、何故、東京に移されたのか詳しい理由も分からないまま、しかたなく横浜地方警察を後にして関内から横浜駅に重い足取りで向かっていた。横浜の風は、古都、京都とは趣が違い、時より潮風が強く吹く。その度に、姉を突然亡くした打ち拉がれた心の小雪には浜風が身にしみた。何故、自殺したのか？　小雪は信じられない気持ちで一杯だった。小雪は芳文に語り掛けた。

「ねぇ、彩乃姉はんと、幸吉兄さんは、なんで本牧に、それも復員庁の車を盗んで、警察で……、されているのや、なんで横浜の地に来たのやろか？　新聞は本当やろか？　なんで、東京でないのやろか？　うちには、解せん――。あのお姉はんが、『寿美の分まで、今を生きる』と言ぅておしたのに、『何もかも無くなってしもうたけど、死んだらあかんて、日本を守る為に死んでいった幸太郎や、寿美や佳美の為にも、一生懸命に生きるんや。今を生きるんや、これから先の人生は分からへんけど、幸せになろうと……、する事が、今のうちらには必要や』と言ぅてはった。お姉はん達でおしたのに、自殺やなんて、あらしまへん。そうだっしゃろ。芳文さん」

「そうだな。自殺なんて、幸吉さんも彩乃さんも、気持ちのお強い方やった。自分の信念を持っとられた。俺も、解せんな！」

芳文は小雪の問い掛けに応えた。

話に夢中になっていると、直ぐに横浜の駅に辿り着いていた。二人は横浜から汽車に乗り、内務省から変更になった東京の公共省法務庁特別審査局に向かっていた。

法務庁特別審査局では、この頃になると、公職追放解除となった者たちが復権しはじめて多くの人が働いていた。浜井元大佐も復権を願い出ており公職に付いていた。そして、浜井の後ろ盾である白井雄二は叙勲され、文字通り実権を握るところまで登り詰めようとしていた。

その頃、敗戦した日本の警察は、陸海軍と憲兵なき後、今の警察の装備では様々な事件に対して鎮圧が困難な状態になっていた。治安を苦慮したGHQの判断で、軽機関銃、自動短銃、小銃、自動貸車、無線機などの武器や器材を整備して、「武装警察隊」となっていた。GHQは警察を軍隊の代わりにすることを意図していたのである。

復員軍人を警察官に吸収し、警備隊、武装警察隊、水上警察の上級幹部として、陸軍大学校・海軍大学校出身者と、優秀な憲兵将校二千人程を採用し、その警部補には陸軍士官学校、海軍兵学校出身者を充て旧日本軍の憲兵さながらの体制を急速に整えていた。その法務庁特別審査局官舎の前で、一人の若い女性が何やら揉めていた。

横浜から辿り着いた小雪と芳文が近づいて様子を窺っている。

「北川二郎は自殺ではありません。何かの間違いです！」

女は大きな声で門番に詰め寄っていたが、歩み寄る和服姿の小雪達の気配に気づいて眼を向けた。

「彩乃さん？　えっ、小雪さん？」

女は独り言を発して、小雪の側まで駆け寄って止まった。

「私です。和代です。櫛田和代です！」

人差指を自分の顔に差して首を傾げる。

「小雪さ……ん。ですよね」

また頭をペコンと下げた。

和代は小雪の足先から頭のてっぺんまで、瞳を凝らしてじっと見ていた。彩乃が立っているように思えていたからである。幻想を見ているのかと勘違いして走り寄っていた。

「私、小雪です。あなた、茨城の和代はんですか？　茨城から京都までおいでなさって、一緒に広島の呉まで、『寿美を助けに行きましょう！』と言って、彩乃姉はんを連れ出してくれはった。寿美を助けてくださった。和代はんでっしゃろ？　でも、何故、ここにいはるんだす？」

小雪は、櫛田和代が公共省の建屋の前にいることにびっくりしていた。東京の地で偶然にも和代と再会できるとは、思ってもいなかったからだ。

「そ、そうです。土居垣さんと牧田さんと彩乃さんとご一緒した——。え、でも、小雪さんもどうしてここへ、来られたのですか？」

　京都の彩乃が東京にいることに違和感を覚え、お互いに不思議な気持ちが一杯で言葉を交わしていたのだった。偶然極まりない状態に驚いていた。

　和代は悲壮感漂う小雪を目の前にして、冷静に佐竹の話を思い起こしていた。横浜の事件だと結論を出していた。

「あの～。彩乃さんと、幸吉さんはお気の毒な事で」

　恐る恐る彩乃の気持ちを気遣いながら、何から話を切り出そうかと首を傾げて問い掛けていた。佐竹から聞いていた彩乃と幸吉が死んだことを。『二人は自殺したのではない。そんな筈はない。殺されたのだ』と云う言葉が頭を過っていた。しかし、事が事だけに何から話し始めたら良いのか迷っていた。佐竹から聞いた真相と思われる話を切り出せないでいた。今は憶測で話す時ではないとも感じていた。

　方や一方の小雪も、彩乃達が世間を騒がしているので、てっきり和代も横浜の事件を新聞で読んで、彩乃と幸吉が自殺したと知っていると勝手に思い込んでいた。小雪もまた、事が事だけに、自分達がこの地に尋ねて来たことを話そうか迷っていた。何故なら、今、目の前にいる和代の驚いていた顔を見て、一度会っただけの佳美の友達に打ち明けて良いのだろうかと悩んでいた。

　今、目の前にいる和代は、京都で出会った時の屈託の無い和代ではなく、笑顔も消え、病人の如くやつれ、何かを思い詰めているように映っていたからだ。自分も人を気遣う状態でない小雪ではあったが気になり、この場でゆっくりと時間を取って、立ち話しでしゃべるべきではないと考え悩んでいた。よほどの事情があると感じていた。かくいう小雪達の顔も不安と寂しさが漂った困惑した面持ちであった。

「和代はん。私達は先程この近くに宿を取っとりましてなぁ〜、なんか和代はんも、えろう困ってはるようやし、よろしかったら其方でどうですか。私達もお話しして聞いて欲しいことがあるさかい。ご一緒されませんか？」

小雪は躊躇しても仕方がないと判断して和代を誘ったのだった。

「私も一人で、どうして良いか分からなくて、あの門番の方は、幾らお願いしても、昔の憲兵さんみたいに冷たくて、もう、悲しく——悲しくなって」

和代は半分泣きそうな顔を向けて「お宿にお伺いします」と頷きながら承諾する。

三人は重い足取りで程なくして、日比谷近くの大和旅館に辿り着いた。旅館の薄暗い玄関に足を踏み入れると、丸い提灯がぶら提げられた木の階段が正面に見えた。その奥に小さな坪庭があり、ひっそりとした空間が広がっている。日本の伝統工法の土壁が施されていた建屋は、傷ついた和代の心を落ち着かせてくれた。戦後アメリカナイズされ近代化が進んでいる東京ではあったが、この旅館は日本の伝統が受け継がれていた。

小雪は宿の主人に断りを入れ、和代を二階の何処の家にでもあるような小さな床の間と、山里の風景画が描かれた襖のある部屋に案内する。茶色の丸い卓袱台の足を出し据えて座布団を並べて徐に三人で車座に座る。小雪が茶托を添えた水玉模様の玉仙茶から、伊万里織部丸急須に茶葉を一掴み入れてお湯を注ぐ。

「まぁこれ、一芯二葉の上等なお茶やあらへんけど、白折の雁ヶ音と違いますか？　まぁ、良えお茶を用意してはりますなぁ」

声を発して小雪が喜んだ。一人で嬉しそうに微笑む、和代も芳文も、何気ない笑顔に少し気持ちが和み和らいだ。

「和代さん、お久しぶりですねぇ、何時以来やろ、十九年の冬に彩乃お姉はんの所に訪ねて来はって、弟さんの達也さんと、ご一緒にチンチン電車に乗って来なさって、あの年の瀬は、雪が少しチラついてましたなぁ。寒うおしたなぁ～。呉では寿美を助けて貰ろうて、ほんま、おおきに。和代さん、先程、私らも公共省の法務庁特別審査局に行くところやったんです」

語りかけてから、訪ねた理由を打ち明ける。

「えっ、そうなのですか、小雪さんも？」

「和代さんは、何故、先程、門番の方に？」

小雪が問い掛けた。

気丈な和代が、頭を前に傾け突然に項垂れ嗚咽した。暫く肩を震わせていたがフーと息を吐き、重い口を開く。

「実は、私の主人が横浜の埠頭近くの倉庫横で投身自殺したと、北川二郎と言います。新聞には、不正衣料切符用紙一万二千枚も横領したと、そんな事ができる人ではありません。悪巧みができる人ではないのです。でも、自殺したと報道されて、横浜の地方警察署に行きましたが、幾らお願いしても当時の事を幾らお聞きしても詳しい事は教えてもらえないので、自殺できる人ではないと、自殺していないと言っても信じて貰えなくて――。北川は、不正衣料切符用紙一万二千枚を横領していません」

和代が憤慨して語る。

「えっ、あんさんは北川二郎はんの？　和代はんのご主人さんどしたか――、いや、なんも知らんと訊いて堪忍なぁ、ほんまに堪忍。横浜で私らのお姉はんの後に亡くなられた。いやぁ～、和代はんこそ、悲しおすのに、お気の毒やなぁ……、ほんまに、悲しおす――。お悔やみ申します」

びっくりしている小雪が言った。

和代は頷くだけであったが気丈に話を続けた。

「確かに五千枚の衣料切符は茨城の地方事務所の吏員の加納祐一さんから五万円で買ったと言っていましたが、一万二千枚ではありません。その衣料切符は、横浜の野毛でボールドルックのエナメル靴を履いた男に依頼されたので渡すのだと、何か、本牧の博覧会の案内係の人が着られると――、お役所の仕事だと安心していました。私は見本の試着品を作って紙型と一緒に女物のサーキュラースカートと男物のズボンのアメリカンスタイル見本品を作り主人に託しました。

二郎が横浜の馬車道にあるメモリアルホール近くの事務所に出掛けた数日後、佐竹さんがお見えになりました。佳美さんが連れて行かれた先の。あの〝やくざ〟の人です。

偶然にも新聞を見たと言われて『横浜本牧で男女の遺体発見』の紙面見出しを持って来られて、小雪さん、この度は――、あの～っ、幸吉さんと彩乃さん、広島の原爆で放射能の病に見舞われていらっしゃったのですか？」

言葉が途切れ少し躊躇(ためら)ってから、また語りだす。

「佐竹さんが、横浜の事務所で主人、二郎の死体を見たと言われて――、佐竹さんが、おしゃられるには『北川の事件』が新聞に載ると言って、それを聞いた主人の茨城の義理の母は、心労で気が触れて、主人が自殺するはずがありません。理由がありません。だって、私たちに寿美礼(すみれ)が生まれたばかりですよ。私にも解(げ)せません。まったく心当たりがありません。二郎は無実です。小雪さん。ねぇ、そうでしょう。いくら言っても警察は聞きいれていただけません」

「そうだすなぁ、お子さんが生まれはった旦那さんが、自殺するなんて考えられまへん。私(うち)もそう思います」

「私、しかたなく、特別審査局に行きました。調べて貰えるのではないかと思って、昔の海軍さんのお偉いさんも勤めていらっしゃるとお聞きしたので、きっと、昔の海軍さんだったら――。それと、こんな事、お話しして良いのかしら？　あの――、佐竹さんが、おしゃるには、『二人は自殺したのではない。そんな筈はない。殺されたのだ』と言われて、佐竹さんは、確信があると言われていました。そして、『関東尾浜組の尾田玄衛門、おやっさんの男に惚れていたので、二人のために力を貸す』とも言われていました」

話し終えると、また、うな垂れた。

小雪は和代が特別審査局の前で揉めていた事がやっと腑に落ちていた。そして、自分達が何故、公共省特別審査局に来たのか経緯を語りだした。

「和代さん、あんなぁ～っ、聞いておくれやす。私らも、お姉はんと、幸吉はんは、自殺したと思ってません。お姉はんが、これからどないな人生を歩もうとしたか、どないな人生観を持ってはったか良う知りまへん。きっと、広島では、辛い、悲惨な経験をしたんやないかと思てます。原爆で一番大切な娘の寿美を自分の腕の中で看取ると云うことは、しんどうて、しんどうて、辛ろうて、辛ろうて、でも、せやけど、お姉はんは、一生懸命に生きて幸せになろうと、幸吉はんと一緒に『今日を一生懸命に生きるんや、それが、戦争で早く亡くなった子供達にできる。たった一つの……餞や』と言ってはった。どないして、そんな二人が、幸吉はんと、復員庁の車を盗んで横浜で投身自殺しまのんや？」

憤懣遣る方無い口調で語った。

その小雪の真っ直ぐな思いの丈を聞いて、和代は、佐竹の話に及ぶ。

「佐竹さんが、北川二郎の家はここか？　と、ぶっきら棒に言って訊ねて来られたのは、先程もお話ししましたが、北川が横浜の事務所で首を吊っていた姿を見た後と――。現場を目撃された佐竹さんは、事実と新聞は違うと言われました。それから彩乃さんと幸吉さんが、佐竹さんの住んでいらっしゃる築地に突然来られたようです。その時に、彩乃さん達から、寿美さんが、広島の原爆で亡くなった事を聞かれたとの事でした。

そして、広島の一家が離散した真実の理由も知ったと、その時、彩乃さんと幸吉さんのお二人は、ある人物が憎い！　と、鬼の形相で敵意をあらわにして、復讐を佐竹さんに手伝ってくれと言われ相手は大物だと言われていました。そう、お聞きしています」

佐竹から聞いた経緯を話した。

「大物だと言われた相手は、白井幸吉の叔父の白井雄二なんか？」

和代の大物と言った言葉に反応して、水野芳文が口を挟んで来た。

「そ、そうです――。何故、ご存知なのですか？」

その芳文の確信に満ちたような口調にびっくりして、和代は聞き返した。

「四年程前に彩乃はんと幸吉さん二人が京都一條戻り橋の水野の家を出るきっかけになったのは、新聞を読んでる時に、急に二人が東京に行くと言いだしてよって、その新聞には、叔父の『国会議員の白井雄二、横浜の土地をアメリカから接収解除に尽力！』と大きな見出しがあり、なんか、中央の二段目には『本牧に新官舎聳え立つ』『内陸のアヘンの行方は何処に』『占領期、取引所が再開。証券の集団売買が開始される』『政府、インフレに対応した新しい紙幣（新円）を発行』の記事やった」

芳文が彩乃と幸吉が京都を離れた理由を語る。

「そうそう、尾田栄二はんから、お姉えはんが手紙を貰うとって、その手紙に尾田玄衛門はんと、その栄二はんが、空襲やなんかの有事の事で亡くなられた時の事を想定して書かれとったようで、もし、不慮の事故や不明な事があったら、中野坂上の近くの八百屋の俣野利信はんと、佐竹新之助はんを頼るようにと書かれてました。住所も」

「俣野利信さん？　中野坂上の佐竹新之助さんですか？」

「そうどす。なんかぁ、横浜での二件の事件のことは、共通点があり、私らと、和代はんは同じなんやないかと?!　あっ、そうや、この話やけど、こないだ京都に海軍の牧田はんと、それから土居垣はんが京都に来はった時も話したよし」

小雪が思いもよらないことを教えてくれた。

「あの、今、なんと、土居垣さんと言われましたか！　え、土居垣さん！　生きていらっしゃるのですか！　土佐の、川登の、間違いなく土居垣さんですか？　私は特攻で戦死されたと、ずーっと、今の今まで思っていました。——と申しますのも、終戦の前にお手紙を頂いていました。もうかれこれ五年になります。生きていらっしゃる——だなんて、そんなことが」

和代は、耳を疑った。そして大きな目に段々と涙を溜め込んでいった。

そこにいるのは、あの天真爛漫な和代ではなく、人生に疲れた一人の女でしかなかった。戦後の混乱期に支えである源太郎蕎麦屋が絶たまれた。父源太郎も亡くなり、達也も赤紙で戦地に赴き音信不通だ。母房子と女二人で途方に暮れていた。

和代の気持ちを支えていたのは、夕日に照らされ真っ赤に映えた筑波山が、キラキラと輝いていた平と過ごした日の出来事であった。

源太郎蕎麦屋の裏庭の床机に腰を掛けて、別れ際に平が語った『人はそれぞれに割り当てられた人生の役割がある』と云う言葉が忘れられずにいた。和代は、自分の人生の役割を果たすと、心に誓って生きてきた。ただ――、戦後の混乱期からこの打ちひしがれた時の流れが、儚い遠い景色を眺めているような錯覚になり、通り過ぎた日々が時間を越えて、不思議な物語のように想われていた。自分は何処を彷徨って来たのか、はたまた何処の空間を旅していたのか？　時が留まっていたのか？　それとも時空を飛んでいたのか？　この刹那のひと時が、現実とも、夢とも、もう、何も分からなくなっていた。

あの日、呉で平らに武運長久と言わなかったのは武勲をあげなくてもいい。無事に生きていて欲しいと心から願っていた気持ちの表れだった。その想いが時を越えて、今、現実になるとは、人生が、人生とは――、何と、意地悪で、何と、不可解なのか。色を無くしていた無彩色の夢が覚めたのか、儚く時は過ぎていた。過ぎ去りし日の色は鮮やかな輝きを取り戻せないでいた。余りにも時は無情で、残酷で戻らない。この時代に生きた悲哀を感じられずにはいられなかった。ただ、そう感じた。――心が痛む。和代だった。

しかし、現実は、不変で、過去には遡れない。今は掛け替えのない大切な、これからもずっと、ずっと守らなければならない娘の寿美礼がいる！　二郎が大切にしていた寿美礼がいると！　心の中で言い聞かせるように呟いた。

和代の話を聞いて、小雪は和代と平との過去の経緯を良くは知らないが、驚く姿と、幻を見ているような眼差しで感じ取っていた。戦後復興が進み徐々に日常を取り戻していた時代ではあったが、まだ、まだ、ここにも戦争の傷が癒えない人がいることを知った。戦争という大きな渦は、今も人を飲み込んでいる。無常の時が渦巻いていると感じていた。

暫くして我に返った和代は、大きな目で空を見上げ外の風景をぼんやりと眺めた。やがて気持ちが落ち着き、徐々に地上に目を移した。目線の先に皇居が微かに窺えた。二重橋を訪れる人の波は絶えることはない。その横を今日も四輪駆動のアメリカ軍の車が砂利道の土埃をあげながらクラクションを鳴らして走り去って行く。そのけたたましい音だけが、現実である事を知らしめているようであった。

じっと話を聞いていた小雪が、唐突に彩乃と幸吉の身柄の引き取りを先伸ばすと言いだした。そして、まずは築地の佐竹新之助に会に行こう！　平達も東京にいるのなら、力を借りようと唐突に言った。

和代は、小雪の提言に戸惑っていた。平に逢うのが怖かった。呉で詩に綴った無彩色（モノトーン）の冬の模様の夢が覚めるのが、おなじ音（モノラル）の夢が覚めるのが怖かった。逢って戦争中に伝えられなかった気持ちが、沸々と湧き上がるのが――、現実を見詰めて、二郎の死を受け止めた。寿美礼と一緒に生きて行こうと――、決めている自分の気持ちが揺らぐのが怖かった。

和代は、平が特攻前夜に認めていた手紙を今も大切に持っている。二郎と結婚すると決めた時に手紙を見せた。その時、手紙の一文一文をゆっくりと噛み締めるように読んでから、和代の側で笑顔を見せた在りし日の姿を思い起こしていた。そして真心が伝わる言葉を言った。二郎が和代に話した言葉が耳元で聴こえて来た。

『土居垣さんは――。七つ釦に身を委ねで大空を鳥のように羽ばだいで、日本の為に、私達のだめに、自分を犠牲にされようとしでいる。自分は身体が弱く、軍隊の入門検査で乙種合格も貰えんじゃった。土居垣さんの分も一生懸命に生きて、この手紙に書がれである良ぎ家庭を築いで、和ちゃんの為に、頑張る。手紙大事にしてな』と語った。二郎らしい言葉であった。和代には、その優しさが、どれだけ心を落ち着かせてくれたことか、源太郎も亡くなり、誰も頼る人はいない。達也も行方知れずで、房子と二人で途方に暮れていた和代を勇気付けてくれたと感謝していた。その時、自分の人生を全うしようと心に決めていた。平へのあの当時の幼い一途な想いを、心を閉じ込めて、これからの人生を見据え、愛と死を心から見つめていた。

しかし、心の裏側ではもう一人の和代がいた。夢でも良いから、大空の雲の絨毯の上で、大きな、大きな虹の箸で、源太郎蕎麦屋の作った笊蕎麦を平には食べて貰いたいと――、そう思い願っていた。それも空虚な時代の淡い夢と分かっていた。当時の幼い和代が心から願っていた事を――。その淡い儚い夢は、あの呉駅で終わった。これが一生の別れと諦めて、自分自身の心に問い掛けて見極め結論を出していたのに――。声が聴きたい。

和代の心は列車の赤いテールランプが呉の駅舎をぼんやりと照らしていたように、何処か、遠い夢の中で聴いていたゴトーン、ゴトーンと響く音と共にだんだんと遠のいて行く。蒸気機関車の車輪の音も闇の中に空しく消え去ろうとしていた。

第2節　築地本願寺の雲

東京にある築地本願寺では、朝のおつとめの晨朝（じんじょう）が行なわれていた。寺は、東京大空襲の焼失を免れ、威風堂々（いふうどうどう）とした大きな屋根を凛として聳（そび）え立たせていた。その佇まいのさまは、人々の希望が天に向かって真っ直ぐに伸びている象徴のようでもあった。本堂内では両脇にある大きな唐を思わせる太鼓に挟まれて、天井まで続いている大きな柱の横で、半分目を閉じて経典を読む一人の男がいた。正信偈（しょうしんげ）の偈文（げもん）を暗記でもしているような勢いで黙々と唱えている。そこへ、和代と小雪と芳文が、物音を立てず気配を消して近寄り本堂の前にある小さな椅子に座った。そして、本堂正面に鎮座している浄土真宗本願寺派の聖徳太子の作と伝えられている『阿弥陀如来』を眺めて、隣に祀（まつ）られている脇侍に向かって手を合わせ三人で合掌している。男は側にいる人の気配を感じていた。合奏している姿を横日で追いながら、正信偈の偈文を何事もないように読みあげていた。男の濁声は静寂の空気を切り裂き、お堂の中を巡り、耳の奥で反響し、頭の中まで響き渡らせていた。

「南無阿弥陀仏、な～もあ～、みー、な～もあ～みい～っ、な～もあ～みい～だん、ぶ～、南無阿弥陀仏――」と唱え終えてから徐に振り返り語り掛けた。

「やはり、来たか、そこのお二人さんは彩乃の姉妹だな。お前（和代）も一緒に来るとはな、ふ～ん。何れ来ると思っていたが」

落ち着き払った口調で呟くように言った。男は、佐竹新之助であった。

和代は黙って頷く。小雪と芳文も頷いた。

「何故、お前たちが来たか、訪ねて来たのか、俺には分かる。だが、素人が何人集まっても勝てる相手ではないぞ！」

お経の声より大きな濁声で脅すように言った。何をする為にあらわれたことが分かっていたかのように、一人一人の目を見て佐竹も頷いた。

「俺に、考えがある」

佐竹は察していた様に、理由を聞かず何の脈絡もないように唐突に語りだした。

「お前達は、昨年、世間を騒がせた下山事件を知っているか？　国鉄総裁・下山定則が出勤途中に失踪して死んだ。そうだ。あの不可解な事件だ――」

下山事件とは、当時六月一日に発足した日本国有鉄道の初代総裁に就任したばかりの下山定則の死に関する新聞マスコミと警察と検察検死官の不可解な出来事である。一九四九（昭和二十四）年七月五日の朝、午前八時二十分に大田区の自宅を公用車ビュイックで出たあと、日本橋の三越に行ったが開店前だったため、一旦、国鉄本社に立ち寄ってから銀行等様々なところに立ち寄った後、再度、三越に戻った。その時間は午前九時三七分頃と云われている。下山総裁は公用車から降りて運転手に『五分くらいだから待ってくれ』と告げて三越に入りそのまま消息を絶った。

その後、下山総裁を見たとの目撃証言は幾つかあったが、東武伊勢崎線ガード下の国鉄常磐線下り水戸方面の線路上で蒸気機関車Ｄ51型に惹かれ轢断された状態で発見された。遺体は四方八方に飛び散り損傷が酷くバラバラであった。現場に立ち会った国鉄の機関車運転手は顔面から血の気が引き、足が震えだし、立っていることさえ覚束ない状態だったと報道された。

この事件で司法解剖が行われたが、遺体及び轢断現場では血液が殆ど確認されなかったが、東京都監察医務院の監察医はそれまでの轢死体の検視経験から、既に現場検証の段階で自殺と判断が下されていた。

しかし、その後に死後轢断とされた他殺説も浮上してきた。解剖の結果、内出血などの生活反応を有す傷が認められ、該当部分に生前かなりの力が加えられた事が予想された。また、下山総裁のワイシャツや下着、靴下に大量に油が付着していたが、一方で上着や革靴内部には付着の痕跡が認められず、油の成分も機関車整備には使用しない植物性のヌカ油であったと云う事件である。情報を聞きつけた新聞社は不自然さも加わり俄然、各社が不可解な事件として書き立てたのであった。

佐竹は、この事件を引き合いに出した。

「――真相は未だ闇の中だ。新聞マスコミは自殺説や他殺説が入り乱れ、警察は公式の捜査結果を発表することなく捜査を打ち切った事件だ。

だがな、俺が闇の仲間から得た情報では、まことしやかな話だが、GHQが関与したのではないかとの黒い噂の情報がある。他殺の可能性があると。それは、日本を占領下に置いていた連合国軍の中心的存在である防諜部隊が事件に何らかの形で関わっているのではないかと云う疑惑だ。何かの利権が絡んでのことであると――。連邦捜査局に命じられて死体を運んだとされる人物までも浮かび上がっているとも聞いている。不思議な事件だ。お前達にはわからないだろうが、闇には闇のルールがある。

それでだ、お前たちに言いたい。新聞に書かれていることが全て真実とは限らない！ と。何故、こんな関係のない事件の話を言っているのか、分かるか？ 今回の横浜の彩乃と幸吉が復員庁の車を盗んで投身自殺したとされている事件と、北川二郎の新聞の記事も鵜呑みにはできない。と、言うことだ。下山事件の影で利権が絡んだこの事件と構図が似ているような気がする。いいや、描いた構図が一緒だ。俺は――」

佐竹は言いかけると、手招きして全員を傍に呼んだ。

「GHQと、ある政治家が関与しているのではないかと疑っている。新聞には、時として真実でないことも書かれている。でたらめな記事も、作り上げられた記事も――」

段々と小声になり三人の耳元で語った。

「新聞で書かれれば！　紙面を賑やかせば！　人々はそれが真実と思い込んでしまう。何処が！　何が自殺か！　いい加減なことを書きよって！」

再び力強く叫んで、憤慨した。

「佐竹さん。何か、重大な確証を掴んでいらっしゃるようですね。今回の事件の――、事実をご存じなのですね？」

和代が訊いた。

「俺は、何か、戦前から続いている大きな別の力が加わった可能性もあると、睨んでいる。何か、とてつもない大きな黒い影が、訳の分からない何かが、繋がりがあると思う。掴んだ情報では、元広島海星会の近藤が関与している。それが真相ではないかと睨んでいる。そして、この事件の構図の中にもう一人黒幕の政治家がいると――、どうも幸吉の叔父の白井雄二議員がキナ臭い。だが、白井議員だけが黒幕とも思えない。そう思わせる節が多々ある。――日本人だけの単独事件とも思えないのだ。う～ん。亡くなる前の幸吉と彩乃から、聞いた話が気になる。どうも、この事件も下山事件と同様にアメリカ軍内の防諜機関が――」

そう言い掛けて、口を噤んだ。

佐竹はＧＨＱの確かな証拠で握っているのか、それとも何か関与している確信を掴んでいるように和代には聞こえた。そのまま佐竹は口を閉ざして唇を結んだ。

暫く、自らの考えを巡らしているようであったが、もう一度、口を開いて言った。

「俺に任せろ、お前達は下手に動くな」

佐竹は鋭い目を一人一人に向けて、大きく息をフーッと吐いた。その後、核心に触れた続きを一切語らなかった。

和代の側で聞いていた芳文が、穏やかに口を開いた。

「おおきに、幸吉さんと彩乃姉さんがお世話になり、彩乃の妹の小雪の夫になります。義理の弟の水野芳文と言います。ご挨拶がえろう遅うなって、すんまへん。でも、何故、佐竹さん。あんさんが、そこまでの事をされるのか？　力を貸してくれはるんですか？」

お礼も程ほどに疑問を投げかけた。小雪も首を縦に振り頷いている。

「幸吉と彩乃のことは残念だったな！」

佐竹は目を閉じてから、ゆっくりと開き静かに無感情に言った。また、沈黙が続いた。

三人の会話を黙って聞いていた和代ではあったが――。

「きっと、佳美さんが――、玄衛門親分さんと栄二さんが、佐竹さんの心の中に、いらっしゃるのですね」

佐竹の心の奥底に隠れている想いを突いたように、やんわりと和代が言った。

「俺は――、知らん。俺は、おやっさんのためなら地獄の閻魔大王でも殺す覚悟は出来ていると言ったはずだ。それに天涯孤独だ。近藤とは二回目の戦いだ。佳美も気の毒な事だったな、関わった人間が――」

佐竹には玄衛門への真の忠義があった。何故、そこまで力を貸すのか誰にも語らなかったが、玄衛門と栄二が平と和代に寿美の身請け金を渡した時に、佐竹に『何かあれば、栄二の思いを遂げてくれ』と頼まれていた。忠義に生きることで戦後の荒廃した世の中を生きていた。刹那の時が過ぎた。佐竹は、また、もう一度念を押すように言った。

「分かったか！　お前達は手を出すな！」

「佐竹はん、ほんまに幸吉はんとお姉はんがお世話になり、おおきにどした。佐竹はんもご存知やと思とりますが、土居垣はん達とお会いされたんどすなぁ。うちらは、土居垣はんと牧田はんにもお力をお借りせなあかんと、佐竹はんは、お力をお貸しいただけると、そう思おて、ここまで来たんどすが……。ほやけど、うちらは復讐をして貰ろおうとは思てまへん。うちらは、本当のことが知りたいんだけで、それだけなんやさかい。あきまへんんか？」

小雪が拝むように縋り話す。

「分かっている。が、しかし、三人も死んでいるのだぞ、先程も言ったが、お前らが動いて勝てる相手ではない。真実を知りたい気持ちは分かる。だが、お前達が、二郎と彩乃と幸吉の死についての真相を知りたいだけと言っても、相手はそう思わない！　これは、日本だけの事では済まないかも知れない。とんでもない。もっと、とてつもない大きな力と流れがあるようだ」

「いや、怖いお話のようだすな。ほやけど――」

「闇の話は、闇の者にまかせろ。どうしてもとお前たちが言うのなら、土居垣と牧田とあいつら日本の旧海軍航空隊の力は借りても良いが……、奴らは一度や二度死んでも可笑しくない修羅場を潜り抜けている。死んでも文句を言う奴はいない。あ奴らも何か掴んでいるかも知れない。お前達は足手まといだ。とっとと京都へ帰れ！　蒲田へ帰れ！　真実はきっと伝える！　俺は、幸吉と彩乃が亡くなる前に約束した。『力になっても良い』と、だから約束は守る！」

　佐竹は和代と小雪の胸中を察していた。気遣う気持ちを悟られまいと敢えて厳しく言い放った。彩乃と幸吉が築地のバラック小屋で見せた光景を思い起こしていた。それは、佐竹の目を直視して寿美の小さな人形を抱いて、切なく見詰める彩乃の願いを込めた眼であった。彩乃の眼を――、佐竹は忘れられなかった。

「俺はおやっさんの男に惚れていた。ただ、忠義に生きる。それだけだ。義を貫くだけだ」

　和代は、佐竹の覚悟の言葉を聞いたと思い語りだす。

「佐竹さん。今の時代、誰もが、みんな生きて行くことだけで精一杯です。まだ、まだ、住む場所もない。食べる事も覚束ない。ただでさえ生きる事も覚束ない。ましてや、一家の大黒柱がいなくなった家の人は、生きる術を見失って自暴自棄になり、行末を考えられないで無謀な行動をする人もいるでしょう」

「ああ、そうだな。世の中にはそんな奴が溢れている」

「私には、幼い大切な寿美礼がいます。一度だけの人生を一生懸命に生きて、今を見極め、今を生きて、その瞬間を大切にして、過去を悔やんでも、嘆いても仕方ありません。ましてや、まだ、起こってもいない将来の出来事を心配しても仕方ありません。この戦争で兵隊さんも沢山の方々が亡くなっています。民間の人も、何も知らない小さな幼い赤ん坊や子供も、お年寄りも沢山、沢山、亡くなっています」

「……で、何が言いたい」

佐竹は、やるせない心を見透かされているようで敢えて無関心を装った。

「私はだからこそ、思います。私は不誠実な正義ではなく、面従腹背の人生を送りたくないのです。戦時中は日本中の人がそうだったのかも知れません。誰も異論を唱えなかったと思います。私も――。うわべは従っていると見せて、心は背いている。不誠実な姿とは思いませんか？　したたかに生きても、心は満たされません。たどり着く場所の最後は自分の心の中ではありませんか？　面従腹背で生きることが、それが人生の最善策というなら、それも良いでしょう。

しかし、自分を少しでも偽って生きているなら、面従する相手がいなくなったら、今こそ正義を貫かねばならない。

平海軍さん達は、きっと、暗闇で生きる人達にも、まっとうな道を歩んで社会的な不正義を正すことには労を惜しまないでしょう。私は、そうして――欲しい。悪を正すことと、正しいことをすることを、心から望んでいらっしゃると思います。

私は、こんな時代だから正したいのです。主人、二郎の仇を取るのではなく。きっと彩乃さんも幸吉さんも同じ想いだったと思います。小雪さんも芳文さんも、将来の為にも、私自身、寿美礼の為にも、それが、私達の役割だと——。臥薪嘗胆が全てではありません。復讐は復讐を繰り返します。私の人生は、私達の人生は、そんな美辞麗句に飾られてはいません。こんな時代だからです。こんな時代に生きたからです」

和代の力強い願いのこもった言葉を聞いて、佐竹は、徐ら目を閉じた。

「大した女だな。男は天下を動かし、女はその男を動かす。——か、土居垣達は明日、ここに来る事になっている。良かったら少し話だけでも一緒に聞いてみるか」

重い口が言った。

第3節　ある男の死

その事件は、複員庁の木谷の所に同僚の宮下が交通事故で亡くなったと、幹部からの電話連絡で始まった。

平に知らせが届いたのは、木谷から日暮里の叔母駒子の家に電話が入ったからであった。夕刻の事件を駒子から聞いて、いても立ってもいられず、一刻も早く木谷の住んでいる三軒茶屋まで会いに行くことにした。明日、築地本願寺で木谷と牧田と三人で佐竹に会う事になっていたのだが、詳しい事はその時に聞く事もできるが、どうも、胸騒ぎがしたのだった。様々な情報を受けていたのは、木谷から宮下だと聞かされていた。その宮下が事件に巻き込まれて亡くなったことが、何か大きな意味があるように感じていた。道すがらひとり悶々と考えを巡らしていた。

三軒茶屋は、日暮里から西の方角で二里半（約十キロ）ある。昼間なら田舎育ちの平は、歩いて行く距離だったが、黄昏が迫っている事もあり、日暮里から旧帝大（東京大学）の敷地を抜けて御茶ノ水から一九四七（昭和二十二）年に再開された中央線で新宿に向かうことにした。雑踏の人混みを掻き分けて、渋谷経由で玉電に乗換え三軒茶屋に向かう。玉川電気鉄道は通称、玉電と呼ばれ深緑の車両は京都のチンチン電車の市電と同じようにのんびりと長閑に走るので、近隣の人々に親しまれていた。渋谷から二子玉川を経て溝ノ口（みぞのくち）と砧村（きぬた）に続いている路線と下北沢に向かう路線に三軒茶屋で分岐している。三軒茶屋は下北沢に乗り換える人でごった返していた。駅には小さなビヤホールもあり、『中華そば・ワンタンあります』の看板もあり活気に満ち溢れていた。

木谷の家に向う砂利道の路地から小さな男の子が顔を覗かせ、道行く人々に椛（もみじ）のような小さな手を重ね合わせて、手を差し出し食べ物をねだっている。太平洋戦争後、世田谷の三軒茶屋は東京大空襲の被害が少なかったこともあり、住宅地や商業地として発展していた。若者向けのファッションを扱う横文字の店もあり、丹頂チックの看板がある理髪店までも軒を連ねていた。国道が分岐している世田谷通り沿いの三軒茶屋で玉電を降りて、中華店の新華楼の細道を抜け北東方面にある太子堂付近にある木谷の家を目指す。表通りから奥まった路地を三筋くらい曲がり、一段低くなった土地に小さな門構えの民家があった。『木谷泰蔵』と表札が掲げられていた。表札の上部に右書きで『電話』と書かれ、その下に縦書きで『長八十八番』と云う文字が目に飛び込んで来た。その【長】は長距離契約を意味していた。復員庁の職員は仕事柄優遇されていたようである。木谷家の前まで来ると表門の観音開き戸が大きく開け広げられていた。小さな表門を潜り抜け玄関に向かう。すると家の中から木谷が玄関の扉を開けて待ち構えていた。

「土居垣、遠い所を良く来た。まぁ、上がれ！　先ほど牧田も着いたばかりだ」

挨拶も程々に急かすのである。

玄関で皮靴を脱ぎ、足の埃を手拭で拭いていると、木谷夫人が足拭き雑巾とスリッパを用意してくれた。上履きに履き替え衝立がある部屋に上がると板間から廊下が左側奥に続いていた。右側にある一番初めの六畳の部屋に入る。部屋の奥には床の間と桐のタンスが置かれ、四角い卓袱台と絵付けされたサイケデリックな信楽焼きの火鉢が据えられていた。部屋から裏庭を眺めると縁側の半間程先にある隣の家の境界には、竹で組まれた塀があり、縁側の足元には大きな踏み石がデンと置かれていた。戦火を免れた昔ながらの日本が其処にあった。

部屋に入ると、木谷は座布団を押入れの上段から取り出していた。「土居垣も来たので、早速、先ほどの話を初めから、もう一度」と言いながら先に来ていた牧田に話し掛けている。平の目線に気が付き振り返り、「まあ座れ！」と言ってから無造作に座布団を放り投げた。そして自分が何時も座っている奥の席に座布団から尻をはみ出し『ドン』と腰を降ろす。「おーい。お茶を頼む」と、ふすま一枚隔てた夫人のいる部屋に向かって叫んだ。

平は木谷の『まあ座れ』という言葉を受けて、しゃべりだそうとしていたが、理由も告げずに一方的に話しながら手招きして座れと促す。半分座布団からはみ出している尻を持ち上げて再び座り直した。しかし、また半分座布団から反対側の尻がはみ出していた。

暫くすると夫人が、右側の二間（にけん）（一・八一メートル）程ある襖の真ん中を開けて、お盆の上に茶托（ちゃたく）を添えて、平の前に進みより座り『粗茶ですが』と気取って言った。貫入（かんにゅう）の柄が綺麗に入り浮んでいる龍泉青磁茶碗（りゅうせんせいじちゃわん）で渋い濃いお茶を振舞ってくれた。

「ありがとうございます。どうぞ、お気遣いのう」と言ってから渋いお茶をするのであった。人混みに揉まれて、早歩きで辿りついていたのでお茶の一杯が喉を潤し、気持ちを落ち着かせてくれた。

木谷は、平がお茶を飲み干すのと同時に、牧田を制して身振り手振りで話し出す。

「早速だが実はな、かつて堀内中佐の側近であった、あの首を傾げる話をしてくれた宮下君が、仕事で赤坂見附の国道を横断している所へ、運悪くＧＨＱのＧ２の車が通り掛かり跳ねられて亡くなったと復員庁の幹部から連絡があった。

宮下君は俺が直接関わっていない部署なので、詳細は掴めなかったが、霞ヶ浦航空隊の元教員仲間からの話だ。俺は、これでも何とか情報を聞き出したのだぞ！

事故は、赤坂見附を宮下君が弁慶橋から南に渡っている時に皇居方面の右手の国道、赤坂見附から外堀通りに沿って四谷方面に向う路面電車の横をG2のジープが猛スピードで表参道方面に向かって走って来たそうだ。宮下君はその車に跳ねられた。即死だったと聞いた。G2の運転手は緊急の赤色灯を回していたが、サイレンは鳴らしていなかったとの事だ。宮下君の無理な横断が原因であるとの警察の判断だそうだ。しかし――」

木谷は冒頭の説明を終えると考え込んでしまった。

「旧海軍省人事局の堀内中佐の側近の――？　今は復員庁の宮下さんですか、浜井大佐の部隊におった。海軍の暗号、九七式暗号の奇妙な話を伝えてくれよった」

平は話を引き出すために、以前木谷と会話した事柄を敢えて訊いた。

「そうそう、霞ヶ浦航空隊の元教員仲間が言うには、その日、宮下君は溜池山王（ためいけさんのう）の日枝神社近くの議員会館に行っていた。同僚と議員会館を出て二十分程後、その事故に遭遇する事になる。しかし弁慶橋から赤坂見附の道を横断するとなると正反対の道から道路を横断する事になるのだが、何処へ出掛けていたのだろうか？」

自分自身に自問するように一人で首を傾げてしゃべり、ひと段落してから、「う〜ん、う〜ん」と唸って、また思考している。

「木谷教員、先日、日比谷の新幸橋の近くの料理屋で私達が会った事を誰か、知っている人はいませんでしたか？　例えば、昔の戦時中の仲間に会うということを知っている人とか？　海軍甲事件に興味を示している者とか？　また、ＧＨＱに頻繁に出入りしている者とか？　もしくは、ＧＨＱに繋がりを持っている男がいるとか？」

　天井の節目を見上げていた牧田が訊いた。

「何故、そんな事を聞くのか？」

　木谷は不思議そうに、また頭を右に左に傾けていたが、次の瞬間その動きが止まる。

「そう言えば、一人だけいた。あれは、確か、貴様達と三人で会った翌々日だったかな。復員庁の二階の廊下で宮下君とすれ違ったので、呼び止め立ち話をしていたら、『懐かしい人が午前中に訊ねて来ましてね。木谷部長もご存知かと思いますが？』と言うので、『誰だ』と聞くと、確か森久良政（もりひさよしまさ）と言う人物が、突然、宮下を訊ねて来たと言って、俺が『森久良政』と怪訝な顔をしたので、宮下は『海軍省人事一課の浜井大佐の部下で堀内中佐とも一緒に仕事をしていた男です』と言うのだ。その話を聞いて、俺はこう返答した『あいにく、俺は予科練で一緒に教員をしていた堀内中佐なら知っているが、森久良政は良く知らない』と答えた」

　話を聞いていた平は、聞き覚えのある名前を聞いて耳を疑った。

「木谷教員。今、なんと、森久良政と言われましたか？」「森下良政？」

　復唱して訊く、

「ああ、森久良政と言う人物だ。確か、当時、海軍省人事局一課の浜井大佐に仕えていた男と言っていたが、何か？」

「そん男は、東京調布飛行場の映画会社の撮影現場におった男や！」

平は叫んだ。

「東京調布飛行場？　映画会社？　撮影現場？　貴様、森久良政を知っているか？」

木谷は話が飲み込めないでいた。

平は調布飛行場での出来事を伝えた。それは零戦に似た飛行機で、模擬飛行をした事、太平洋戦争の記録映画の撮影現場で一緒だった事、そこで出会ったのが森久良政である事。戦時中は海軍であったが、後方勤務だったので顔みし知りでなかった事、戦後に初めて会って、同じ海軍であるというので親しくなり撮影所で話をした事、等々、事細かに話したのである。そして映画は【日本かく戦えり】というアメリカの軍事記者ロバート・シャーロッドの記録映画であったと補足説明した。また、森久良政から、『海軍人事局の浜井大佐の子飼いであった近藤良蔵が横浜に来ており、横浜で多くの人夫を雇い、手広く港湾事業から中華街まで幅を利かせている』と聞いた事を話し、その時に森久が言った『生まれた時代が悪かったのか、人の人生は、その時々の時代の流れに翻弄されているのだ』と語ったと説明した。

「木谷教員、宮下さんが、旧江戸城の外濠の弁慶橋から赤坂見附の道路を渡るのは海側の南向きですか？　溜池山王は赤坂見附交差点の反対側ですから、赤坂見附の道を渡るのは北向きでないと可笑しいと云う事ですね」

平と木谷の話を聞いていた牧田は、疑問を投げかけた。

「そう、そう言うことだ。真逆だ」

手を振り差し木谷は答えた。

「すると、宮下さんが溜池山王の議員会館には行かれた後に、赤坂見附の道路を南から北に向かって弁慶橋を渡り、その先の何処かへ一旦行かれた後に、赤坂見附の交差点でGHQのG2のジープに轢かれた事になりますね。赤坂見附の付近に宮下さんが立ち寄りそうな所はありませんか？」

牧田は続けて訊いた。

「そうだな、赤坂見附の丘の上には、米軍住宅のジェファーソンハイツ（Jefferson Heights）と呼ばれている建物がある。しゃれた二階建の切妻屋根の官舎が整然と立ち並んでいるところだ。勿論、柵があり向こう側へはアメリカ軍人ガードが立っているので入る事はできない。その南側の麹町皇居側にはパレスハイツ（Palace Height）と呼ばれたている住宅がある。ここは蒲鉾形の建物だ。ここも勿論、日本人は入れない」

立ち寄りそうな所はないとの返答であったが、突然、右手拳が開いている左掌を強く叩いて言った。

「一つだけ丘の中腹にある。確か、港区麹町と千代田区紀尾井町の境目付近に国会議員の大きな白井御殿と呼ばれている屋敷がある。昔から住んでいたようだ。ジェファーソンハイツもパレスハイツも元々は白井議員の土地だったのかなぁ？」

また、自問して一人納得して語った。

白井と聞いて平は京都一條戻り橋の水野の家で見た新聞を思い出した。

「小雪さんから聞いた。幸吉さんの叔父の白井雄二国会議員ですか！　我々が木谷教員から聞いた話は、誰かに聞かれると都合の悪い人間がおるんかも知れん。そん人物が宮下さんの事故と関連しちょったとしたら、また、白井議員が何か関与しちゅーとしたら、幸吉さんと彩乃さん。そして佐竹さんが言うちょった。

和ちゃんの北川二郎さんの自殺と新聞に報道されちゅー事件と深い所で何かが、関係があるとしたら、いや、関係があるのじゃないか？　何か、自分達の知らん世界で、大けな事が蠢いている気が——する」

推論を語った。

「そうだな。今までのことから類推すると、時代を超えて何か大きな力が、この国の運命を動かしているとしたら、それは由々しき事だ」

木谷が平の推論に反応して言った。

その後、三人で喧々諤々（けんけんがくがく）激論を交わし思考を巡らせていたのだが、夜も更けて来たので木谷の家に泊めてもらうことになった。平は、電話を借り日暮里の叔母の駒子の家に連絡を、牧田は、市ヶ谷の宿舎に外泊の届けの連絡を入れた。叔母に電話を入れると駒子が近所の寄り合いに出掛けていたので、叔父の川野義信が電話口に出てきて、木谷の家に泊まると伝えた。『そうか、復員庁の木谷部長の家か』と義信は快く許可してくれたが、新聞社での話を語りだす。

『平、俺の勤めている新聞社で今日、復員庁の宮下事務官が赤坂見附交差点でＧＨＱのＧ２の車に轢かれ、亡くなったと云う事件があったが知っているか？』

平は、叔父の問い掛けには応えず。

「義信おんちゃん。何か知っとるのやか？」

『ああ、新聞社でも赤坂見附の事故は話題になっていた。

復員庁の事務官がＧＨＱのＧ２の車に轢かれて警察が来て、事故検分をしていたのだが、ＧＨＱのＭＰ(Municipal Police)が直ぐにやって来て、警察となにやら話をしていたそうだ。相手が悪かったたな、ＧＨＱの車でなければもう少し違うのだがな。警察は碌に検証もしないで、占領軍ＧＨＱのＭＰに引き継いだそうだ』

「検分されんと、ＭＰに引き継いだ？　どいてじゃ？」

『分からないが暫くして、一人の日本人がその場に来てＭＰに一言、二言話をして立ち去ったとの事や、その後、ＭＰはその事故を起こしたＧＨＱの運転手に、また何やら話をしていたのだが、運転手は直ぐに開放され四谷方面へ立ち去ったと、新聞社の記者から聞いた。その記者が言うには占領軍が起した事故とはいえ、事故検分が余りにも簡単に処理されたと言っていた』

「おんちゃん。その話は、まっことの話なのじゃのぉ。そん事故現場に来た日本人はどんな人やか？　男やか、女やか？　風体は？」

電話口で大きな声で問い掛けるので、木谷と牧田が平の電話の近くに寄って来た。

「宮下事務官の事故の事か？」

牧田が問うた。平は、左手で電話口のラッパのような吹き出し口を塞いで、耳に当てている聞き取り口を木谷と牧田の間に向けて「そうや」と答えた。

『そうだな、記者からは詳しくは聞いてないが、三十歳半ばの男で背は高く黒ぽい上下の服を着て、外套も立派な出で立ちの風体だったと聞いているが』

電話先口の義信叔父は答えた。

平は、暫く、根掘り葉掘り聞いたのだが、それ以上詳しい事は分からないので、電話の受話器を壁にかかっているフックに戻し切った。

二人は平の背中越しに顔を近づけて怪訝な顔で訊いた。

「黒服の執事のような風体か？」

二人が同時に言うので、平は、首をゆっくりと縦に振り頷きながら「そのようです」と短く返事をした。その晩は、酒も少し入り三人で語り合っていたが、明日の早朝に、築地の本願寺で佐竹新之助と会う約束をしているため、話を切り上げ深夜に床についた。

翌日、木谷の家で夫人が早朝にも関わらず、もてなしの気持ちがこもった朝御飯を用意してくれていた。白米に味噌汁に海苔と納豆と、白身魚の胡桃焼きと、山芋の三杯酢の豪勢な朝ごはんだ。復員庁官僚の豊かさが感じられるようなご馳走であった。

休日の朝であったが、三軒茶屋から深緑色した玉電に乗ると、渋谷までの間は大勢の人が乗車していた。人々は、終戦間近の食料を求めて買出しに精を出していた当時の人々とは異なり。しゃれた男達の中にはダブダブズボンの白い背広に外套をはおり、白い靴を履いている人もいた。お洒落を極めこんだ女性はスカーフを頭に巻き、シンプルなワンピースのロングコート姿であった。玉電の電車の中は、華やかな色とりどりの服装の人々で溢れていた。平達は渋谷の駅に着き地下鉄銀座線に乗り換えるのだが、渋谷の地は名の通り、谷の下にあり地下鉄の銀座線のホームは何故か二階にあった。銀座線に乗り換え、途中、赤坂見附駅の前駅の外苑前にさしかかると平が口を開いた。

「築地本願寺の佐竹さんとの約束の時間までにちっくと余裕がある。赤坂見附の駅で一度降りて、弁慶橋の交差点を見てみんか？」

突然の提案にも関わらず途中下車することになった。

赤坂見附駅に降り立ち、その足で江戸城外濠の弁慶濠に架かる弁慶橋に向かった。橋から周囲を眺めると、東側には大きな小高い緑の杜（もり）がある。その北側の丘の上に米軍住宅のジェファーソンハイツが望めた。中心に半円筒のドームが窺えた。そこにあるのは日本の風景ではなく、アメリカの何処かの町にいるような佇まいであると平は思った。辺り一角には紀尾井町と書かれた電信柱の表示があり、麹町の境目付近に凛とした和洋折衷の建屋が聳（そび）えたっていた。建屋は、江戸城外堀の中では最も高い地形にある喰違（くいちがい）見附（みつけ）跡付近にあり弁慶橋が赤坂見附の駅に一番近い場所にあった。橋を背に振り向けば、高台の杜の中に皇城の鎮として、日本の中心をお護りする神社である日枝神社の大屋根が微かに見える。

平は赤坂見付から、弁慶橋の袂に移動して辺りを一望して言った。

「良～し、大まかな位置関係は分かった。溜池山王の日枝神社の奥側にある議員会館から、麹町と紀尾井町の境の白井議員の屋敷まで約半里の半分弱、我々の足で約二十分～二十五分位だな」

目測で距離を割り出し、瞬時におおよその時間も割り出していた。

「木谷教員、宮下さんがぁ、おられよった部署の方で議員会館を出られた時間を調べられんですか？」

平は唐突に訊いた。木谷は突然の依頼に戸惑っていたが、直ぐに答えた。

「あぁ、宮下君がいた部署か――、霞ヶ浦土浦航空隊の元教員の大平が……、史実調査部長だったら聞けないことはない。しかし、そんな事を聞いて、何か役にたつのか？」

「いや、木谷教員、自分にも分からんのですが。やけんど、何かぁ気になるんです。議員会館に仕事で来られんよった事と、弁慶橋の近くに、あの白井議員の屋敷があるという事。そして時間が、時間的な空白、空間があれば、それが何かを意味しちゅーような気がするんです。牧田も自分も、激戦の空域を零戦で大空を飛びよったですけん。戦闘では常に周りの警戒を疎かにしちょらんのです。なぜなら、いつ敵機が上空から襲い掛かるとも限らん。目を凝らして敵機がおらんか、もし、ちっくとでもおかしな点を見つけると豆粒のような敵機であっても見逃しません。発見したら、瞬時にこちらの友軍機と遭遇するまでの時間を計算しよります。
もし、途中に雲があれば――、その雲海の中で留まり、間合いを取り、ズレを目算し遭遇時間を割り出す。飛行機乗りの習性ですかね？　何か距離と時間について、自分達は意味があると思うんです。なん言うか、距離と時間にズレがあるようで、その微妙な不具合が気になるんです。ただ、漠然と、それが何かと聞かれても、お答えはできんけんど。今はそれしか言えんのですが。今回の宮下さんの不可解な行動が、赤坂見附の弁慶橋を基点とした距離と時間が、どうも、ちっくと、気になるんぜよ。いやぁ気になるんです」

　平は漠然と腕を組み直して気になっていることを説明した。

「時間のズレ？　距離のズレか？　俺は教員勤務で内地勤務が殆どで良く分からんが、確かに時間は気になるな」

　そう木谷は言って、確かに気にはなっていたようだったが、余りピンときていないようだった。それ以上の言及はなかった。

　築地本願寺での佐竹との約束の時間が迫っていたため、再び、赤坂見附駅より銀座線に乗り築地に向かうことにした。

第4節　赤い靴の女

築地本願寺の境内の砂利道を歩いていると、西の方から着物姿の男女の二人連れと赤い靴を履いたアコーディオンプリーツスカートの上に少し広がった白い外套を纏った女性が、本堂の中に入って行こうとしていた。その女性に平は眼を奪われた。赤い靴の女性が……、「和代だ」と直ぐに分かったからだった。

和代は、平が蒲田駅正面通りの赤いポストの陰から見ていた時より一層、やつれて疲れているようであった。いつも笑顔を絶やさない天真爛漫（てんしんらんまん）な姿ではなかった。佐竹新之助から北川二郎の事件を聞いた時から、近々に和代と会う機会があるのではないかと予感はしていた。しかし、現実に目の前にその機会が訪れると心臓の鼓動が早くなった。

本堂では、築地本願寺の朝のおつとめの晨朝（じんちょう）は終わっていた。正信偈（しょうしんげ）の経典を読み終えていた佐竹は首を入り口に向けていた。本堂の右側入口で一礼をして『阿弥陀如来』の前に進み、手を合わせている三人連れの和代達を静寂の中で見詰めていた。

そこへ、続いて、左側の入り口から本堂に入ってきた平達三人連れに首を振った。佐竹が目配せをする。そして両脇にある大きな唐を思わせる太鼓に挟まれた小さな椅子に座るよう目で促す。

椅子に座ろうとしていた和代は、平達一行を右目で追い眼を大きく見開き、亡霊でも見ているように眺めていたが段々と目に涙を溜めていた。それでも涙を一生懸命に堪えて、平の動向を見詰めていた。平は遠くではあるが、和代の涙を堪えている眼差しに気が付いていた。目を逸らさず和代の姿を追っていた。六年振りの再会である。その距離は徐々に近くなる。しかし、お互いに語りかけることは無かった。無言であった。

　全員が着座すると佐竹は振り返り六人と対峙してから、少し間を置いて語りだした。

「俺は、尾田玄衛門親分と栄二若に忠義を尽くす。地獄に落ちるつもりだ。

　この戦争で日本軍の戦死者は七十万に及ぶと言われている。また、一般市民が空襲でなくなったのが八十万、家屋の損壊が二十五万戸と言われている。白井幸吉と彩乃と北川二郎たった三人の為だけに仇を討とうとは思わない事だな。

　土居垣少尉、中野坂上の組事務所では礼を言えなかったが、若の思いを受け継いでくれた事に俺は心から礼を言う。若の思い人、佳美に瓜二つの寿美が広島のピカドンで亡くなった事は幸吉と彩乃から聞いている。残念だったな。俺も残念だ」

「佐竹さん。仇を討とうとは思うちょらんです。ただ、社会的な不正義が気になるのです。それを――」

　平は話し掛けたが、佐竹が遮った。

「しかし、全ては、その時から動き出した。幸吉と彩乃が敵意を顕にして俺の所に来た。北川二郎も近藤と関わらなければ死なずに済んだかも知れない。

土居垣、俺達（わし）が知っている。この話以外に実はもっと大きな事が、日本を揺るがす事が、起こっている。そう感じている」

「確かに寿美さんは気の毒な事やった。自分は、自分の役割として自然の赴くままに動いただけがやです。そして、社会的な不正義を正す。悪を正すことと、正しいことをすることを望めるなら、亡くなった者たちへの餞（はなむけ）になるんではと自分は思うんです」

平は素直な気持ちを伝えた。

「佐竹さん。小雪さんと和代さんには気の毒ですが、私達も仇を討つ事が目的ではありません。しかし、その行動で何か真実が掴め、それにより土居垣が言ったように社会的な不正が正せれば、報われるのでないかと思うのです。ここは、皆さんが掴んでいる情報を出し合えば、大きな不正義に立ち向かえるのではと思うのです」

牧田が二人の会話を聞いて提案した。牧田の真剣な口調により、佐竹も少し、心を許したのか、情報の精査が進んだ。しかし、如何せん不確実の事が多く、類推する事を余儀なくされていた。話は小一時間続いた。一段落して進展もなく、話はほぼ終わりかけていた。話材も尽き仕方なく、結論として佐竹の強い意志もあり、取り敢えずこれからの行動は佐竹に一任することになった。

平と和代は、どちらからともなく、自然に話すことができるようになっていた。それは、共通の目的を持った話題があるからだけではなかった。何故か佳美と寿美が二人を自然に引き合わせてくれたような、何か不思議な力が加わった感覚であった。二人の自然な会話を聞いて、木谷は復員庁の官舎に休みだが書類を取りに行くと言って気を利かせた。

芳文と小雪も日比谷の宿に帰る前に、彩乃と幸吉が荼毘に付されていた青山にある葬儀場へ、遺骨を受け取りに行くと言い出した。彩乃と幸吉は、司法解剖も程々に直ちに火葬されていたのも要因であったようだ。

彩乃と幸吉が去ったあと、佐竹は、また、阿弥陀如来に御経を唱えると言って背を向けた。

牧田も市ヶ谷へ向かうと言っていたが、和代が呉での懐かしい寿美の『小さな人形』のエピソードと『灰ヶ峰』の風景画の話を持ち出し、汽車で広島へ向かった時のことを話し出したので、平と牧田は寿美の在りし日の姿と声が蘇り話に引き込まれていく。遠い昔話のようでもあり、清秋の一コマとなり青春の一幕と同化していた。三人は昔のように自然に話が弾んだ。

佐竹と別れ築地本願寺を後にして、東京駅方面に歩みを進める。ゆっくりと新しいアスファルトを踏みしめるように日比谷通りを歩いていると、何故か相生橋から呉駅に向かう本町通りを歩いていたあの時に戻ったような感覚になった。堺川の匂いまでもが感じられたような気がしてきた平だった。

あの懐かしい風景が蘇る。雪の舞い散る呉駅までの道の情景までも思い起こしていた。和代は一張羅の久留米ちぢみ織のモンペに綿入りの宮田織の半纏に、胸には住所と名前と血液型の名札を縫いつけた姿でリュックサックを背負っていた。あどけない少女の姿が……、心の機微を悟られまいと一生懸命に努めて笑顔で良くしゃべり、時には冗談を言って、皆を笑わせていた天真爛漫な姿が現れた。

幻想を見ているような錯覚を覚えてふと横を向いた。今、横をゆっくりと歩いている和代はすっかり大人になっていた。しかし、その姿は大人びた和代ではなく、呉の相生橋の交差点に佇んでいた当時の和代に見える。今一度、横顔を眺めて空を見上げた。呉のホームから見たシーンが再び目に映りだされた――二等列車客車のデッキのステッキに足を乗せ、振り返り、平の姿を追いたい気持ちを押し殺している和代がいた。その目は敢えて平を見ないで、大空を流れる雲を見上げ、涙を堪えて眺めていた姿であった。『武運長久(ぶうんちょうきゅう)とは言いません』と言った言葉までもが、耳の側で聞こえたように感じていた。

その時、和代も同じ呉の情景を思い起こしていた。和代はゆっくりと歩んでいたが、足を止めて、思い詰めたように唐突に語り出した。

「平海軍さん、ご無事でいられたのですね。良かった。本当に、ああ～っ、本当に良かった。私はこの時を、ずーっと、ずーっと、あの時は――」

言い始めるが、時間(とき)が止まったように動かなくなった。和代の歩みが止まると、平と牧田の歩みも止まった。平と牧田が心配そうに振り返る。二人より、二、三歩遅れていた和代が立ち尽くしたまま、二人の眼差しを受けて「ふー」と息を吐き再び、ゆっくりと歩きまた話し出した。

「私、待ち望んでいました――。でも、もう、過ぎ去ったことなのですね。

平海軍さん、もう、私は、あの日の情景は、心は、色あせていたと想っていました。二度と蘇ることのない冬景色と諦めていました。しかし、私は、いけない！　弱い。醜い人間です――。この嬉しさは何故なのでしょう。この高鳴る気持ちは！　涙が溢れてきます。私には寿美礼（すみれ）がいるのに。戦後、私は強い気持ちで今まで生きてきました。これが私の人生だと想って、一度しかない私の人生と想って、半ば諦めていました。

しかし、何故か涙が、こぼれて、こんな時に！　こんな時に――、悲しいはずなのに。嬉しさが――、現れています。何故なんでしょう。私は、私は卑怯（ひきょう）です」

『卑怯』『醜い』と語った。自分をさらけ出すような和代がそこにいた。

平と牧田は驚いていたが、和代の心の機微を受け止めていた。

『もし、時が後戻りできたら、人生が、この人生の独楽が逆回転できたら、霞ヶ浦から吹く風が舞い上がり、霧を晴らしてくれたら、どんなに嬉しいか、人生がもう一度あるなら、私の人生が――』

和代は心の中で叫んでいた。

「ごめんなさい、困らせましたね」

我に返り、和代が唐突に言った。

時代に流され翻弄（ほんろう）され、決して戻らない流れに……、抗（あらが）い逆らえないと分かっていた。和代の心の葛藤を平は感じていた。

「白夜月やよ――、一筋の飛行機雲が――大空を無常にも通り過ぎたのです」

噛みしめるように優しく言った。平もまた、逆戻りできないと人生と思っていた。

二人を見ていた牧田が語りだした。

「和ちゃん。自分達は八月上旬に特攻命令が下され松山航空基地に降り立ちました。降り立つと同時に整備員が駆け寄り零戦のプロペラが取り外されました。そして、そのまま終戦を迎えました。十死零生の作戦が中止になったのです。

和ちゃんもご存知のように我々は親しい人に最後の手紙を書きます。和ちゃんの手元に届いたか定かではありませんが、自分は知っていました。平が、戦闘帽に眼を隠しながら、涙を隠して和ちゃんに手紙を認めていた事を。自分も広島の寿美さんに届く当てのない手紙を――書きました。

太平洋戦争が人それぞれの生きる道を複雑に絡ませ、戦争という時代に翻弄されていたのでしょう。時は無常です。そして、終戦です。終わったことは嬉しいことでした。勝つことはできませんでしたが、もう、誰も死ななくて済むのですから、そうでしょう。戦争が終わる事を誰もが望んでいたのです」

「私達も同じ気持ちでしたわ。悲惨な戦争が終わることを――日本人の誰もが――」

「しかし、仲間達は何のために死んだのか！　日本が勝つと信じて死んで行ったのです。生き残ったことは嬉しいことでしたが、負けたことには責任を感じていました。仕方のないことかも知れません。戦時中と違い世の中の人々は手のひらを返したように自分達をA級戦犯のように扱って、大人は罵声を浴びせ、子供までもが石を投げて来ました。私達は冷ややかな目と罵声を受け止めることしかできません。負けたのですから、自分と平は、悩みました。おめおめと負けた軍人が故郷へ帰るべきか、否か、悩んだ末に、やっと気持ちの整理がつき、平の故郷である高知四万十の川登に向かい辿り着いたのです。土佐四万十の人々は優しく我々を迎えてくれました。その時の嬉しかったことを今でも覚えています。私と平は、少しでも村の人の役に立ちたくて、毎日地元の土木作業に勤しみました。数ヶ月が過ぎ少し落ち着いた頃に、平は何度か、和ちゃんに手紙を書いていました。しかし、その度に宛先不明でその手紙は戻され、むなしく手元に戻りました。これが事実です」

話をじっと側で聞いていた牧田が、当時の思いを振り返り伝えた。

「牧田さん。ありがとう。私は、戦争が終わって、何をして良いのか、何をすれば良いのか混乱していました。日本中も、私も……、日々の食べる事で精一杯でした。生きる事が、生きてゆく事が精一杯で、生活に追われて――、自暴自棄になって、気がつくと生きる気力も失いかけていました。筑波街道のお店も絶たんでいました。父さんも亡くなり、達也も終戦間近に赤紙で戦地に行き帰ってきませんでした。そんな状況でしたので、当時は、母と二人で怯えながら途方に暮れていました。

しかし、嘆いていても仕方がありません。何とかこの状況を打開しなくては飢え死にしてしまいます。女が戦後を生きていくことは想像を絶する事でした。口に出来る物は何でも食べました。

だれも恵んでくれません。自分で手に入れるしか方法はありません。配給に頼っていたら飢え死にです。闇市ではお金を出せば食料が手に入るのです。お金を稼がないと生きていけません」

「お察しします。大変な想いをされたのでしょう。和ちゃんも辛い想い出に彩られていたと、私は感じています」

牧田が慰めの言葉を掛けた。ゆっくりと頷いた和代は話を続けた。

「私は、洋裁が得意だったので、生きてゆく為に国民服や軍服の切れ端で――、軽蔑されるかもしれませんが、時には道端で亡くなっている人の服までも――手を合わして脱がして、新しい服を縫い上げ闇市で服を売り、僅かなお金を手に入れ飢えを凌いでいました。

そんな折りに土浦の闇市で昔から家族ぐるみでお付き合いしていた北川正子さんと偶然に再会したのです。正子さんに助けられました。私に洋裁の腕があったので助けて頂いて、本当に助かりました。私と母は恵まれていました。正子さんも私と会えて助かったと言ってくださいました。と、云うのも北阪洋品店の焼け残った生地が少しあったからです。しかし、正子さんは腕を怪我されて洋裁が出来ないので困っていらっしゃいました。品物はあるのに洋服が作れない。そこに私達が現れたのです。私はその生地を利用して更生服やアッパッパを作りました。その服が闇市で良く売れて、やっと土浦の駅前でお店を出すまでになりました。お店を再建できたのです」

平と牧田は和代の話を聞いて黙って頷くだけだった。

「そんなある日、戦争で行方不明になっていた祖父が見つかったとラジオで分かりました。母、房子が蒲田に帰りたいと言い出しました。身内の消息がつかめる事がこんなに嬉しいことかと二人で喜びました。やっと連絡が付きました。残念ながら実家の祖母は亡くなっておりましたが、祖父、嘉兵衛は息災でした。祖父は一人になっていましたので『一緒に生活したい。面倒を見たい』と母は言いました。祖父、嘉兵衛への思いは私も理解できます。私も賛成でした。祖父を土浦に連れてくる事も考えましたが、住む家が、場所がありません。正子さんの家にお世話になる訳にはいきません。たまたま蒲田の家は偶然にも爆撃の被害を殆ど受けることなく、全壊はしていませんでした。何とか手直しすれば私達三人が暮らす事ができる程でした。しかし、蒲田へ行っても、年老いた祖父と女二人では食べる術がありません。相談をしていたら北阪洋品店の正子さんのご主人、二郎さんの義理の父である北川剛さんから『援助するので蒲田に出店を出してはどうだ』と話をいただきました。ありがたいお話です。条件があるが協力するとおっしゃられましたので、母とも相談してお世話になることにしました。

母とお受けする事にしていましたら、剛さんから男手も必要だろうという話になり、次男である息子さんの二郎さんと所帯を持ったらとお勧めがありました。お世話になっている正子さんのお家からのお話です。母にも薦められて、悩んだ末に一緒になり蒲田へ行くことにしました。二郎さんは、とても優しい方でしたので、この人と一緒になる事は、私も良いことと思いました。それと、終戦から私が塞ぎこんでいたのを母の房子も知っていました。気に留めていたと思います。それで母を安心させられるとも思いました」

理路整然に訥々と赤裸々に話していたが、その和代の顔が急に曇りだし、今にも泣きそうなった。

「――でも、――私は、私は、平海軍さんは特攻で亡くなられたと、ず～っと、思って生きてきました。だって、お手紙もいただいていましたから――。手紙には、

『天晴れ桜の花と散りし、今を喜んでください』と。

『太平洋の海原を悠々と白い零戦に』乗られて逝かれたと。

『余りにも恋しくて、筑波山の良き友として永久に……良き家庭を築いて人生の役割を果たしてください』と、

『人生を全うしてください』と。

『真摯に向き合えば人生は応えてくれる』と……、綴られていました。

私は、その手紙を受け取ってから、強く生きようと、心に誓って生きてきました。きっと、それが、平海軍さんのお気持ちだと――」

天を仰ぎながら、それでも涙を見せないで語る和代であった。

和代の心の丈を聞いた。ただ、和代は戦後の混乱期から、現実の今のこの打ちひしがれた時まで、遠い荊の道のりを歩んできたのだと想いを巡らしていた。そして、また、今、あまりにも辛い出来事に直面しているのだと。儚く通り過ぎた日々と時間に押し流されているのだと。そんな中であっても前向きに小さな幸せを掴んで、今を一生懸命に生きているのだと。平は心の中で感

じていた。

　和代の想いの全てを聞いて三人の沈黙が続いた。

「今日は、豪勢に日比谷神社近くにあるウナギを食べ行こう」

　暫くして、何を思ったのか、牧田が言い出した。

　牧田の明るく言った提案に同意した三人であった。『うな静』という店に向かった。暖簾を潜り店に入ると香ばしい香りが漂ってきた。うな静名物であるウナギの甘辛いタレの匂いであった。そのウナギの焼き方は関東風で、ご飯に蒲焼を乗せ秘伝のタレの『うなぎめし』が美味しく安いとの評判であった。牧田は以前に来た事があるからと言って案内してくれた。お昼前にも関わらず中央官庁の職員と思しき人々が既に数名食事をしていた。店内では絣の着物に頭には手拭をした女性が、斗々屋茶碗をお盆の上に載せて給仕してくれた。三人は、その湯飲みが目の前の机に置かれると同時に互いに目が合わせた。

　和代が「あっ、この茶碗」と指さして言った。

　平も「ああ、斗々屋茶碗」と驚いていた。

　牧田が「懐かしいだろう」と自慢げに言った。

　あの憂いを帯びた源太郎蕎麦屋を思い起こす。斗々屋茶碗を見たことで、三人の想いが一つになり時間が遡り、和代は「フフ」と笑い。平と牧田は「はっはっはー」と高笑する。お盆に載せてお茶を運んできた女性までもが、三人が嬉しそうに一緒に笑うので、絣の着物の女も一緒になって微笑んでいる。和んだ雰囲気が店を明るくした。何気なく置かれた、たった一つの斗々屋茶碗が過ぎ去りし日々を呼び戻しているようであった。

きっと、牧田は『うなぎめし』が目的ではなく、この〈斗々屋茶碗〉が目当てだったのではと思った平だった。和代も予科練生が多く訪れた店で楽しく賑やかに動き回って充実していた日々を思い起こしていた。牧田が穏やかだった当時を忘れないようにと、励ましてくれているような感覚であった。

平は感傷に浸って箸を持ち『うなぎめし』を口に運ぶと、四万十川で沈下橋から飛び込み、おんちゃんの常蔵（つねぞう）と『ころばし漁』をして食べていたウナギを思いだす。同じ日本鰻であるが、四万十と『うな静』の調理方法が随分と違い凝っていた。背開きで蒸しあげて竹串を使って、頭を落としてから焼く、甘辛味のタレをまとった関東の蒲焼は柔らかく、ご飯によく合っている。しかし、空襲の影響でウナギまで痩せているのかと思うのであった。多分、利根川か近郊の川で取れたのだろう。柔らかいウナギであるが、故郷の四万十川の丸々と太った天然物が恋しく、また、懐かしく感じていた。痩せてはいたが奥深い味わいがあり美味しく、久々の食事に箸が進んだ。

しかし、平は和代を前にして、心が何処か違う空間をさ迷っている。『うな静』の料理は美味しいのだが……、心から舌鼓を打てない。何故か、味わえないでいた。平も、過ぎ去った日は、帰っては来ないと感じていた。

また、和代も懐かしいあの霞ヶ浦の夕日の鮮やかな空の色を思い出していた。その色をなくした儚い夢を追えずに開き掛けている心の扉を押し返していた。心を殺していた。

二人の心は、冬の窓を閉じて観たことのない色あせた世界を遠くから、色の無い冬の景色模様を眺めていた。お互い二人とも、もう昔のように自分の気持ちを素直に言葉にできないと感じていた。

七つボタン

第1節　あきまへん！

「分かっておる。知っている。そんな事はない！」

電話口で国会議員の白井雄二が不機嫌に怒鳴っている。電話口の向こうの主は、近藤良蔵であった。

「お前は、俺が言った通りにやれば良い。余計な事は考えるな！」

吐き捨てるように言って、受話器を「ガチャン」と投げ出すように置いて切った。

「近藤も焼きが廻ったのか？　寝ぼけた事を言いよって、アヘンの件でGHQが関与する事はない。浜井を呼んでくれ、復興建設資金は阿芙蓉の栽培なくして実現はしない」

怒りの目を傍にいる執事に向けて一方的に話し応接部屋から出て行った。阿芙蓉とは、ケシの花のことで、白井には、その植物が栽培されることが重要事項であった。

その頃、小雪と芳文は青山の葬儀場で小さくなった彩乃と幸吉の遺骨を受け取り、重い足取りで、公共省法務庁特別審査局に立ち寄っていた。木箱に入った骨壷の遺骨を首から掛けて、担当特別審査局員に身体を擦り寄るように正対し問いただしていた。小雪の切羽詰った声が法務庁特別審査局の建屋に響き渡っている。

「遺体を引き取りに京都から来ましたけど、なんで、姉夫婦は、こうも早ように荼毘に付されたんどすか？　もっと、よう調べてはいただけへんのどすか？　私らには、投身自殺したことが未だに信じられまへん。横浜の警察署はんも、なんやかんや、言ぅて動いてくれまへん。こちらの特別審査局はんなら調べていただけると、聞いてるよって！　お邪魔しましたんや！　どうしても、あきまへんか？　なんでどす。なんでどすか？」

声を荒げて詰め寄っている。

「いやぁ、法務庁の上からの指示で横浜の復員庁の車絡みの事件は、既に解決済みとの判断ですから、ここで今更、本官に再審査と言われても、他にも事件は沢山あるので――。まぁ、まぁ、少し落ち着いて」

相手をしている担当特別審査局員は頭を掻きながら困り果て、迷惑そうに応え横を向き口から大きく息を吐いていた。

「このご時勢、混乱期ですから、事件は目白押しで、で、ですから、何回来られても同じですよ、分からない人ですね、幾ら言われても困るのです！」

煩わしそうな顔をする。それでも詰め寄る小雪のしつこい剣幕に押されていた。

「ここだけの話、浜井法務調査部長は元海軍省のお偉いさんで、一度決定した事案はガンとして聞き入れない人と聞いていています。は〜っ、ですから、本官に言われても、何か、確たる証拠でもあれば別だが、わたしに――、いやぁ、本官に幾ら言われても――駄目だ」

また、困り果て冷たく断るのだが、それでも引き下がらない小雪だ。暫く押し問答が続いていた。

「小雪――、なぁ今日はこれくらいにして、もう遅なるし、宿へ帰ろうな〜」

とうとう、芳文は痺れを切らし諦めの境地で促している。

「証拠を示されれば、その浜井はんと言わはる男の偉い人は、納得しはるんどすなぁ、ホンマですなぁ〜っ！」

担当特別審査局員に向かって、鋭い目で睨んで言い放った小雪だった。

しつこい小雪の剣幕に押されて、渋々担当特別審査局員が教えてくれた。浜井は公職追放解除となって、法務庁法務調査部長に復権していた。国会議員の力を借りて復権を願い出て公職に付いていた。そんな人物だと。周りを気にしながら小声で言った。

小雪は、それでも納得がいかなかったが、しかたなく芳文と一緒に日比谷の宿の方へ帰って行った。

暫く経ってから、蒲田駅の北阪洋品店では和代が年老いた房子の祖父、嘉兵衛の背中を摩りながら、気の触れた二郎の母、正子の看病をしていた。二郎の自殺報道以降、客足が遠のき店は閑散として暇であった。房子が店番をしているところへ、着物姿の男女が店に入って来た。女は大島紬を着ている。男は正絹の米沢お召しを着た上品な二人連れであった。尋ねて来たのは小雪と芳文であった。

「いらっしゃいませ。あまり上等な背広は扱っていませんが、何かお探しですか?」

房子はどうせ冷やかしだろうと思い、戸惑い気味で声を掛けた。

「うちらは京都から来た水野と言います。和代はんは、ご在宅どすか?」

「はあ、わざわざ京都から、和代は居ります。いま呼んできますから、お待ちください。えっ、京都? あの～っ、失礼ですが、もしかして佳美さん、彩乃さんの――、京都一條の白井家の方ですか?」

「へえ、彩乃の妹の小雪と申します」

「では、和代と達也が京都にお伺いして一晩泊めて貰ったと言っていました。その節は和代が大変お世話になりました。彩乃さんの――そうですか、あっ、申し遅れました。私は和代の母の櫛田房子と申します」

慌てて自己紹介をしていたが、彩乃の新聞記事を思い起こし気を取り直して、また話し出した。

「あの～、この度は、彩乃さんとご主人様はお気の毒なことで、何と申し上げて良いやら――、お悔やみ申し上げます。ちょっとお待ちください」

心を込めて慰めをの言葉を言ったが、気まずそうな表情と口調であった。

房子はお辞儀をして、足早にその場を離れ、奥の部屋から和代を呼んできた。和代は小雪と芳文の突然の訪問ではあったが、尋ねて来てくれたことを喜んだ。先日の日比谷の宿で相談に乗ってもらったお礼の言葉を交わしていたが、徐に小雪に問うた。

「小雪さん。その後、特別審査局へ出向かれたのですか？　幸吉さんと彩乃さんの事で、何か進展はございましたか？」

「なんも、あらしまへん。さっきも行ってきやしたんやけど、押し問答しても、あきまへん。なんか、法務庁法務調査部長の浜井はんという、元海軍のお偉いさんがガンとして再捜査はしないと言うてはるそうで、聞き入れて貰えまへん」

「そうですか、私も何回か――、主人の事で行きましたが同じです」

「担当特別審査局員の方が言いはるには、何か新しい証拠を示されれば、その浜井はんは納得しはるとお聞きしました。でも、素人で証拠なんか、見つけられへんですよね。どうしたらええんか？　なんや、うちら毎日、堂々巡りしているんやないかと思うて、しんどうなって、ほやけど教えて貰て、門番はんが言わはるには、浜井と云う法務調査部長の方は、国会議員の力を借りはって復権を願い出はって、公職に就かれはったそうやわ」

疲れた表情で話をして、うな垂れるのであった。

和代は口を一文字にして聞いていた。浜井という名前が気になっていた。

「佐竹さんからは、その後、何かご連絡はありましたか？」

「いいえ、土居垣はん達からもあらしまへん」

佐竹からはその後、小雪達にも、和代にも連絡は入らなかった。

第2節　心の機微

佐竹はある男から情報を得ていた。

出来事は過去と繋がっていた。かつて中野坂上の尾田玄衛門組長の屋敷前のバス停付近で、堀内中佐の乗った軍の車がクラクションを鳴らし止まった時から始まった。当時、堀内中佐が、平と和代を見つけるなり運転手にクラクションを鳴らさせた事があった。堀内中佐は、中野の某学校（陸軍中野学校）から霞ヶ浦航空隊の久保中将の指示で土浦司令長官の加藤少将に鹿児島の知覧基地人事関係書類を届けるところだという話であった。しかし、実際はある幹部から密かな命を受けていた。命令とは、知覧基地人事関係の書類だけではなく、極秘文書をある人物に届ける任務であった。直接の指示は当時の人事局長であった浜井大佐で海軍省の久保中将が実務担当だった。久保中将もまた、軍令部上層の人物からの指示で動いていた。

極秘書類が久保中将から政治家に渡った後に、東京は一九四四（昭和十九）年十一月十四日以降、空襲が激しくなる。日本海軍の暗号解読に関わる軍秘事項で、書類の表にランド（RAND）とカタカナで記され、本文は記号と数字の羅列で年式が九七と記されていた。意味不明の言語のように思われた。

当時の日本の陸軍と海軍は暗号機を独自に設計開発して運用していた。陸海軍で偶然にも制式年が重なる同じ名称の暗号機が使われていた。

それは、【九七式】と呼ばれる暗号機の型式で、陸軍は、釜賀一夫少佐が特別計算法を考案した一式一号印字機の九七式の改良型で仮名および数字を打鍵して二数字に暗号化しており、乱数作成用として全軍に展開する予定であった。当時、釜賀はZ暗号と称していた米陸軍の機械式暗号M-209の航空通信用部分の解読に成功していた程の人物である。

海軍は、九七式印字機一・二型の艦載用と九七式印字機三型の武官用があり既に運用が始まっていた。外務省は、その利点を共有して改良型暗号機B型として、九七式欧文印字機、通称紫暗号機の改良を採用したのである。外務省は陸軍の技術を軽く扱い無視した。採用した紫暗号機の弱点を指摘したのも釜賀一夫少佐であったのだが、釜賀の忠告を受けていたにも関わらず外務省と海軍は楽観視していた。

その紫暗号機のランド解読書を堀内中佐は中野学校から受け取り、密かに浜井大佐に渡していた。堀内中佐は陸軍と海軍の暗号を大本営が統合し、より解読されにくい符号電流を不規則に変化させるオンライン型の新型テレタイプ暗号機に使うと聞かされていた。堀内中佐には意味不明で理解できない内容だった。敢えて理解しづらい指示を受けていた。しかし、それは虚偽であった。浜井の画策でもあった。その解読書の送り先は政治家を通して、国外に持ち出されていた。浜井もある人物の命を受けていた。情報が錯綜していた。日本の戦局が極めて微妙な時期でもあった。解読書の真相は明らかではないが、海軍の機械式暗号と乱数表を併用した主項目の暗号解読書である。その後、日本軍の暗号に対して、アメリカ軍は虹の色に由来するコードネームをつけていた――。

仮に、帝国海軍に内通している人物〈スパイ〉がいて、軍令部もしくは政治家に協力者がいたとしたら、それが敵国に渡ればもはや暗号とは言えない。日本を丸裸にするのも同然で陸海軍作戦の指示命令系統の暗号文が、有名無実になる事でもある。

連勝していた海軍の驕りも相まって、重要視されていなかった。緩怠（いいかげんに考えてなまける）きわまり軽んじられた。日本海軍は対策を怠っていたと言わざるを得ない。兵器の攻撃性や運用といった直接戦闘にかかわることには、人も金もつぎ込んでいが、こと暗号となると安易に軽視していた。軍令部の上層部は情報戦略の重要性を理解せずに、担当士官も若い中級士官を任命した。勝つためには事前に敵の情報を掴むことが大事である事を忘れているようであった。弱点を突いてきたアメリカは、緻密に日本海軍の行動と暗号を照らし合わせて、規則性を徹底的に分析解析して暗号を大筋で解読していた。当時、堀内中佐は、海軍のオンライン型テレタイプ暗号機暗号に疑念を抱いていた。暗号解読の疑惑とテレタイプ暗号機の関係性の調査を陸軍上層部から命じられていたのが、部下の宮下であった。しかし、アメリカへの解読書の疑念が晴れないまま終戦になる。

密かに進めていた宮下の得た情報を佐竹は入手していた。戦後の荒廃した東京で、ここ数年ある男達が起こそうとしている不穏な動きも掴んでいたのだった。その男達が、白井雄二議員であり、浜井元大佐の指示で動く、子飼いの近藤良蔵であった。宮下は、そんな人間達が蠢いていることも調べていた。核心を突こうとしていた。

しかし、宮下が死んだ今となっては解明できない。闇に閉ざされたていた。真の黒幕までは辿り付けない。佐竹は危険な賭けに出た。まず、宮下からの情報で、近藤の今までの行動パターンを調べ、ある共通点を見出していた。それは、何故か、新聞を賑わせる記事が発表される前に蠢いていた。大きな政策が発表される。もしくは、大きな事件がある前日もしくは前々日には東京の麹町付近のとある場所へ、ある人物達が集まっていたと言う情報を得ていた。

毎朝新聞に気になる記事が紙面に掲載されていた。内容は『横浜の土地をアメリカから接収解除』・『本牧に新官舎聳え立つ』・『内陸のアヘンの行方は何処に』の見出しである。

東京の麹町付近で法務庁法務調査部長の浜井（元海軍大佐）とチャールズ・ウィロビー少将（CHARLES ANDREW WILLOGHBY）が率いる参謀第二部（G2）の民間情報局（CIS）のフレンチ・モリガン（FRENCH MULLIGAN）が、あるところを訪れていた。また、その日は、日頃、顔を見せない行政関係担当幹部【Executive for Admin-istration & Social Affairs】のミッチェル・ハーパー（MICHAEL HARPER）も同席していた。不思議なことに、赤坂見附での宮下事務官が交通事故で亡くなった日も、集まっていたとの情報であった。宮下事務官は元陸軍中野学校から海軍の人事課に異例の転属になった人物でもある。宮下事務官から、「自分に何かあった場合は中野坂上のある男に、渡してくれ」という文書はその男に渡っていた。

佐竹は、その中野坂上の男から情報を入手していた。単独で顔見知りである近藤に会う段取りを企んでいた。近藤の行動パターンから浅草の『中新』と云う天ぷらの店に定期的に来ることを掴んでおり、偶然を装い待っていた。その『中新』は明治創業の店で東京大空襲の時に一度、焼け落ちていたが、復興し古くからの常連客も多く集い繁盛していた。

佐竹は趣（おもむき）のある手染め麻の半暖簾（はんのれん）をくぐり、店の玄関口が見える奥の席に座り訪れる客を目で追いながら、割り箸を口で無造作に割り名物の雷神揚げを頬張っていた。芝海老と青柳の貝柱をゴマ油で揚げた丼を食べていた。

「ホーッ、近藤が足繁く通うのも分かるな」

独り言をつぶやいて箸を進めていた。その雷神揚げの味は、口に入れた瞬間香ばしい匂いが広がる。多くの常連客が、足しげく通っていた。老舗の味が受け継がれていた。

暫くすると、スーツ姿にコンビのエナメル靴を履いた男と、スポーツ刈りでマンボズボンを穿きブレザーを左肩に掛けた男が、イタリアンカットのサブリナパンツ姿の女を従えて店に入って来た。どんぶり飯を頬張りながら目で追っていた佐竹は、むっくと立ち上がり三人連れの前に立ち止まり凄みを利かせて言った。

「広島衣笠組の近藤、いや、海星会の近藤、久しぶりだな。先代組長の千木宗助が世話になった。十文字紋のオーク箱のワインは良い〝しのぎ〟になったな」

飯粒を飛ばししながら喋る。

佐竹の言葉を聞いた近藤が怪訝そうな顔する。

「なんだぁ～お前、ああっ、関東尾浜組の若頭の佐竹ではないか、久しぶりじゃのぉ、生きとったか、しぶといのぉ～、戦争も終わりショバ（所場）を仕切る組みも、軍隊も、今はもう無(の)うなったと言うのにのう」

近藤は顔が強張り驚いていたが、直ぐに、平静を装うように切り返してきた。

佐竹は話を無視して、近藤の横の席に座り直し一方的に話しかける。嫌がる近藤をしり目に、しばし当時の関東尾浜組の代貸しの話をしていた。

「近藤、お前が広島から千木宗助のレコとして連れて来た佳美の知り合いの男と女が、横浜で亡くなったのは知っているか？」

佐竹は近藤の目を真っ直ぐに見て行き成り唐突に語りかける。近藤は無視を決め込んでいたが怪訝な顔になり、佐竹の問いに近藤は答えた。

「あっあぁ、新聞で読んだが、佳美の親か？　だがワシは知らん」

「ほーっ、てめえーは、知らないのか……、新聞で読んだ？　可笑しな事があるもんだな。横浜で亡くなった男と女が佳美の両親であるとお前が知っているとは――。そんな事が新聞に詳しく書いてあったのか？　フフッ」

近藤は、一瞬ビクッと驚き眼を見開き、明らかに動揺していた。落ち着きが無くなっていた。鎌を掛けた佐竹は我が意を得たとばかり話を続けた。

「昔の中野坂上の組事務所の話だがなぁ、関東尾浜組長、先代の千木のおやっさんも、とんだ雑魚を拾ったものだな、尾田のおやっさんと栄二若が、白井幸吉が、俺に広島の雑魚が仕組んだ絵を見せて貰って——役に立った。分かるな俺が言っている意味を。

それで、先代の千木宗助のおやっさんには、ケツを割ってもらいトラして貰った。広島衣笠組に落とし前をつけたのだ。お前の海星会には往生したが、な」

佐竹は近藤の悪だくみを見抜いて確証を得ようとしていた。

「トラックに積み込み？　東京まで運んで来た男じゃのう、広島の、そーか、で、何じゃ、何か？　佳美と関係があるんじゃ、関東尾浜組の若頭が俺に何の用があるんか！」

強がりを言って、脅しながら殆ど知らない振りをするのである。

佐竹は、威厳を保とうとしている近藤より冷ややかな言葉で言った。

「ほーっ、では、土居垣少尉は知っているか？　呉の三葉館の寿美を助けた男だ。一緒に助けたのが櫛田和代だ。その和代の旦那が北川二郎だ！」

近藤の目が、また、明らかにピクッと動いた。

「ど、土居垣の知り合い女の旦那？　北川二郎は知っとる。横浜の事務所前の岸壁で投身自殺しとった。警察にも話した。横浜の貿易博覧会で制服を頼んだが。しかし、衣料切符の不正入手で自殺した。違う店で制服は作らして貰うたがのぉ――。わ、俺は手を掛けていない」

動揺を隠せないで、しどろもどろの返答であった。

「今日は、どうも、この佐竹と話があるけぇ、われ達は飯食って一足先に帰れ、夕方にゃあ有楽町の事務所に帰る」

近藤は額の汗を拭いながら、側にいたマンボズボンの男とイタリアンカットのサブリナパンツ姿の女に向かって告げた。男と女が店を出て行った。二人は店の奥に席を移して北川事件の話から始めた。佐竹は何も繋がりのない脈絡のない話を訥々と語りだした。

「近藤よ、明治三十四年に始まったノーベル賞は知っているか？　ダイナマイトの発明者として知られるアルフレッド・ノーベルの世界的な賞と言われている」

「なんだ突然に、ああっ、馬鹿にするな！　ノーベル賞は知っている。それが何か？　どうかしたか」

「何故、その賞を始めたか知っているか？　奴はダイナマイトの爆薬の開発・生産によって信じられないくらいの巨万の富を築いた。なぁ近藤、戦争屋は儲かるなぁ〜っ、俺もあやかりたいものだ。

だがな、爆薬や兵器をもとに富を築いたノーベルには、『死の商人』との批判の声が上がっていた。ノーベルは、自分が意図した使われ方でなく、戦争で使われ多くの人間を殺す武器の商人としてな。そして苦しんだ。苦しみ抜いたそうだ。悩んだ末に、何とか名誉を回復する為に、何か出来ないかと始めたのが『ノーベル賞』だ。人類のために最大たる貢献をした人々に自分の財産を全て分配する事を決めた。せめてもの罪滅ぼしだったのだろう。やっと気付いたのだろう。自分の意に反した使われた方ではあったが、その要因は、自分が利益を追求した結果でもあると、起因していると、そう、意に反してはいるが、自分の間違いに‼ 人殺しの片棒を知らないうちに担いでいたことを」

佐竹が近藤の眼の奥にある恐怖を引きだすかのように不敵な笑みを浮かべ、近藤の顔色を覗き込むように見る。

近藤は、心が揺らいでいた。かつて宿毛湾を見渡せる小高い山の中腹の叔父の家で牧田が言った。『自分が間違いを犯したと自覚すれば良いと言うが、それは、認める事でもある』という言葉を思い起こしていた。戦後に自分が歩んできた道の姿をノーベルと重ね合わしていた。

近藤と佐竹は暫く戦時中の供出のしのぎについて、お互い何かを探るように話をしていたが、やがて近藤は痺れを切らして、ゆっくりと、ゆっくりと、観念したのか目を伏せながら静かに語りだした。

「この世の中にゃあ、勝ち組と負け組がおる。この世の中は不公平だらけだ。なぁ、そうは思わんか⁉

戦時中でも分厚いステーキを食べる奴と、稗（ひえ）しか食べられん奴

戦後の混乱期でもたらふく食べる奴と、水団も食べられんで餓死する奴
金儲けする奴と、金を儲けられない奴
騙す奴と、騙される奴
運の在る奴と、運に見放されている奴
先の戦争でも、しぶとく生き延びて帰って来た奴と、戦場であっさり戦死する奴
戦争に勝つ国と、——日本の国のように負ける国
強い人間と、弱い人間
支配する奴と、支配される奴
戦争を命令する奴と、戦争に駆り出される奴
号令を発するだけで、自分は戦場に行かない奴と、命令を受けていやいや戦場に行く奴
利用する奴と、利用される奴
人は、——勝つ人間と、負ける人間だけだ——。公平な世界などない！
戦後でも同じだった。何も変わらん。折角生き延びて日本に帰れるというのに、満州の引き上げ列車の客車から荷物を守る為に振り落とされ、死ぬ奴と、客車の荷物の真ん中に運良く座っていたために生き延びた奴。俺はなぁ、常に勝ち組でいたかったんじゃ、それの何処が、悪いか！　ずーっと、俺は、神も仏もいないと思うとった。ただ、生きたかっただけじゃ——。だが一つだけ公平な事がある。それは死ぬことじゃ。生まれた人間はみんな死ぬ」

語り終えると、目線を落とした。暫く沈黙が続いた。

「しかし、しかし、勝ち続ける。なぁ疲れた。勝っても心は晴れん。土居垣が言うた『真摯に向き合えば人生は答えてくれる』と、その言葉が本当だったらと……」

悲しそうに言った。

その語り方は、だんだん言葉が弱々しくなり何か悟りを開いているかのように、か細く寂しい口調であった。佐竹は近藤の心の機微の言葉を聞いているように感じていた。

「近藤にしては随分と弱気なことを言うな、俺（わし）は半端者だ。蛇の道は蛇じゃ。お前が横浜の顔である事も知っている。そしてその、お前のその顔も、偽りの顔だ。誰かに——操られている。本当の顔ではないことも知っている」

佐竹が睨みつけて言った。その言葉を聞いて、肩を震わしている近藤がそこにいた。

ここにも時代に翻弄された男がいた。

第3節　虚妄（きょもう）の人生

宮下の情報を元に紐解いていた佐竹は森久良政を追っていた。森久は宮下と接点があり、日枝神社の山王下の交差点から、宮下を車で立ち去り、数時間後に赤坂見附で轢かれて死んだことを掴んでいた。

浅草の『中新』を後にして近藤の有楽町東京事務所を訪れていた佐竹は、宮下が死んだことを伝えていた。北川二郎の死と白井幸吉と彩乃の死に関与しているのではないかと疑っていたからである。核心を得る為に探りを入れる目的であった。

佐竹の突然の訪問に近藤は怯えた。その怯える眼が『黙して語らず』を貫いていた。しかし、ある一言で、今までの生きた行程が音を立てて崩れ去る感覚に陥いる。それは、佐竹の意味不明とも思える凄みある言葉から始まった。

「近藤よ～っ、俺（わし）は半端者であるが、揺るぎのない信念がある。俺（わし）は、尾田玄衛門のおやっさんへの忠義に応えてきた。生きてきたと言っても過言ではない。

真の『忠義』とは何だと思う。まごころを尽くして仕えることか？　それとも忠節、忠誠であるか？　世の中では、そう言われているが、俺（わし）は、義を貫くための勇気だと思う。お前は、この日本に生まれ育って育てられたのではないか、お前はこの国に向かって日本人で無いと言えるか、お前もこの国を担う日本の一部だ。そう一部だ。お前も、俺も、日本だ！　本質は、この日本の封建社会が生み出した政治理念のように見えるが、しかし、そうではない。お前は、誰かの利害のために生きられるのか？　個人、家族、そして広くは組織、国家の利害は一体では無いのか？」

「何が言いたいんじゃ。意味が分からん」

近藤が話を遮る。

「まぁ、良いから聞け、お前は『常に勝ち組に居続けたいのだ』と言っていたが、所詮、台の上で廻る小さな一つの独楽（こま）の駒（こま）でしかない。今は、勢いよい良く廻っているその独楽も何時かは、その勢いを失いやがて止まる。お前の独楽より勢い良く廻っている独楽が必ず現れる。言っている意味が分かるな！　やがてお前は――、その台から弾き出される！

　俺（わし）には、おやっさんの命令は絶対だったが、おやっさんの奴隷ではなかった。おやっさんが、もし間違った考えを持っていたとしたら、それに対して、命をかけて己の気持ちを訴える。だから、先代の千木宗助を葬った。忠義とは強制ではなく、自発的なものだ！　あくまで己の正義に値するものに対してのみ忠義を誓っているだけだ。宮下を知っているな！」

「宮下？　知らんなぁ、誰だ」

「奴は赤坂見附でＧＨＱの緊急車両に轢かれて死んだ。殺されたのだ。俺（わし）は確信している。殺した奴はお前の知っている男達だ。そうだ！　白井議員とＧＨＱの者だ。そして陰に操られ動いている。偽りの日本だ！　偽りのアメリカだ！　人だ！　次は誰だと思う？　負け組みは？　森久（もりひさ）良政（よしまさ）か？　浜井か？　それとも――お前か？」

　何もかも見抜いているような言い方だった。

　その佐竹の言葉を聞いて、近藤はある言葉を思い起こし、その言葉の意味を噛み締めていた。『お前は言われた事をやれば良い』と云う白井雄二が発した言葉である。

　そして、近藤が重い口を開いた。

「佐竹さんよ、何が言いたい。意味が分からん」

「ほーっ、お前は良く知っているだろう」

「何を、知っとる？　この俺(わし)が？」

「宮下が影で蠢(うごめ)いていることを、お前には煩わしい存在では無かったか？」

「煩わしい存在？　宮下、知らんね、知らんと言っとるじゃろう！」

「戦争屋の連中は怯えていたのではないか、大陸に関わる事だが」

「戦争屋？　誰が戦争屋なんじゃ」

「白井はお前を駒としか見ていないのではないか、心当たりがあるだろう。北川二郎の死んだ真相を知らないとでも思っているのか、そして、幸吉も彩乃も！　宮下の筋から情報は得ている。中野坂上から中野の学校は近い！　距離だけではないぞ、関東尾浜組のお膝元だけだからではないぞ。蛇の道は蛇だ。陸軍中野学校だ！」

「ナカノ？　ナ、中野？　学校？」

　まだ白を切る近藤に対して、佐竹はカードを切り出した。

「そうだなぁ、では、衣料切符は？　白い粉は？　細菌は？　土地は？　儲かるのう！　宮下から聞いた。証拠もある」

「そがいな事か。先代の千木親分は満更知らん仲ではなかった」

「白井と――、千木親分か――」

佐竹の言葉に近藤の目がだんだん弱々しくなった。小さい声で語りだした。

「俺ゃ、今まで人を蹴落として生きてきた。しかし、いくら人の犠牲の上に生きてきたとしても、北川二郎を殺しとらん。人殺しだけはしとらん。

戦争中も戦後も、自らの手では、人を一人も殺しとらん。敵も味方も、だ～あれも、殺しとらん。空中戦に巻き込まれても敵機に機銃照射する振りをして空に向かって撃っとった。零戦で戦ったミッドウェー海戦でも――高高度を飛んどった。雲に隠れとった。誰にも見つからんようにしとった。だが、敵も味方も、部下も沢山死んだ。何故か、俺の周りでは人が沢山死ぬ。だが、しかし、知らないところでだ。周りの者が勝手に動いてくれるんじゃ。こ、こ、殺してくれるんじゃ。宮下が陸軍中野学校の諜報員であるこたぁ知っとった。北川二郎が亡くなった日に浜井法務調査部長から『嗅ぎ回っている男がおる。北川二郎はその証拠を掴む為に俺の部下が自殺に見せかけて首を吊らせた』と聞いた。ただの囮だ」

「やはり、お前たちが殺していたか。阿漕なことよのぉ。義理人情は無いのか」

佐竹は今更ながら、無慈悲な近藤達の所業を嘆いていた。

「白井幸吉も彩乃も紀尾井町の屋敷で死んどった。殺したのは執事の男じゃ。本当じゃ、俺は、その後のおさめをしただけじゃ、俺ゃ、こんな世の中じゃけん。生き続けて金を稼ぎたかっただけじゃった。いや、生きたかっただけや。死にとうない。死なないために生きただけじゃ、何が悪い。死にとうないんじゃ……、殺さんでくれ、死にとうない。助けてくれ、怖いんじゃ！」

何かに怯えるように叫んだ。

佐竹は近藤の怯える言葉の心内を聞いて、寂しく悲しい気持ちと、やるせない気持ちが入り交じり、ただ近藤の目を見据えるだけだった。

「近藤、お前は自らの手で人は殺してはいないかも知れない。だが、お前のしていることは——、お前は！　人には、目に見えない。見えることのない心までを破壊している。人殺しより凶悪だ。人格の暗殺者、人殺しを操る首謀者だ。人の心をお前は殺しているのだ。——だが、己が、一番の犠牲者かも知れないな——」

冷たい目で言った。近藤の虚妄（きょもう）の人生が終わったと悟る佐竹だった。

第4節　テイク・ミー・アウト・トゥ・ザ・ボールゲーム

佐竹が近藤の有楽町東京事務所の一室を訪れていた頃、芳文は、寂しく一人京都へ帰って行った。小雪が『どうしても納得いかない』と言い出したからだ。同じ境遇の『和代と真相を掴みたい』と言い張った故でもある。『佐竹と平達からの連絡を待つ、暫くは、東京に留まる』と芳文に言って聞かないので、しかたなく京都へ旅立った。

小雪と和代は二人で日比谷公園近くの宿の二階から皇居の二重橋を眺めていた。宿の裏手には帝国ホテルがあり、スーツを着たアメリカの要人や軍服を着た大きな男達がベントレーやキャデラックに乗って来る。何台もの車が玄関口側の車止めに停車している。帝国ホテルは、ＧＨＱの社交場のようであった。

　豪華絢爛な帝国ホテルは東京大空襲で無差別空爆を受けていなかった。数少ない大きな施設であった。皇居も免れていたが理由があった。帝国ホテルも東京帝国大学付近もロックフェラー財団の寄付で建てられた図書館があったことから空襲の被害は軽微であった。

　アメリカが生んだ二十世紀最高の建築家と言われるフランク・Ｌ・ライト氏によるライト館は、京都宇治にある平等院の鳳凰堂からインスピレーションを受けてデザインされたという建屋である。本館は、亡くなった佳美と和代達が、かつて女子挺身隊として枯れ葉色のスフの上衣とズボン姿で汗をかきながら働いていた。大谷地下軍需工場の壁や天井にあった長方形の大谷石が使われていた。レンガをふんだんに使って巧みに組み合わせた独特の造形美を醸し出していた。一際（ひときわ）、美しいシンメトリーのホテルであった。

　噴水が美しい正面玄関の吹き抜けの帝国ホテルロビー脇のティーバルコニーがある部屋で、復員庁の木谷部長がＧＨＱの副参謀長（Deputy Chief of Staff）のクリストファー・サンドブロック（CHRISTOPHER・SANDBROOK）と通訳の男と一緒に会合していた。木谷は、復員庁の復員連絡部長の仕事でサンドブロックと戦時賠償艦として接収され復員船として活躍している、平達が猛訓練に明け暮れていた航空母艦『鳳翔』のあと利用について打ち合わせをしていた。太平洋戦争中は訓練艦ではあったが、一九四四(昭和十九)年には大型機の着艦ができないため着艦運用できるよう飛行甲板が百八十メートルまで延長された。しかし、最後まで実戦参加の機会はなかった。米軍の空襲から逃れたため終戦まで生き残り、貴重な稼働艦として戦後は復員兵士らの輸送に活躍していたが、一九四七(昭和二十二)年に解体されその生涯を終えていた。復員船時代の『鳳翔』の甲板の側面には『さぁ、帰りましょう』や『復員艦これ』等の垂れ幕が目を引いていた。

後に戦時賠償艦の中には、アメリカの原爆実験の標的にされていた艦もあったのだが、木谷達の海軍出の官僚の計らいもあって、飛行気乗りが懐かしんだ『鳳翔』は実験材料にされて海の藻屑になる事を免れた。解体されはしたが鉄の原料として保管されていた。今回、再生され接収解除される計画が挙がっていた。原料の使用について、復員事業の新造計画の打ち合わせが行われていた。

打ち合わせの席で、木谷はクリストファー・サンドブロックから雑談中に宮下のことで奇妙な話を聞く。赤坂見附の丘の上の米軍住宅のジェファーソンハイツでサンドブロックが面識のある宮下を見たとの情報であった。それも、G2情報局のフレンチ・モリガンと野球グラウンド場のバックネット後方の席で話をしていたと言った。日本人がアメリカGHQの敷地内に、ましてやバックネット裏の特等席であったため目立つので気になったとの事であった。

木谷が詳しく、その時の様子を聞いたところによると、確か、数日後に進駐軍と日本との社会人野球大会が神宮球場で開催される予定があり、選考会を兼ねた軍グラウンドでの練習試合があった日だったのではっきり覚えていると、そして時間までも正確に覚えていたと言った。

それは、七回裏でテイク・ミー・アウト・トゥ・ザ・ボールゲーム(Take me out to the ball game)ノベルティソング『私を野球につれてって』の唄が始まったのが午後二時五分前で、唄い終わって八回表の攻撃が始まったのが二時丁度、その五分間に宮下はフレンチ・モリガンと言葉を交わしていたが、いつの間にか面談が終わっていた。

木谷はティーバルコニーから日本庭園が見える部屋の窓際の振り子時計をぼんやりと眺めながら思考を巡らしていた。宮下の足取りを追いながら考えを整理して纏めていた。

宮下のその日の行動は正午過ぎに溜池山王の日枝神社近くの議員会館に赴き、岸田議員の秘書と面会している。平が気になっていた時間のズレが生じていた。

仕事で向かった議員会館で国会議員と三十分程の面会を終えて、会館を出たのが午後零時五十分、そして、近くの蕎麦屋で同行していた復員庁の史実調査部の同僚と食事をしている。店を出たのが東京AFRSのラジオ番組『歌の翼』が終わった午後一時三十分、そして、宮下が誰かと会う約束があると言って来たので、同僚と溜池山王駅まで一緒に行き駅で別れたのが午後一時三十八分頃。同僚は確かな時間は記憶に無いとのことであるが、議員会館から溜池山王の駅までおおよそ徒歩で八分掛かる。

然(しか)るにどう考察しても二十分足らずで、アメリカの軍人門番ガードが厳しくチェックしている。

ジェファーソンハイツの野球グラウンドの敷地に日本人が入ることは難しい。

しかし、宮下はＧ２情報局のフレンチ・モリガンとバックネット後方の席で会話をしている。

時間が足りない。十七分では辿りつけない。徒歩だと溜池山王から弁慶橋まで早足でも十二分程度、そこから急な上り坂を駆け上がっても七分～八分は優に掛かる。仮に溜池山王から銀座線に一駅だけ乗車しても、赤坂見附駅は複雑だ。通いなれた人でも迷うことがある。それに皇居側にあるホームの地下鉄構内を弁慶橋まで歩くのも時間がかかる。乗換えが順調でもやはり、最短でも十七分は確実に超える。だとすると……、電車、徒歩で行ったとは考えられない。それとも空を飛ぶかぁ？　まさかぁ！　車以外は無理だ。

では、東京で四千台しか走っていないハイヤーで移動したとしたら――、どうだ。だとすると経路は？　溜池の交差点から皇居の桜田門を経由して、内堀通りから新宿通りを経ても、十分弱の時間が必要だ。半蔵門から新宿通りを経て下車するとして、そこから坂を一旦下って、また急な坂道を駆け登り通用門を利用したとしても徒歩で七分程度。仮にジェファーソンハイツの正門を通過しても、三分では野球グラウンドバックネット裏の席には行けない。

いや、まてよ、溜池交差点から外堀通りを北西に向かって四谷方面に行き、紀伊国坂を通り、旧彦根藩屋敷跡の江戸城　喰違見附を通ることができれば、何とか辿り着けるが、しかし、当時その道の通行はＧＨＱにより規制されていた。ＧＨＱの車しか通れない。

または、四谷まで遠回りをして、東宮御所の青山一丁目の交差点を右折、権田原を経由して、新宿通りを東に行ったら、どうだ？　これも十七分では到着できない――。

それにもう一つ、致命的な距離と時間の矛盾がある。それは、二時にジェファーソンハイツの野球場を出発してから事故に合った時間の午後二時五分に弁慶橋の南詰めの赤坂見附まで徒歩でも、車でも、五分では到底辿りつけない。しかし、弁慶橋からヨロヨロと橋を渡る宮下の姿は目撃されている。

木谷の頭の中では疑問が沸々と沸きあがり、振り子時計の短針の一点を凝視していた。

木谷はクリストファー・サンドブロックとの打ち合わせを早々に切り上げ、平と牧田に連絡を入れ、再び日比谷近くの新幸橋の料理屋で会う約束を取り付けていた。


連絡を受けた平と牧田は皇居脇の黒松が点在する広場を通り西に向かい。早足で料理屋山善を目指して歩いていた。

山善に到着すると、女将が気を利かして奥の部屋を用意してくれていた。部屋には、白い花が花瓶に生けられた障子の出窓の前の席で、木谷が座布団に座って落ち着かない面持ちでお茶をすすっている。

階段を登り平と牧田が女将に案内されて部屋に向かっていた。木谷は今か今かと待っている部屋に足音が段々大きく聞こえて来たので、座布団から立ち上がり襖の取っ手に手をかけて開き、「おお！　来たか！」と声を掛け大げさに手招きした。平と牧田が席に着くなりクリストファー・

サンドブロックの話を切り出した。宮下が事故死した赤坂見附と議員会館とジェファーソンハイツの野球場の時間について、平から聞いていた距離と時間の矛盾を感じ考えていたことを語りだした。

「やはり、赤坂見附の謎は、彦根藩の井伊直虎に教えて貰うか？　それともグラマンを操縦して空を飛んでみるか？　冗談、冗談。う〜ん。誰か車が迎えに来たかぁ？　ハイヤーの車？　GHQの車かなぁ――。さっぱり分からん」

最後に木谷らしい冗談を交えて説明を終えていたが、あながち間違いではなかった。

木谷の推測を聞いていた牧田は、しばし考えを巡らしていたが、女将に紐と紙と鉛筆と東京の地図を借りて、紙に赤坂見附の弁慶橋を中心に紐と鉛筆で丸い円を描き、議員会館やジェファーソンハイツの野球場や弁慶池、皇居、東宮御所、喰違見附等の大まかな印を描いた。そして、最後に白井雄二の屋敷の位置を記した。その紙に書かれた手書きの地図を眺めて、三人で顔を突き合わせて思考を繰り返していた。

「どうも、GHQが、何かに関与しているとしか考えられない」

牧田が言葉を発した。

「木谷教員が大平史実調査部長から聞かれた内容ですが、確か、宮下さんの議員会館を出られた時間は、午後零時五十分ですね。復員庁の史実調査部の同僚と食事をして、宮下さんが誰かと会うと言って溜池山王駅で別れたのが、午後一時三十八分頃ですね。徒歩も、地下鉄も、車も？　どう考えても時間的には、ジェファーソンハイツの午後二時五分前に七回裏のテイク・ミー・アウト・トゥ・ザ・ボールゲームの唄は歌えない。野球観戦はできない？　ましてや、その後、弁慶橋を渡り赤坂見附の交差点にも辿り着けない。ということですね。そもそも、何故、ＧＨＱの野球観戦に宮下さんが行ったのか、そのこと自体も腑に落ちないが、誰かに誘われたかのですかねえ？　もし、誘った人間がいるとすると――」

現在、分かる範囲の疑問を話し終わると、牧田は自分の書いた紙と地図を指差し、しばしの沈黙の後、思考を巡らしていた。

「あっ、一つだけある。雲ですよ！　雲！　木谷教員、平、ここを通れば可能だ」

ポンと手を叩いて叫んだ。

「雲？　何だ？　雲とは？」木谷が問う。

「ここのジェファーソンハイツもパレスハイツも元々は白井議員の土地ですよね。何故、気がつかなかったのだ。麹町との境にある白井雄二の屋敷は『雲！』なのです」

牧田が突拍子もないことを言った。

「なんだ？　屋敷が雲とは？」木谷は怪訝そうな顔をして訊き返す。

「屋敷が空に浮んだ雲と考えれば、どうですか？　その雲の中の屋敷を通れば、時間短縮できる。そして、パレスハイツの敷地を通り抜ければ、車で十分もあれば充分に着ける。

また、帰りも車ならば、公道を通らないこの道なら、しかも、その車がＧＨＱで宮下さんを轢いた車だったとしたら、弁慶橋まで五分と掛からない。ＧＨＱと白井議員が密かに絡んでいたら可能だ。あくまでも推論ですが」

「轢いた車！　そうか！　白井の屋敷は雲か、雲の中を高速で進めば時間のズレは……」

木谷は、言い終えるか終わらないうちに、平を押しのけて地図の前に座り、紐と鉛筆をジェファーソンハイツに合わせる。牧田が言っていたことが、やっと腑に落ちたようであった。しかし、牧田には違う疑問が沸々と沸き上がっていた。

「ＧＨＱの車でなければ、両ハイツを通れない。仮に日本人が所有している日本人が乗っている車番ならアメリカ軍の門を通るのに相当時間が掛かる。それに溜池山王で宮下がＧＨＱの車に乗った形跡はない。だとしたら、車はどうやって溜池山王付近に用意されたのか？　ＧＨＱの車？　仮にＧＨＱの車とすれば、昼時なので日本人が乗り込むと目立ってしかたがない。目撃者が必ずいるはずだ。それに同僚が見ていたかもしれない。特にＧＨＱジープは目立つからな！　仮にＧＨＱの車だとして、用心深い元陸軍中野学校出の宮下が、何故？　ＧＨＱの誘いの車に乗って行動したのか？　自分の意思でないとしたら、誰かが宮下を車に乗せたのか？　だとしても、俺が宮下だったらＧＨＱの車には乗らない。抵抗するはずだ。拉致されるも同然のような気がする。う～ん　もしかしたら、白井の車ではなかろうか？　それにしても、何故、Ｇ２情報局のフレンチ・モリガンと野球場のバックネット裏の目立つところで、観戦していたのか？」

牧田にも、解けない疑問であった。

第5節　会うべき人物

当日の宮下の実際の行動は、以下の通りであった。

議員会館近くの蕎麦屋を出た宮下は、溜池山王駅の構内には行かず復員庁の史実調査部の同僚と別れた後、外堀通りを赤坂見附方面に向かい。山王下の日枝神社口の前に止めてある車で森久良政と会っていた。森久が乗って来た車は、黒のベントレーで白井雄二の特別車であった。宮下は顔見知りで仲間と思っていた人物だったので、安心して車に乗り込み外堀通りを直進し弁慶橋を渡り、大きな屋敷の敷地の中で止まる。車が停車すると同時にフレンチ・モリガンが乗り込んで来た。車の中で森久は宮下にアヘンの情報を掴んだと告げる。フレンチ・モリガンを協力者と思わせた。情報主が基地の野球場にいるという話を信じさせて、一緒にジェファーソンハイツ向う。車は、そのまま裏口が向い合っているパレスハイツ裏口の小門受付でアメリカ兵門番にフレンチ・モリガンがパスをかざして、敬礼する。白井のベントレー車はスピードを落とさず通り抜け通過していた。

パレスハイツを掠め通りジェファーソンハイツに向かい同じように敬礼一つで、すり抜けて野球場のバックネット裏に着いたのが一時五十五分、七回表のツーアウト・ツーストライクであった。森久が間に立ち囮の情報主を紹介して会う。何故、宮下がＧ２情報局フレンチ・モリガンと危険を冒して会ったのか。理由は、宮下が独自に入手していたアヘンの行方を掴みかけていたからである。また、森久からＧ２情報局フレンチ・モリガンは課報員で協力者と聞かされていたことも後押ししていた。

宮下が掴みかけていた情報は、戦時中の軍基幹中央機関の元で、大量のアヘン利益を兵器購入に使っていたと憶測がなされ、その利益資金は当時の関東軍の暴走を支えていた実態があった。戦後その利益資金は消滅していたかのようであったが、産業複合体（軍、官僚、財閥）とＧＨＱのＧ２（参謀第２部）戦争で利益を得た者共が密かに暴利をむさぼっていたのである。正義感の強い宮下は、その連中を許す事は出来なかった。何年も掛けて僅かな尻尾を掴みかけていたのも後押しした。

実のところ宮下の正体は陸軍中野学校の課報員であった。捜査のために海軍の人事課に異例の転属になり、その後、終戦になった。戦後も密かに復員庁に努めながら、ＧＨＱと通じている振りをして近づき捜査にあたっていた。律儀にも、今は存在しない旧政府から戦後の公職追放解除になった上官の指示を忠実に遂行していた。ある意味、『謀略は誠なり』という精神を固く守り、課報戦士として誠を貫くことで、彼は戦後も自分の役割を果たそうとしていた。

その宮下に与えられた調査指示は、海軍甲乙事件に関わる情報収集とそれに関わる暗号解読傍受説の解明、そして、関東軍のアヘンのその後の行方であった。宮下の重要な情報源と捜査の鍵

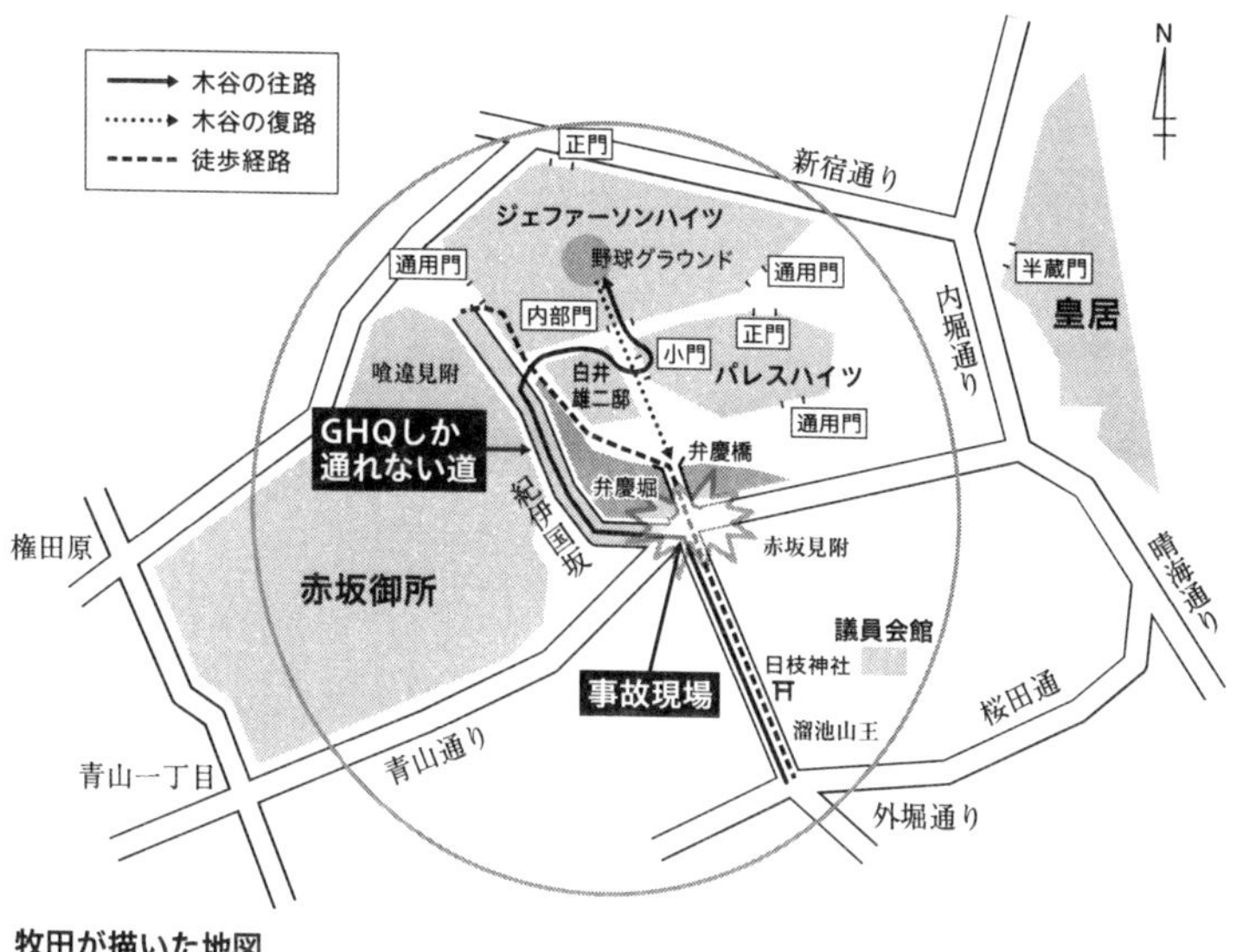

牧田が描いた地図

を握っていたのが森久良政であった。森久からの情報でフレンチ・モリガンと会っていた。

しかし、その判断は宮下の誤算であった。会うべき人物はフレンチ・モリガンではなく、GHQのチャールズ・ウィロビー少将の指示で調査に当たっていた行政関係担当幹部【Executive for Administration & Social Affairs】のミッチェル・ハーパーの方であったのだが——、宮下は産業複合体(軍、官僚、財閥)GHQのG2の罠にはまっていた。フレンチ・モリガンはG2の民間情報局と云う肩書きを利用して、宮下を誘(おび)き出し、チャールズ・ウィロビー少将の調査機関を装い。調査状況を聞きだして宮下を闇へ葬った。野球場のバックネット裏で宮下に当時珍しいレモネード飲料に微量の睡眠薬を混ぜて飲ませ、森久より一足先に帰る宮下をフレンチ・モリガンの指示で赤坂見附駅まで送ることになる。ＧＨＱのジープに乗せて弁慶橋北側の偕香苑（かいこうえん）の道端で車から降ろし、手前の弁慶橋を渡らせ赤坂見附駅交差点を横断させた。宮下を降ろした緊急車両のＧＨＱジープが引き返し、通常の緊急走行を装いパレスハイツの通用門脇を通り、国道へ出て赤坂見附の交差点に舞い戻り轢いた。

宮下はフレンチ・モリガンの指示であるため安心して車に乗ったことが誤算であった。全てが計算尽くであった。

終章ボタン（エピローグ）

第1節　独楽

宮下が掴んでいた情報は、森久良政もほぼ同じように握っていた。

しかし、もう一人掴んでいた人間がいた。元諜報員の俣野利信も宮下からの闇の文書を預かって情報を入手していた。

それと、もう一人、俣野と接触していた佐竹だ。佐竹新之助は俣野の情報屋でもあったが、金だけ貰う情報屋ではなかった。協力者であり同士であった。確かに、初めは金儲けになると思い俣野に接近して情報を提供していたが、しかし、先代の親分の千木宗助の人としての資質に疑問を感じていた。接触している内に、日本が戦争に負けて仕える部隊がなくなったにも関わらず、一銭の徳にもならないものの陸軍中野学校出の俣野が諜報工作に生きがいを見出していた。生き生きと闊達に働いていた。今まで佐竹が関わってきた人間と明らかに違った。自分の信念に基づいて生きていた。その生き様に触れて佐竹の考えが変わっていたのだった。

終戦後、自らの信念に基づき諜報戦士活動を継続していた俣野は『謀略は誠なり』という精神を固く守り、諜報戦士として誠を貫く姿に、渡世を生き抜いていた敬愛する尾田玄衛門に姿を重ね合わせていた。数々の修羅場を潜り抜けて生きて敗戦国の日本人の一人としての生きる糧を求めていたのかも知れない。俣野と一緒に情報を集めて、戦時中から戦後に掛けて日本を食い物にしている戦争で利益を得た者共が許せなくなっていた。

そして佐竹は俣野からの信頼を勝ち取り、白井雄二とＧＨＱの繋がりの一部始終を記された怪文書を入手していた。

佐竹は一人呟いていた。

『連合艦隊司令長官の一件の海軍甲・乙事件は、俺の知るところではない。幸吉と彩乃を――、そして、北川二郎を葬ったことが知りたいのだ。近藤よ、怯えろ！　そして動け！　浜井を誘き出せ！　尻尾を掴ませろ！　日本の膿(うみ)を出すのだ！　戦争屋共を誘き出せ！』

心の中で叫んでいた。

とうとう、佐竹の目論み通りに近藤は動いた。アヘンの密売を浜井法務調査部長の所属する上層部の内務警察特別審査局に情報を流す計画をする。しかし、近藤は内務警察特別審査局への情報提供をする前に、森久良政と面会した後、一切の消息が途絶える。数日が経って横浜の馬車道の事務所も有楽町の東京事務所も閉鎖されて、横浜の顔役が一人、何事も無かったように消滅していた。

近藤が今まで生きていた証が全て消されているようである。

そして、その横浜の事務所を訪れた後に、佐竹は森久良政に活動の照準を移す。浜井と白井の接点を探るのである。が――、しかし――。

数日が経ったある日に、名石の数々を目で見て楽しむことが出来る美しい回遊式林泉庭園の清澄庭園で、池に突き出るようにして建てられた数寄屋造りの涼亭の下で、佐竹の溺死体が発見される。情報は、新聞社に勤める平の叔父、川野義信からであった。

関東尾浜組の若頭の『佐竹新之助事件』について、平に、『誤って苑路から足を滑らし溺死』したとの報道が明日の新聞に掲載されると密かに連絡が入っていた。

その日の午後に佐竹から、三軒茶屋の復員庁の木谷部長自宅に、横浜の消印が押された郵便が届いた。手紙の内容には、佐竹が今まで調べた白井議員とフレンチ・モリガンが、影で暗躍している森久良政の素顔を掴んだと綴られていた。

『近藤の人生の独楽はもう廻らない。虚妄の人生が終わった』と書かれていた。近藤から得た情報であった。白井雄二が首謀者で、幸吉と彩乃、北川二郎までも葬った事を近藤が吐いた。そう伝えた後、近藤は『けじめをつける』と言って、内務警察特別審査局に行ったきり行方知れずとなった。行方知れずになったことが分かり手紙をしたためたと記されていた。追伸には『自分は誰かに狙われている。もう、貴様達に会えないかも知れぬ。義を貫いてくれ！』と、俣野利信から預かった極秘文書の写しも同封されていた。平に連絡を取るようにとも書かれていた。

木谷は、佐竹の手紙の内容に驚き、早速、平と牧田に連絡を入れ、日比谷の新幸橋の近くの料理屋山善での再会を連絡してきた。

佐竹が入手した文書には、陸軍中野学校の諜報部員が戦時中から密かに調べていた米国の諜報協力者や政治家や旧帝国海軍の高官の名前が記載されており、暗号めいた記述で綴られていた。主な内容は、ゾルゲが関わった日本総領事館から盗撮されたコードブックが入手された経緯や日付も記され、尾崎秀実と昵懇（じっこん）の白井雄二や浜井大佐や旧海軍省軍令部第四部の倉田少将等の諸行も事細かに記されていた。海軍甲事件の旧海軍の捜査に関しても、山本五十六連合艦隊司令長官が撃墜された翌日の午後の出来事も、年表と共に記されていた。平達が以前から腑に落ちないでいたブーゲンビル島の墜落した日の出来事についても記されていたのだった。

平が気になっていた海軍甲事件については次の通りであった。

最初に現場に到着した捜索隊は道路設営隊の陸軍の一行と記されており、それも海軍から依頼されたわけではなく一式陸攻が撃墜されたのを、たまたま目撃したため自発的捜索に向かったものので、最初は撃墜された一式陸攻機に山本五十六連合艦隊司令長官が搭乗していたことも知らなかった。

陸軍の道路設営隊は、撃墜された機体を発見して、亡くなっている男の第三種軍装の襟章を見て、海軍の司令長官と気付いた第六師団・第二十三連隊の浜陸軍少尉は、ブーゲンビル島の守備隊に、一式一号印字機の九七式改良型で二桁の数字を用いて暗号打鍵した。情報は、直ちに陸軍から海軍に連絡されたが、しかし、海軍は動かなかった。ラバウルの田中司令に報告されたが、その指示は暫く放置された状態を維持して、やっと田中司令の重い腰が挙がり海軍が救出することになるのだが、その行動は遅く、数日経っても海軍は救出行動を開始しなかった。事実は隠匿されていた。文書の最後には、そもそも、この海軍甲事件は、日本が、いや、日本の軍部の上層部と政治家が関与し計画された節がある事件であると締めくくられていた。

ただ、文書があるとは云え、物的証拠も含めて証明できるかが鍵であった。

「宮下さんは、戦後も陸軍中野学校の諜報部員として戦後を生きておられた。そして、政治家の白井雄二や旧日本軍やアメリカをも巻き込んで蠢いていた事で、戦後も続いていた実態を破壊する為の謀略工作を狙っていたとのでは、そう推測されるのではないか？」

内容を考察していた牧田は読み解いていた。

「佐竹さんは、最後に森久良政に会うちゅー。多分、自分に危険が及ぶ事を予感して、横浜から木谷教員に急ぎ手紙を届けたのやろう。白井雄二とＧＨＱの誰かが組めば、この日本を自由に操れる。全てを手中に収める事ができる」

呼応した平であったが、同時に危機感を抱いて大きな声を発した。

「あっ、危ない！。浜井法務調査部長は小雪や和代が特別審査局で嗅ぎ回っちゅーことを知っちゅー。きっと、躍起になって証拠隠滅の画策を練って僅かな綻びも見逃さないのでは無かろうか。ただ、戦時中や戦後の産業複合体とＧＨＱのＧ２の連中は、一蓮托生の戦争で儲ける者達の存在までを知っちゅーとは思うちょらんやろうが、しかし、心配や。

それと今までの話を総合すると、多分、森久も陸軍中野学校の諜報部員じゃないか、やけんど、戦後のこの世の中で、生きていく術が見出せんで、浜井大佐との接点もある故に白井の手先になったと推測すりゃ、今までの事件が解けるきー」

「貴様の推測は正しいかも知れん。森久が諜報部員だとしたら、宮下が何の疑念も抱かず仲間と思い溜池山王から白井議員の手配した車に乗りGHQのジェファーソンハイツの野球グラウンドのバックネット裏でフレンチ・モリガンと会い、アヘンの行方を追っていたとしても不思議ではない。

諜略工作の最終段階まで辿り付いていたといたら、宮下にも気の焦りがあったのかも知れない。戦時中の日本海軍の暗号解読と関東軍のアヘンと海軍甲・乙事件と戦後の中枢を握る戦争で利益を得た者共を一網打尽に暴ける良い機会だったのかも知れんのだからな」

牧田も同様に呼応してから、平と同じ仕種で言った。

「和ちゃんと小雪さんが心配だ。それと俣野が」

「そうやな。今は、その疑念について、四の五の言う前に、蒲田の北阪洋装店の和代と日比谷の宿に居る小雪さんのことが気になる。自分は日比谷の大和屋まで走るき。牧田、貴様は和代に連絡を取ってくれんか、木谷教員は中野坂上の俣野利信さんに連絡を取って貰えんじゃろうか？　何か新しい事が分かるかも知れん。しかし、俣野利信も色々、知っちゅーき、まっこと気に掛かるのや」

言い終えるか、終わらないうちに平は席を立った。

牧田と木谷も同様に直ぐに立ち上がる。牧田は店の電話を借りて連絡を入れるが、和代に繋がらない。木谷も同様に俣野と連絡が取れないでいた。

悠長な事をしている時間がないとの判断に至り、個々が連絡を取り合う事として、一旦、この場を離れ、もう一度、料理屋山善に戻る事を約束した。一刻も早く目的の場所へ向かう行動を起こした。

牧田は蒲田駅前の大きな正面の通りを一目散に走り、北阪洋品店に辿り着く。店で留守番をしていた房子に駆け寄り息を弾ませながら尋ねた。

「はーっ、はーっ。和代さんは在宅ですか！　はーっ、はーっ」

「まぁ、牧田さん。どうされたのですか？　そんなに急いで、お懐かしいですね！　札幌の保安隊の第二管区隊真駒内駐屯地にいらっしゃるそうですね。和代から聞いていました。土居垣さんもご無事で復員されて東京にいらっしゃると、びっくりしました。皆さん良くぞ、ご無事で、予科練の方とお会い出来て和代も喜んでいました。私もお会いできて嬉しく思います」

「はい。私もお会いできて嬉しく思います。はーっ。はーっ。和代さんは！」

「今、和代は日比谷に出掛けていますが、京都からお起しになられた水野小雪さんの所へ行っております。そうそう、今日は随分と珍しく元海軍の方がお見えになられる日ですね。先程も和代を訪ねて元海軍の方がお見えでしたよ、確か、予科練の堀内さんのお知り合いとお聞きしています」

牧田が息を切らし苦しい表情を見せて、息を整える間に昔話を懐かしみ呑気に話す。

「えっ、元海軍ですか？　堀内中佐の？　で、で、和代さんの行き先はお伝えになられたのですか？」

元海軍が来たと云う言葉に反応した牧田は口を拭ってから、大きく目を見開いた。

「はい。伝えましたが。和代から日比谷の宿としか聞いていませんでしたので、そうお答えしましたが、それが何かございましたか？」

「房子さん。申し訳ございませんが、お電話をお借りできますか⁉」

牧田が叫んだ。

房子の了承も得ないで、店先の電話口まで走り受話器を手に取り、土居垣から聞いていた日比谷帝国ホテル界隈にある「大和旅館！」と交換手に伝えて電話をする。

一方、日比谷の大和旅館では小雪と和代が二人で、先程まで皇居の二重橋を眺めていた。今は、帝国ホテルのアメリカの車が列挙して、次々に人々が玄関に入って行く喧騒に目を移していた。暫くして、誰かが一階から二階へ小走りにドンドンと上がってくる。その足音は段々と大きくなり二階の小雪の部屋の前で止まった。部屋の襖の聞き手に手が掛かり、大きく開いた。

「あのー。ごめんくださいね。水野さん。こちらに北川和代さんがお見えでないかと、『牧田さん』

と言われる方から至急にと電話が入っていますよ、下の帳場の電話です」

女将が急いで伝えにきた。和代は、何事かと思いながらも、早足に帳場に向かい階段を駆け降りる。その時、丁度、正面の丸い提灯がぶら提げられた玄関先にひょっこりと息を大きく弾ませたている平が顔を覗かしていた。びっくりした和代は大きな声で言った。

「あっ、平海軍さん、どうされましたか？　随分とお急ぎのご様子ですね。今、牧田さんからお電話が入っています」

「和ちゃん、ここに居たのか。牧田から、電話？　その電話、自分が出てもええか？」

言い終わらないうちに、帳場の入口にある電話の受話器を取り上げた。

『もしもし、なんだ。平かぁ！　貴様が電話に出るので、俺は、和ちゃんを訪ねてきた男が、てっきり出たのかと思った。びっくりした。脅かすな！』

牧田は和代が電話に出るものだと思っていたようで、びっくりして受話器の向こう側で叫んでいる。

「何があった。俺は今、大和屋に着いたところだ。俺が電話に出たのが、そがに不思議か？」

平が問いただすと、牧田は、北阪洋品店に元海軍の堀内中佐の知り合いが尋ねて来たことを告げて、『すぐに出ろ！　其処は、あぶない！』と言って電話を切った。

「和ちゃん。すまんが、二階の小雪さんを連れて来てくれんか？」

平が促す。和代も事情は分からないが、口調が切羽詰っているように窺えたので、事態を察して二階に足早に駆け上がる。暫くすると、小雪が降りて来て問い掛けた。

「土居垣はん。どうされたんどすか？　そないに慌てて」

「取り敢えず。小雪さん。和ちゃんと、ここを出て！　ご一緒いただけるか？　事情は道すがらお話ししますけん！」

小雪は何も聞かされていないので、びっくりしていた。二人の手を取り新幸橋の料理屋山善に向かった。

大和旅館では平達が出た数分後に黒塗りのキャデラックが玄関前で止まった。一人の男が大和旅館の中に入って行く、暫くして辺りを窺いながら出てきて車に乗り込み走り去って行った。

平達が料理屋山善に辿り付くと、蒲田から先に帰って来ていた牧田が、二階の部屋で待っていた。中野坂上に行っている木谷はまだ戻っていなかったが、平は、和代と小雪に復員庁の宮下が死んだ事を伝えた。もう一つ新聞には発表されていないが、佐竹が清澄庭園の回遊式林泉庭園の池で、溺死していることを掻い摘んで正確に経緯を話す。死者が二人も出た話を聞いて、事の重大さを悟った和代と小雪であった。

また、彩乃と幸吉は、白井議員の指示で元海軍の浜井大佐、現在の法務庁法務調査部の浜井部長、そして、ＧＨＱの民間情報局の誰かが関与している事、北川二郎も、その輩（やから）の巻き添えで亡くなった情報を得たと説明して危険が迫っていると伝えた。

「なんで、法務庁法務調査部の担当特別審査局員の人が非協力的やったのか、腑に落ました」

憤懣（ふんまん）やるかたない表情で、小雪が語る。

「そんな事が裏であったのですか？　一生懸命にお国のために尽くしてきた人達が可哀そう」

和代も憤慨（ふんがい）している。そこへ、木谷が中野坂上から戻って来た。

「いや、俣野利信を訪ねて来たが、店も家もぬけの空で、行方知れずだ。近所の人に聞くと三日前位に黒塗りの車が止まり、その後、見かけなくなったとの事で、居間に続く部屋の扉が少し開いていたので、ちょっと失礼してみたが、家の中もそのままで、湯飲みのお茶も半分残って――忽然（こつぜん）と消えた。何か、狐につままれたようで」

汗を拭いながら、不思議がって話す。

「う～ん。拉致されたのかな？　諜報員と思われる俣野利信までも、多分、何かの事情で拘束されていたとしたら、佐竹さんの事もある。何処からともなく誰かの手が忍び寄っていたら、そして、う～ん我々に近づいているかも知れない。

行方不明の情報が、もし、伝わっているとしたら、謀略工作と感づいていたら、復員庁の宮下さんの一件は、奴らのアキレス腱になる。

もし俺の予測が正しければ、仮に白井雄二達はGHQの犯行として、自ら手を下した訳ではないが、躍起になって証拠隠滅に奔走している筈だ。実行犯がGHQの犯行であれば、日本国の司法は表沙汰にはできない。手出しできない。が、しかし、今は一刻の猶予もないと思う。我々の推理が正しければ、追い込まれた者は、『窮鼠（きゅうそ）猫を噛む』。極秘文書があるとは云え、白井議員と浜井法務調査部長とGHQの繋がりの確たる証拠は、まだ、掴んでいない。憶測でしかない。類推の域を脱していない――。そう証拠にはなり得ない。森久良政に接触できれば、何か掴めるかも知れないが、それは、大変、危険極まりない事だ。佐竹さんの二の舞を踏まないとも限らない」

透かさず牧田が警戒して言った。

「宮下さんは戦後、誰かの指示で諜報戦士活動を継続しちょった。謀略工作を指示しちゅー人物がいるとしたなら、戦後も生きているなら、きっと、その人物は、恐らく我々の味方や。日本国民の味方ともいえる」

平が考えを語った。

第2節　妾の子

その頃、日比谷の大和旅館を立ち去った黒のベントレーは外堀通りから晴海通りを北上し、国会議事堂の辺りを通過していた。永田町で法務総裁の秘書を乗せてから、内閣総理大臣吉田茂の指示を車の中で受けていた。

一方、紀尾井町では、両面柾目の無節の木曽檜が贅沢に使われた和洋折衷の丸窓のステンドグラスが施された屋敷の応接間のソファーで、腰を降ろしている人物がいた。

浜井である。執事とある人物を待っていた。

暫くして、白井雄二が重厚な応接室の扉を開けて入って来て、浜井に向かって言った。

「稔(みのる)、アヘンの件と引揚者団体全国連合会の発足はどうなっている。近藤の後の問題はないか?」

白井はソファーの椅子にどっかと腰を降ろし、ゆっくりと口に葉巻を咥える。ジュポンライターで執事が火を点けた。

「そうだ。GHQのフレンチ・モリガン閣下の周りでチョロチョロ煩(うるさ)い奴がいるようだが、何か掴んでいるか。閣下も気にされている。GHQは、アメリカは、戦勝国だ! あの情報【(宮下・赤坂見附の事件)】が発覚しても大した問題ではないが、我々は日本にいられなくなるだけでは済まない。十分に注意してくれ」

葉巻の煙を吐出しながら、浜井に指示するのである。

「はい。兄さん、阿芙蓉(あふよう)はまったく、問題はありませんが、引揚者団体全国連合会の久藤健三(くどうけんぞう)会長が内務警察特別審査局に事情聴取されたと言ってきました。特別交付金の支給に関する法律第二条第一項について質問された様子で」

浜井は状況を説明した。

「兄さんは、何も心配しないで、総裁を目指してください」

サイドボードの扉を開けながら言った。そしてジョニー・ウォーカー黒ラベルの十二年物スコッチウイスキーを手に取り、ゆっくりと薩摩切子の七宝柄のグラスに注ぎ飲み干した。浜井は、白井雄二の妾の母が、赤坂の芸者の頃に生んだ隠し子であった。父親の違う血の繋がりのある兄弟であった。

浜井は白井雄二とは別に遺産を譲り受け横浜で暮らしていた。

第3節　ある疑惑

秘書を乗せたベントレーは、江戸城のたたずまいを残す濠を眺めながら桜田門を左折し、黒松の点在する大芝生広場の横を通り抜けて晴海方面に向かっていた。助手席の男が後部座席の男に話し掛けていた。

「懸案になっていました衣料切符の終了の件ですが、横領事件に絡む例の茨城地方事務所吏員の加納は、多数の知人に分け与えたとして起訴されました。全国でも同様な事案があるのではないかと思われます。混乱を避けるためにも、そろそろ潮時かと」

「そうだな、形骸化していることは国民も感じている。垢掻の女の様な紙切れとも揶揄されている。良いのではないか」

「それと重要案件ですが、ＧＨＱは外地から内地への資産持ち込みによるインフレーションを懸念して、引揚者が持ち込んだ通貨、証券類の多くを税関などで預託させる持ち込み制限措置を行っていますが、どうも、その資産が横流しになっているのではないかとの疑惑があります。税関は今後、その預託品の返還を行おうと計画しているようですが、恐らく持ち主が判明できない事は大いに予想され返還できない事案が数多く出る事が考えられます。それを予測しての犯行ではないかと、内部犯ではないかとの黒い噂があります。持込制限措置預託の殆どが現金や証券類で相当な金額に登るようで——。しかし、最近、税関で保管される預託金が少ないとの指摘があり調査しましたが、どうも、軍政部に近い国会議員が関わっているのではとの線が浮んできました。再調査の結果、内部犯と判明しました。主犯格は引揚者団体全国連合会長の久藤健三でした。その他に何人か絡んでいるのでいるようです。それに、困ったことに一部のＧＨＱ、ＣＣＤ（民間検閲支隊）も……」

「なに！　一部のＧＨＱ？　アメリカか？」

　後部座席で男が叫んだ。

「総理は勿論、法務総裁も頭を悩まされておられます。今、調べている戦時中からの事案も膠着状態で、チャールズ・ウィロビー閣下も、その事を気にされていらっしゃいます」

「引き続き、白井議員を調べてくれ」

　後部座席の男は読んでいる新聞を閉じて不機嫌に言った。銀座の料亭で車は止まった。

　佐竹の死が報道されて五日が過ぎていた。

「白井議員自殺!!」記事が新聞紙面を賑わせていた。平と牧田は新聞を食い入るように見ていた。

三軒茶屋の木谷の家に小雪と和代は身を潜めて傍にいた。

『白井議員！　過労からの神経衰弱と華族の凋落振りを苦にしてのことか？　引揚者団体全国連合会の資産の流用の共犯容疑も――』と紙面を賑やかせていた。

「白井議員が自殺したとは考え難い。あくまで推測の域を脱しないが――」

記事を読み終えた牧田は断りを入れた後に話しだす。

「白井議員容疑についてですが、丁度、国会の会期中であったため、検察は、容疑に基づき国会議員を逮捕しようとしていたのではないのかと？　しかし、憲法並びに国会法において特別に保証されている国会議員の事案のため、水面下で身分に関する重大な事件として問い扱われていたと考察するのが正しいと思うのです」

牧田が持論を語る。

「憲法が絡んでいるのだな。事が事だけに」

木谷が呼応した。

「それに、日本議会史上未だかつて見ない事例でもあります。今後の日本の憲政運営上のこともあり、きわめて慎重の上にも慎重を期した事が窺われます。これは推論の域ですが、内閣総理大臣及び司法大臣の出席を求めて説明を徴する等、付託以来審議されようとしたのでは？　議員の逮捕の許諾要求の手続きについて――、多分に考えられます。弾劾訴追されようとしていたと？　白井は本来、逮捕許諾の要求は通例として裁判所がなすべきであり、『内閣からこの要求をなすのは不当ではないか』と反論していたようです。新聞には、そんな様な事が書かれています」

「ははーん。内閣総理大臣の出席を求めて審議する算段に手間取って悩んだと見える。それで——」

一緒に悩む木谷だ。牧田が更に真相に迫って語りだした。

「しかし、しかしですね。さらに一歩譲って、その逮捕許諾を内閣から要求したとしても、『憲法第五十条及び国会法第三十三条に定められたる議員の身分保障の規定の精神』と、『刑事訴訟法の緊急的措置法第八条の規定』が問題となります。

そこで憲法規定を引き合いに出して、まず裁判所に逮捕状を要求した後に、議員の許諾を要求することが手続き上は正しいのではと反論していた。『先に議員の許諾を求めるのは不当』と白井は議員としての身分を前面に打ち出して、必死で反論していたと推測されます。それは、当然のことで大いに予測できます。時間稼ぎをしたのです。

しかし、何故かと？　多分、白井はＧＨＱとのパイプがあるとしたら、日本の司法が騒ごうが、喚（わめ）こうが、大いに勝算はあったはずです！　その矢先の自殺です。不可解だ——。不思議だ！　でも何故！」

「こがいな考え方はできんじゃろか、昨今、食糧危機を象徴する事件が相次いだ。食料メーデー（飯米獲得人民大会）じゃ。そこに引揚者団体全国連合会の資産の流用の共犯容疑説が浮上した。

新聞が吠えた。白井はこの事件にも関わっちょった。監督役の背後として軍政部の供出にも――、カービン銃を持ったＧＩを使（つこ）うて。主犯格の久藤健三が恐れてＧＨＱに泣きついた」

　平が佐竹から聞いた話と新聞記事から類推した。

「なるほど、しかし白井議員の自殺を受けて、久藤健三も共犯と判断され疑惑が持たれた。引揚者団体をバックにして引揚者を食いものにした疑いが濃厚であると云う事で。どちらにしても、白井議員の『人生の独楽も廻り続ける事ができなかった』と言うことですね。首謀格の白井議員の異父兄弟である浜井法務調査部長は、証拠隠滅のおそれがあるという当局の判断に意を唱えず素直に従い逮捕されているようです。だが何故だ。

　仮にこんな考えだったとしら――。浜井は被疑者死亡と云う隠れ蓑（みの）を利用して、自分に害が及ばない告訴が取り消される事を画策してたのではないでしょうか、白井議員に対して！　だから、これに許諾を与えるべきであるとの意見に賛同し、附帯する希望条件として、本件の許諾の要求が、検察当局からの要求により、内閣総理大臣の名によってなされた事にも同意した。裏切りですね」

　牧田は浜井の思考の先を見透かしているように言った。

「そうだな。自らの地位保全を画策したようだな。しかし、新聞記者にスッパ抜かれた。約九百万円の金を、引揚者団体全国連合会から取得いたしてとの報道も浮上してしまった。悪いことに白井議員の異母兄弟であることも公になり疑いが持たれた。久藤健三と共に逮捕されたのだな。浜井の独楽も廻り続ける事ができなかったと云う訳だ」

木谷が浜井に言及して語った。

「そうですね。逃げ切れなかったということですね。う〜ん。一連の今回の事件は、残念ながら白井議員が弾劾訴追されないまま死んだ事で、闇に閉ざされた？　もう一度、少し整理して考えて——」

牧田は思考を巡らしていた。そして、自分に問い掛けるように言った。

「しかし、そんな単純なことか？　我々は極秘文書を持っているから疑念が持てるが、日本の検察もある程度、事態を掴んでいると考えるのが妥当です。薄々、白井も感じていたことも掴んでいたら、それをGHQが嗅ぎつけていたら——。自殺はアメリカの諜報機関による謀殺も囁かれているのでは、誰もが疑っても、ましてや、日本の検察も——。う〜ん——。あくまでも推測ですが、GHQのある基幹がトカゲのシッポを切ったのではないでしょうか？　日本ではなく、日本人ではなく、アメリカが！　GHQの誰かが何らかの画策を企てる可能性があると——、そうなると日本の司法機関も疑いを持っても可笑しくない——、だが、日本の司法も、日本も何もできない。敗戦国では、アメリカが相手では」

牧田は首を傾げながら持論を下したのであった。

平も、木谷も同感であった。小雪と和代は首を傾げていた。

「牧田さん、私には難しいことはよう解りません。トカゲのシッポをアメリカが切った？　もう少し、解りやすく説明してもらえませんか？」

　じっと聞いていた小雪が問い掛けた。和代も首を縦に振った。牧田は答えた。

「白井雄二議員は国会議員を隠れ蓑（みの）にして、戦後も自分の財産と命を守っていた。自分の地位と金で、戦時中も戦後も生き延びてきた。そして今回も憲法により保障されている『不逮捕特権』を利用したのです。弾劾されない道を周到に練っていたのです。自分の地位を最大限に使って、それが憲法第五十条なのです」

「はぁ、憲法第五十条……？　何でぇそんな、えらい都合の良い法律があるんどすか」

「そうなんです。『国会議員は、法律の定める場合を除いては、国会の会期中逮捕されず会期前に逮捕された議員は、その議院の要求があれば、会期中これを釈放しなければならない』と書かれています。しかし、例外があります。所属する議院の許諾があれば逮捕されます。許諾は本会議における採決によって決められます。白井議員はそのたのみを議院が聞き入れることを不法だとして要求したのです。恐らく時間を稼ぐ狙いがあったと思います。議会の三分の二を確保するために議員に働きかけたのではないでしょうか。

　その間に戦時中から通じていたアメリカＧＨＱを動かし、事態を収拾してくれると信じていたのではないでしょうか？　きっと目算はあったのでしょう」

「不逮捕特権とか？　泣く子も黙るＧＨＱまで助けはるなんて、何でなんだす」

「そうですね。何故なら、黒い霧が暴かれることが公にされるとアメリカも国際社会から避難を浴びます。それと、他に何か掴んでいたのかも知れません。これは私の憶測ですが――。しかし、GHQは動かなかった。終戦間近に参戦したソビエトの事が気になったのかも知れません。アメリカは、というより、占領軍のGHQが白井議員を見放したのです。何事も無かったように――」

牧田は自問自答して小雪の問いに答え、暫く考え込んでから唐突に口を開いた言葉は、

「そうか……、ソビエトが絡んでいたのか？　それなら辻褄が合う」

暫くして、アメリカGHQの人事も時を同時に発せられていた。

その人事の対象は、参謀第2部（G2）の民間情報局（CIS）のフレンチ・モリガンであった。彼もまた、突然に参謀第2部の職を解かれアメリカ本国へ異動となりアメリカ本土へ去っていたのである。更迭人事であった。

第4節　時は動いた

時は動いたのである。

永田町から神宮方面付近を走行している黒いベントレーの車中で、法務総裁の秘書は、

「保野さん。長い間ご苦労様でした。法務総裁も喜んでいらっしゃいます。日本の長い戦争がやっと終結したとおしゃってました。森久は今回の白井議員の後ろ盾がなくなったので、牙を抜かれ

た狼となり、葛根廟事件等の嫌疑容疑で逮捕される事になっています。これで、一見落着というところです。もう、これ以上の捜査は……、必要ありません。俣野さんも諜報員としての仕事も終焉です。これからは、ご自分の人生を歩んでください。宮下さんは、お気の毒な事でしたが、あの事故が闇を晴らしてくれました」

そう言って労を労うのである。

俣野は、当時諜報員として、捜査の段階で、近藤と千木宗助の動向をさぐるため、関東尾浜組の中野坂上で八百屋を営み密かに潜入捜査していた。そこに現れたのが白井雄二国会議員の甥である白井幸吉であった。また、佐竹新之助に近づき、佐竹の男気を見込んで情報屋として取り込んで二人を追い続けていた。

数日が経ち平達は三軒茶屋の木谷の家を後にして、小雪と和代と牧田と四人は、東京築地本願寺で阿弥陀如来に手を合わせていた。佐竹と幸吉、彩乃、北川二郎の供養をしていた。築地本願寺の大きな屋根が凛として高く聳え立つさまは、日本の希望が天に向かって正に真っ直ぐに伸びているようであった。

正信偈の経典を佐竹に捧げ、そして、白井幸吉、彩乃、北川二郎の冥福を祈った。

「俺はこう思うのだが、仮に日本の中枢で戦争を終わらせようとして、この戦争の終結のために水面下で動いている人物が白井議員だったとして、大本営、海軍、陸軍と米国と通じていた人物が他にいたとしても、結果的に日本は大きな犠牲を払った。

しかし、だが、この闇に包まれた事件が無かったら、もっと大きな犠牲を払っていたか、否か？　彼らの行いが日本を救ったのか、否か？　今となっては歴史の渦に飲み込まれ判らない。今回の事件はこれで良かったのかも知れない。結局、俺達は何も出来なかった。そうかも知れないなぁ〜？」

牧田は三人に向かって語った。

「そうだな、結局、ミッドウェー海戦後の海軍甲事件に事を発した日本軍の暗号解読の事実も、あの海軍甲事件にまつわる『十三の疑問』も残念だが、解かれんで良かったのかも知れん。所詮、判明したとしても、ちっくとは世の中に楔を打てたのかも知れんが、戦後の今の時代が変わるわけでもないきー。過去は変える事はできん。やけんど、未来は変えられる。

自分達の手で、日本人の手で、将来の過ちを改めることができたと思うがのおー。そして、間違いを犯したことを正そうとしようと人がおる限り、人は自覚し、悪を認め正す事ができると信じちゅー。人はそれぞれに割り当てられた人生の役割があるがや」

平は将来を見つめていた。

小雪は、平の言葉を聞いて、築地本願寺の大きな柱の下で和代に、そっと語りかけていた。

「和代はん。私は、彩乃はんの歩んだ人生を今まで、よー、見てきました。しんどうて、つろうて、悲惨な悲しい記憶に縁どられとる人生やったとお思とりますが、私は、こう思うんだす。そんな人生やったけど、彩乃はんは明るく、一生懸命に生きてきはった。この時代を、この今を！　ほやさかい。ひと時の幸せを謳歌したいと願っていたと――、違いますか。

　この星に生まれて！　この国に生まれて！　この国で育って！　この国に育てられて！　そして、生きて！　生きてはるなら！　ほんで、愛する人が、手の届くとこにいはるのなら、幸せになってもええと――私は、思う！

　幸せになろうと努力することが大切やと――。そう思うんどす。

　多分、彩乃はんも、幸吉はんも、佐竹はんも、そして、二郎はんも、みんな、生きてはったら、きっと『幸せになろう！　幸せにならな、アカン！』と言わはりますわ。そうでしゃろ、努力しとうても、努力することもできひんかった人々が、この戦争の時代には、ぎょうさん（沢山）いはる。生きてるんやったら、生きてるもんは、努力せな！　きっと、寿美も佳美も生きていたら、私と、おんなじ事を言うのとちゃいまっしゃろか、和代はんに助けられた寿美や佳美やったら、きっと、和代はんに――、そんなん、アカン！　て、言うてはるわ。きっと。今は、何も考えられへんでっしゃろが、何時か、その時がきたら、私の事を思い出してもうたら嬉しいと思います。そんな人生を歩んで貰いたいと思います。

　和代はん！　私も、平海軍はんの言ってはることが――、そう、私も！　そう思います。『過去は変えられへんけど、未来は自分で変えられる』のんと、ちゃいますか？　自分の手で、そう思とります」

　熱く語りながら。和代の眼を見据え、そっと手を取り、力強くぎゅっと手を握るのであった。

和代は、時が止まっていたかのように小雪の言葉を聞いていた。

そして、和代は感じていた。佳美の想いが寿美を引き合わせた様に、二つの小さな人形が語りかけていると、薄汚れた人形を見つめていた。

「私は、今でも、あの源太郎蕎麦屋の裏庭の真っ赤な床机(しょうぎ)に座って、筑波山を眺めながら、平海軍さんに——、あのお空に浮ぶ白夜月の傍らの一筋の雲の上で——。

平海軍さんの「平」と、私の和代の「和」が一つになって——訪れたら、きっと桜色に彩られた世界が広がると。綺麗な世界が、この星が、この国が『平和』で幸せになるでしょ、と願って語り掛けてくる。そして——そんな夢が見られたと……」

「明日はきっと良い日になる」

言葉にならない。か細い声で強く静かに語った。

和代は、じっと、小雪の眼を見詰め……、そして……頷いた。

（土佐川登の四万十川の沈下橋の辺にある小高い丘は『平和』であった）

■著者略歴

Harry Doi（はりー どい）

高知県で生まれる。

現在は滋賀県在住。

著書『七つボタン―帰還―』（文芸社）

虚妄の影 ―七つボタン―

2022年8月15日　初版第1刷発行

著　者　Harry Doi

発行者　岩　根　順　子

発行所　サンライズ出版

〒522-0004 滋賀県彦根市鳥居本町655-1

TEL 0749-22-0627

　ISBN978-4-88325-772-0